想念地坛

史铁生 著

天 地 出 版 社 | TIANDI PRESS

目 录

散文与随笔

- 003　我与地坛
- 027　秋天的怀念
- 030　合欢树
- 035　我二十一岁那年
- 050　好运设计
- 074　墙下短记
- 085　病隙碎笔·二
- 127　想念地坛
- 134　我的轮椅

中短篇小说

145 我的遥远的清平湾
166 夏天的玫瑰
178 奶奶的星星
217 来到人间
239 命若琴弦

长篇小说

267 葵林故事（上）
297 葵林故事（下）

散文与随笔

我与地坛

一

我在好几篇小说中都提到过一座废弃的古园,实际就是地坛。许多年前旅游业还没有开展,园子荒芜冷落得如同一片野地,很少被人记起。

地坛离我家很近。或者说我家离地坛很近。总之,只好认为这是缘分。地坛在我出生前四百多年就坐落在那儿了;而自从我的祖母年轻时带着我父亲来到北京,就一直住在离它不远的地方——五十多年间搬过几次家,可搬来搬去总是在它周围,而且是越搬离它越近了。我常觉得这中间有着宿命的味道:仿佛这古园就是为了等我,而历尽沧桑在那儿等待了四百多年。

它等待我出生,然后又等待我活到最狂妄的年龄上忽地残废了双腿。四百多年里,它一面剥蚀了古殿檐头浮夸的琉璃,淡褪了门壁上炫耀的朱红,坍圮了一段段高墙又散落了玉砌雕栏,祭坛四周的老柏树愈见苍幽,到处的野草荒藤也都茂盛得自在坦荡。这时候想必我是该来了。十五年前的一个下午,我摇着轮椅进入园中，它为一个失魂落魄的人把一切都准备好了。那时，太阳循着亘古不变的路途正越来越大，也越红。在满园弥漫的沉静光芒中，一个人更容易看到时间，并看见自己的身影。

自从那个下午我无意中进了这园子，就再没长久地离开过它。我一下子就理解了它的意图，正如我在一篇小说中所说的："在人口密聚的城市里，有这样一个宁静的去处，像是上帝的苦心安排。"

两条腿残废后的最初几年，我找不到工作，找不到去路，忽然间几乎什么都找不到了，我就摇了轮椅总是到它那儿去，仅为着那儿是可以逃避一个世界的另一个世界。我在那篇小说中写道，"没处可去我便一天到晚耗在这园子里。跟上班下班一样，别人去上班我就摇了轮椅到这儿来"，"园子无人看管，上下班时间有些抄近路的人们从园中穿过，园子里活跃一阵，过后便沉寂下来"，"园墙在金晃晃的空气中斜切下一溜阴凉，我把轮椅开进去，把椅背放倒，坐着或是躺着，看书或者想事，撅一杈树枝左右拍打，驱赶那些和我一样不明白为什么要来这世上的小昆虫"，"蜂儿如一朵小雾稳稳地停在半空；蚂蚁摇头晃脑捋着触须，猛然间想透了什么，转身疾行而去；瓢虫爬得不耐烦了，累了，祈祷一回便支开翅膀，忽悠一下升空了；树干上留着一只蝉蜕，寂寞如一间空屋；露水在草叶上滚动，聚集，压弯了草叶轰然坠地摔开万道金光"，"满园子都是草木竞相生长弄出的响动，窸窸窣窣窸窸窣窣片刻不息"。这都是真实的记录，园子荒芜但并不衰败。

除去几座殿堂我无法进去，除去那座祭坛我不能上去而只能从各个角度张望它,地坛的每一棵树下我都去过,差不多它的每一米草地上都有过我的车轮印。无论是什么季节,什么天气,什么时间,我都在这园子里待过。有时候待一会儿就回家,有时候就待到满地上都亮起月光。记不清都是在它的哪些角落里了,我一连几小时专心致志地想关于死的事,也以同样的耐心和方式想过我为什么要出生。这样想了好几年,最后事情终于弄明白了:一个人,出生了,这就不再是一个可以辩论的问题,而只是上帝交给他的一个事实;上帝在交给我们这件事实的时候,已经顺便保证了它的结果,所以死是一件不必急于求成的事,死是一个必然会降临的节日。这样想过之后我安心多了,眼前的一切不再那么可怕。比如你起早熬夜准备考试的时候,忽然想起有一个长长的假期在前面等待你,你会不会觉得轻松一点儿,并且庆幸并且感激这样的安排?

剩下的就是怎样活的问题了。这却不是在某一个瞬间就能完全想透的,不是能够一次性解决的事,怕是活多久就要想它多久了,就像是伴你终生的魔鬼或恋人。所以,十五年了,我还是总得到那古园里去,去它的老树下或荒草边或颓墙旁,去默坐,去呆想,去推开耳边的嘈杂理一理纷乱的思绪,去窥看自己的心魂。十五年中,这古园的形体被不能理解它的人肆意雕琢,幸好有些东西是任谁也不能改变它的。譬如祭坛石门中的落日,寂静的光辉平铺的一刻,地上的每一个坎坷都被映照得灿烂;譬如在园中最为落寞的时间,一群雨燕便出来高歌,把天地都叫喊得苍凉;譬如冬天雪地上孩子的脚印,总让人猜想他们是谁,曾在那儿做过些什么,然后又都到哪儿去了;譬如那些苍黑的古柏，你忧郁的时候它们镇静地站在那儿，你欣喜的时候它们依然镇静地站在那儿，它们没日没夜地站在那儿从你没有出生一直站到这个世界上又没了你的时候；譬如暴雨骤临园中，激起一阵阵灼烈而清纯的草木和泥土的气味儿，让人想起无数个夏天的事件；譬如秋风忽至，再有一场早霜，落叶或飘摇歌舞或坦然安卧，满园中播散着熨帖而微苦的味道。味道是最说不清楚的，味道不能写只能闻，要你身临其境去闻才能明了。味道甚至是难于记忆的，只有你又闻到它你才能记起它的全部情感和意蕴。所以我常常要到那园子里去。

二

现在我才想到，当年我总是独自跑到地坛去，曾经给母亲出了一个怎样的难题。

她不是那种光会疼爱儿子而不懂得理解儿子的母亲。她知道我心里的苦闷，知道不该阻止我出去走走，知道我要是老待在家里结果会更糟，但她又担心我一个人在那荒僻的园子里整天都想些什么。我那时脾气坏到极点，经常是发了疯一样地离开家，从那园子里回来又中了魔似的什么话都不说。母亲知道有些事不宜问，便犹犹豫豫地想问而终于不敢问，因为她自己心里也没有答案。她料想我不会愿意她跟我一同去，所以她从未这样要求过，她知道得给我一点独处的时间，得有这样一段过程。她只是不知道这过程得要多久，和这过程的尽头究竟是什么。每次我要动身时,她便无言地帮我准备,帮助我上了轮椅车,看着我摇车拐出小院,这以后她会怎样,当年我不曾想过。

有一回我摇车出了小院,想起一件什么事又反身回来,看见母亲仍站在原地,还是送我走时的姿势,望着我拐出小院去的那处墙角,对我的回来竟一时没有反应。待她再次送我出门的时候,她说:"出去活动活动,去地坛看看书,我说这挺好。"许多年以后我才渐渐听出,母亲这话实际上是自我安慰,是暗自的祷告,是给我的提示,是恳求与嘱咐。只是在她猝然去世之后,我才有余暇设想,当我不在家里的那些漫长的时间,她是怎样心神不定坐卧难宁,兼着痛苦与惊恐与一个母亲最低限度的祈求。现在我可以断定,以她的聪慧和坚忍,在那些空落的白天后的黑夜,在那不眠的黑夜后的白天,她思来想去最后准是对自己说:"反正我不能不让他出去,未来的日子是他自己的,如果他真的要在那园子里出了什么事,这苦难也只好我来承担。"在那段日子里——那是好几年长的一段日子,我想我一定使母亲做过最坏的准备了,但她从来没有对我说过:"你为我想想。"事实上我也真的没为她想过。那时她的儿子还太年轻,还来不及为母亲想,他被命运击昏了头,一心以为自己是世上最不幸的一个,不知道儿子的不幸在母亲那儿总是要加倍的。她有一个长到二十岁上忽然截瘫了的儿子,这是她惟一的儿子;她情愿截瘫的是自己而不是儿子,可这事无法代替。她想,只要儿子能活下去哪怕自己去死呢也行,可她又确信一个人不能仅仅是活着,儿子得有一条路走向自己的幸福,而这条路呢,没有谁能保证她的儿子终于能找到。——这样一个母亲,注定是活得最苦的母亲。

有一次与一个作家朋友聊天，我问他学写作的最初动机是什么？他想了一会儿说："为我母亲。为了让她骄傲。"我心里一惊，良久无言。回想自己最初写小说的动机，虽不似这位朋友的那般单纯，但如他一样的愿望我也有，且一经细想，发现这愿望也在全部动机中占了很大比重。这位朋友说："我的动机太低俗了吧？"我光是摇头，心想低俗并不见得低俗，只怕是这愿望过于天真了。他又说："我那时真就是想出名，出了名让别人羡慕我母亲。"我想，他比我坦率。我想，他又比我幸福，因为他的母亲还活着。而且我想，他的母亲也比我的母亲运气好，他的母亲没有一个双腿残废的儿子，否则事情就不这么简单。

在我的头一篇小说发表的时候，在我的小说第一次获奖的那些日子里，我真是多么希望我的母亲还活着。我便又不能在家里待了，又整天整天独自跑到地坛去，心里是没头没尾的沉郁和哀怨，走遍整个园子却怎么也想不通：母亲为什么就不能再多活两年？为什么在她的儿子就快要碰撞开一条路的时候，她却忽然熬不住了？莫非她来此世上只是为了替儿子担忧，却不该分享我的一点点快乐？她匆匆离我去时才只有四十九岁呀！有那么一会儿，我甚至对世界对上帝充满了仇恨和厌恶。后来我在一篇题为《合欢树》的文章中写道："坐在小公园安静的树林里，我闭上眼睛，想：上帝为什么早早地召母亲回去呢？很久很久，迷迷糊糊地，我听见回答：'她心里太苦了，上帝看她受不住了，就召她回去。'我似乎得到一点安慰，睁开眼睛，看见风正在树林里吹过。"小公园，指的也是地坛。

只是到了这时候，纷纭的往事才在我眼前幻现得清晰，母亲的苦难与伟大才在我心中渗透得深彻。上帝的考虑，也许是对的。

摇着轮椅在园中慢慢走，又是雾罩的清晨，又是骄阳高悬的白昼，我只想着一件事：母亲已经不在了。在老柏树旁停下，在草地上在颓墙边停下，又是处处虫鸣的午后，又是鸟儿归巢的傍晚，我心里只默念着一句话：可是母亲已经不在了。把椅背放倒，躺下，似睡非睡挨到日没，坐起来，心神恍惚，呆呆地直坐到古祭坛上落满黑暗然后再渐渐浮起月光，心里才有点明白：母亲不能再来这园中找我了。

曾有过好多回，我在这园子里待得太久了，母亲就来找我。她来找我又不想让我发觉，只要见我还好好地在这园子里，她就悄悄转身回去；我看见过几次她的背影。我也看见过几回她四处张望的情景，她视力不好，托着眼镜像在寻找海上的一条船；她没看见我时我已经看见她了，待我看见她也看见我了我就不去看她，过一会儿我再抬头看她就又看见她缓缓离去的背影。我单是无法知道有多少回她没有找到我。有一回我坐在矮树丛中，树丛很密，我看见她没有找到我，她一个人在园子里走，走过我的身旁，走过我经常待的一些地方，步履茫然又急迫。我不知道她已经找了多久还要找多久，我不知道为什么我决意不喊她——但这绝不是小时候的捉迷藏，这也许是出于长大了的男孩子的倔强或羞涩？但这倔强只留给我痛悔，丝毫也没有骄傲。我真想告诫所有长大了的男孩子，千万不要跟母亲来这套倔强，羞涩就更不必，我已经懂了可我已经来不及了。

儿子想使母亲骄傲，这心情毕竟是太真实了，以致使"想出名"这一声名狼藉的念头也多少改变了一点形象。这是个复杂的问题，且不去管它了罢。随着小说获奖的激动逐日暗淡，我开始相信，至少有一点我是想错了：我用纸笔在报刊上碰撞开的一条路，并不就是母亲盼望我找到的那条路。年年月月我都到这园子里来，年年月月我都要想母亲盼望我找到的那条路到底是什么。母亲生前没给我留下过什么隽永的哲言，或要我恪守的教诲，只是在她去世之后，她艰难的命运，坚忍的意志和毫不张扬的爱，随光阴流转，在我的印象中愈加鲜明深刻。

有一年，10月的风又翻动起安详的落叶，我在园中读书，听见两个散步的老人说："没想到这园子有这么大。"我放下书，想，这么大一座园子，要在其中找到她的儿子，母亲走过了多少焦灼的路。多年来我头一次意识到，这园中不单是处处都有过我的车辙，有过我的车辙的地方也都有过母亲的脚印。

三

如果以一天中的时间来对应四季，当然春天是早晨，夏天是中午，秋天是黄昏，冬天是夜晚。如果以乐器来对应四季，我想春天应该是小号，夏天是定音鼓，秋天是大提琴，冬天是圆号和长笛。要是以这园子里的声响来对应四季呢？那么，春天是祭坛上空漂浮着的鸽子的哨音，夏天是冗长的蝉歌和杨树叶子哗啦啦地对蝉歌的取笑，秋天是古殿檐头的风铃响，冬天是啄木鸟随意而空旷的啄木声。以园中的景物对应四季，春天是一径时

地坛的每一棵树下我都去过,差不多它的每一米草地上都有过我的车轮印。

而苍白时而黑润的小路,时而明朗时而阴晦的天上摇荡着串串杨花;夏天是一条条耀眼而灼人的石凳,或阴凉而爬满了青苔的石阶,阶下有果皮,阶上有半张被坐皱的报纸;秋天是一座青铜的大钟,在园子的西北角上曾丢弃着一座很大的铜钟,铜钟与这园子一般年纪,浑身挂满绿锈,文字已不清晰;冬天,是林中空地上几只羽毛蓬松的老麻雀。以心绪对应四季呢?春天是卧病的季节,否则人们不易发觉春天的残忍与渴望;夏天,情人们应该在这个季节里失恋,不然就似乎对不起爱情;秋天是从外面买一盆花回家的时候,把花搁在阔别了的家中,并且打开窗户把阳光也放进屋里,慢慢回忆慢慢整理一些发过霉的东西;冬天伴着火炉和书,一遍遍坚定不死的决心,写一些并不发出的信。还可以用艺术形式对应四季,这样春天就是一幅画,夏天是一部长篇小说,秋天是一首短歌或诗,冬天是一群雕塑。以梦呢?以梦对应四季呢?春天是树尖上的呼喊,夏天是呼喊中的细雨,秋天是细雨中的土地,冬天是干净的土地上的一只孤零的烟斗。

因为这园子,我常感恩于自己的命运。

我甚至现在就能清楚地看见,一旦有一天我不得不长久地离开它,我会怎样想念它,我会怎样想念它并且梦见它,我会怎样因为不敢想念它而梦也梦不到它。

四

现在让我想想,十五年中坚持到这园子来的人都有谁呢?

好像只剩了我和一对老人。

十五年前，这对老人还只能算是中年夫妇，我则货真价实还是个青年。他们总是在薄暮时分来园中散步，我不大弄得清他们是从哪边的园门进来，一般来说他们是逆时针绕这园子走。男人个子很高，肩宽腿长，走起路来目不斜视，胯以上直至脖颈挺直不动；他的妻子攀了他一条胳膊走，也不能使他的上身稍有松懈。女人个子却矮，也不算漂亮，我无端地相信她必出身于家道中衰的名门富族；她攀在丈夫胳膊上像个娇弱的孩子，她向四周观望似总含着恐惧，她轻声与丈夫谈话，见有人走近就立刻怯怯地收住话头。我有时因为他们而想起冉阿让与柯赛特，但这想法并不巩固，他们一望即知是老夫老妻。两个人的穿着都算得上考究，但由于时代的演进，他们的服饰又可以称为古朴了。他们和我一样，到这园子里来几乎是风雨无阻，不过他们比我守时。我什么时间都可能来，他们则一定是在暮色初临的时候。刮风时他们穿了米色风衣，下雨时他们打了黑色的雨伞，夏天他们的衬衫是白色的裤子是黑色的或米色的，冬天他们的呢子大衣又都是黑色的，想必他们只喜欢这三种颜色。他们逆时针绕这园子一周，然后离去。他们走过我身旁时只有男人的脚步响，女人像是贴在高大的丈夫身上跟着漂移。我相信他们一定对我有印象，但是我们没有说过话，我们互相都没有想要接近的表示。十五年中，他们或许注意到一个小伙子进入了中年，我则看着一对令人羡慕的中年情侣不觉中成了两个老人。

曾有过一个热爱唱歌的小伙子，他也是每天都到这园中来，来唱歌，唱了好多年，后来不见了。他的年纪与我相仿，他多半是早晨来，唱半小时或整整唱一个上午，估计在另外的时间里他还得上班。我们经常在祭坛东侧的小路上相遇，我知道他是到东南角的高墙下去唱歌，他一定猜想我去东北角的树林里做什么。我找到我的地方，抽几口烟，便听见他谨慎地整理歌喉了。他反反复复唱那么几首歌。"文化革命"没过去的时候，他唱"蓝蓝的天上白云飘，白云下面马儿跑……"我老也记不住这歌的名字。"文革"后，他唱《货郎与小姐》中那首最为流传的咏叹调："卖布——卖布嘞，卖布——卖布嘞！"我记得这开头的一句他唱得很有声势，在早晨清澈的空气中，货郎跑遍园中的每一个角落去恭维小姐。"我交了好运气，我交了好运气，我为幸福唱歌曲……"然后他就一遍一遍地唱，不让货郎的激情稍减。依我听来，他的技术不算精到，在关键的地方常出差错，但他的嗓子是相当不坏的，而且唱一个上午也听不出一点儿疲惫。太阳也不疲惫，把大树的影子缩小成一团，把疏忽大意的蚯蚓晒干在小路上。将近中午，我们又在祭坛东侧相遇，他看一看我，我看一看他，他往北去，我往南去。日子久了，我感到我们都有结识的愿望，但似乎都不知如何开口，于是互相注视一下终又都移开目光擦身而过，这样的次数一多，便更不知如何开口了。终于有一天——一个丝毫没有特点的日子，我们互相点了一下头。他说："你好。"我说："你好。"他说："回去啦？"我说："是，你呢？"他说："我也该回去了。"我们都放慢脚步（其实我是放慢车速），想再多说几句，但仍然是不知从何说起，这样我们就都走过了对方，又都扭转身子面向对方。他说："那就再见吧。"我说："好，再见。"便互相笑笑各走各的路了。但是我们没有再见,那以后,园中再没了他的歌声,我才想到,那天他或许是有意与我道别的,也许他考上哪家专业的文工团或歌舞团了吧?真希望他如他歌里所唱的那样,交了好运气。

　　还有一些人,我还能想起一些常到这园子里来的人。有一个老头儿,算得一个真正的饮者;他在腰间挂一个扁瓷瓶,瓶里当然装满了酒,常来这园中消磨午后的时光。他在园中四处游逛,如果你不注意你会以为园中有好几个这样的老头儿,等你看过了他卓尔不群的饮酒情状,你就会相信这是个独一无二的老头儿。他的衣着过分随便,走路的姿态也不慎重,走上五六十米路便选定一处地方,一只脚踏在石凳上或土埂上或树墩上,解下腰间的酒瓶,解酒瓶的当儿眯起眼睛把一百八十度视角内的景物细细看一遭,然后以迅雷不及掩耳之势倒一大口酒入肚,把酒瓶摇一摇再挂向腰间,平心静气地想一会儿什么,便走下一个五六十米去。还有一个捕鸟的汉子,那岁月园中人少,鸟却多,他在西北角的树丛中拉一张网,鸟撞在上面,羽毛戗在网眼里便不能自拔。他单等一种过去很多而现在非常罕见的鸟,其他的鸟撞在网上他就把它们摘下来放掉,他说已经有好多年没等到那种罕见的鸟了,他说他再等一年看看到底还有没有那种鸟,结果他又等了好多年。早晨和傍晚,在这园子里可以看见一个中年女工程师,早晨她从北向南穿过这园子去上班,傍晚她从南向北穿过这园子回家。事实上我并不了解她的职业或者学历,但我以为她必是个学理工的知识分子,别样的人很难有她那般的素朴并优雅。当她在园中穿行的时刻,四周的树林也仿佛更加幽静,清淡的日光中竟似有悠远的琴声,比如说是那曲《献给艾丽丝》才好。

我没有见过她的丈夫，没有见过那个幸运的男人是什么样子，我想象过却想象不出，后来忽然懂了想象不出才好，那个男人最好不要出现。她走出北门回家去，我竟有点担心，担心她会落入厨房，不过，也许她在厨房里劳作的情景更有另外的美吧，当然不能再是《献给艾丽丝》，是个什么曲子呢？还有一个人，是我的朋友，他是个最有天赋的长跑家，但他被埋没了。他因为在"文革"中出言不慎而坐了几年牢，出来后好不容易找了个拉板车的工作，样样待遇都不能与别人平等，苦闷极了便练习长跑。那时他总来这园子里跑，我用手表为他计时，他每跑一圈向我招一下手，我就记下一个时间。每次他要环绕这园子跑二十圈，大约两万米。他盼望以他的长跑成绩来获得政治上真正的解放，他以为记者的镜头和文字可以帮他做到这一点。第一年他在春节环城赛上跑了第十五名，他看见前十名的照片都挂在了长安街的新闻橱窗里，于是有了信心。第二年他跑了第四名，可是新闻橱窗里只挂了前三名的照片，他没灰心。第三年他跑了第七名，橱窗里挂前六名的照片，他有点怨自己。第四年他跑了第三名，橱窗里却只挂了第一名的照片。第五年他跑了第一名——他几乎绝望了，橱窗里只有一幅环城赛群众场面的照片。那些年我们俩常一起在这园子里待到天黑，开怀痛骂，骂完沉默着回家，分手时再互相叮嘱：先别去死，再试着活一活看。现在他已经不跑了，年岁太大了，跑不了那么快了。最后一次参加环城赛，他以三十八岁之龄又得了第一名并破了纪录，有一位专业队的教练对他说："我要是十年前发现你就好了。"他苦笑一下什么也没说，只在傍晚又来这园中找到我，把这事平静地向我叙说一遍。

不见他已有好几年了,现在他和妻子和儿子住在很远的地方。

这些人现在都不到园子里来了,园子里差不多完全换了一批新人。十五年前的旧人,现在就剩我和那对老夫老妻了。有那么一段时间,这老夫老妻中的一个也忽然不来,薄暮时分惟男人独自来散步,步态也明显迟缓了许多,我悬心了很久,怕是那女人出了什么事。幸好过了一个冬天那女人又来了,两个人仍是逆时针绕着园子走,一长一短两个身影恰似钟表的两支指针;女人的头发白了很多,但依旧攀着丈夫的胳膊走得像个孩子。"攀"这个字用得不恰当了,或许可以用"挽"吧,不知有没有兼具这两个意思的字。

五

我也没有忘记一个孩子——一个漂亮而不幸的小姑娘。十五年前的那个下午,我第一次到这园子里来就看见了她,那时她大约三岁,蹲在斋宫西边的小路上捡树上掉落的"小灯笼"。那儿有几棵大栾树,春天开一簇簇细小而稠密的黄花,花落了便结出无数如同三片叶子合抱的小灯笼,小灯笼先是绿色,继而转白,再变黄,成熟了掉落得满地都是。小灯笼精巧得令人爱惜,成年人也不免捡了一个还要捡一个。小姑娘咿咿呀呀地跟自己说着话,一边捡小灯笼。她的嗓音很好,不是她那个年龄所常有的那般尖细,而是很圆润甚或是厚重,也许是因为那个下午园子里太安静了。我奇怪这么小的孩子怎么一个人跑来这园子里。

我问她住在哪儿，她随手指一下，就喊她的哥哥，沿墙根一带的茂草之中便站起一个七八岁的男孩儿，朝我望望，看我不像坏人便对他的妹妹说"我在这儿呢"，又伏下身去。他在捉什么虫子，他捉到螳螂、蚂蚱、知了和蜻蜓，来取悦他的妹妹。有那么两三年，我经常在那几棵大栾树下见到他们，兄妹俩总是在一起玩儿，玩儿得和睦融洽，都渐渐长大了些。之后有很多年没见到他们。我想他们都在学校里吧，小姑娘也到了上学的年龄，必是告别了孩提时光，没有很多机会来这儿玩儿了。这事很正常，没理由太搁在心上，若不是有一年我又在园中见到他们，肯定就会慢慢把他们忘记。

那是个礼拜日的上午。那是个晴朗而令人心碎的上午。时隔多年，我竟发现那个漂亮的小姑娘原来是个弱智的孩子。我摇着车到那几棵大栾树下去，恰又是遍地落满了小灯笼的季节。当时我正为一篇小说的结尾所苦，既不知为什么要给它那样一个结尾，又不知何以忽然不想让它有那样一个结尾，于是从家里跑出来，想依靠着园中的镇静，看看是否应该把那篇小说放弃。我刚刚把车停下，就见前面不远处有几个人在戏耍一个少女，做出怪样子来吓她，又喊又笑地追逐她拦截她。少女在几棵大树间惊惶地东跑西躲，却不松手揪卷在怀里的裙裾，两条腿袒露着也似毫无察觉。我看出少女的智力是有些缺陷，却还没看出她是谁。我正要驱车上前为少女解围，就见远处飞快地骑车来了个小伙子，于是那几个戏耍少女的家伙望风而逃。小伙子把自行车支在少女近旁，怒目望着那几个四散逃窜的家伙，一声不吭喘着粗气，脸色如暴雨前的天空一样一会儿比一会儿苍白。

这时我认出了他们，小伙子和少女就是当年那对小兄妹。我几乎是在心里惊叫了一声，或者是哀号。世上的事常常使上帝的居心变得可疑。小伙子向他的妹妹走去。少女松开了手，裙裾随之垂落下来，很多很多她捡的小灯笼便洒落一地，铺散在她脚下。她仍然算得漂亮，但双眸迟滞没有光彩。她呆呆地望着那群跑散的家伙，望着极目之处的空寂，凭她的智力绝不可能把这个世界想明白吧？大树下，破碎的阳光星星点点，风把遍地的小灯笼吹得滚动，仿佛喑哑地响着的无数小铃铛。哥哥把妹妹扶上自行车后座，带着她无言地回家去了。

无言是对的。要是上帝把漂亮和弱智这两样东西都给了这个小姑娘，就只有无言和回家去是对的。

谁又能把这世界想个明白呢？世上的很多事是不堪说的。你可以抱怨上帝何以要降诸多苦难给这人间，你也可以为消灭种种苦难而奋斗，并为此享有崇高与骄傲，但只要你再多想一步你就会坠入深深的迷茫了：假如世界上没有了苦难，世界还能够存在吗？要是没有愚钝，机智还有什么光荣呢？要是没了丑陋，漂亮又怎么维系自己的幸运？要是没有了恶劣和卑下，善良与高尚又将如何界定自己如何成为美德呢？要是没有了残疾，健全会否因其司空见惯而变得腻烦和乏味呢？我常梦想着在人间彻底消灭残疾，但可以相信，那时将由患病者代替残疾人去承担同样的苦难。如果能够把疾病也全数消灭，那么这份苦难又将由（比如说）相貌丑陋的人去承担了。就算我们连丑陋，连愚昧和卑鄙和一切我们所不喜欢的事物和行为，也都可以统统消灭掉，所有的人都一样健康、漂亮、聪慧、高尚，结果会怎样呢？怕是人间的剧目就全要收场了，一个失去差别的世界将是一潭死水，是一块没有感觉也没有肥力的沙漠。

看来差别永远是要有的。看来就只好接受苦难——人类的全部剧目需要它，存在的本身需要它。看来上帝又一次对了。

于是就有一个最令人绝望的结论等在这里：由谁去充任那些苦难的角色？又由谁去体现这世间的幸福、骄傲和欢乐？只好听凭偶然，是没有道理好讲的。

就命运而言，休论公道。

那么，一切不幸命运的救赎之路在哪里呢？

设若智慧或悟性可以引领我们去找到救赎之路，难道所有的人都能够获得这样的智慧和悟性吗？

我常以为是丑女造就了美人。我常以为是愚氓举出了智者。我常以为是懦夫衬照了英雄。我常以为是众生度化了佛祖。

六

设若有一位园神，他一定早已注意到了，这么多年我在这园里坐着，有时候是轻松快乐的，有时候是沉郁苦闷的，有时候优哉游哉，有时候怆惶落寞，有时候平静而且自信，有时候又软弱，又迷茫。其实总共只有三个问题交替着来骚扰我，来陪伴我。第一个是要不要去死？第二个是为什么活？第三个，我干吗要写作？

现在让我看看，它们迄今都是怎样编织在一起的吧。

你说，你看穿了死是一件无须乎着急去做的事，是一件无论怎样耽搁也不会错过的事，便决定活下去试试？是的，至少这是很关键的因素。为什么要活下去试试呢？好像仅仅是因为不甘心，机会难得，不试白不试，腿反正是完了，一切仿佛都要完了，但死神很守信用，试一试不会额外再有什么损失。说不定倒有额外的好处呢是不是？我说过，这一来我轻松多了，自由多了。为什么要写作呢？"作家"是两个被人看重的字，这谁都知道。为了让那个躲在园子深处坐轮椅的人，有朝一日在别人眼里也稍微有点光彩，在众人眼里也能有个位置，哪怕那时再去死呢也就多少说得过去了。开始的时候就是这样想，这不用保密。这些现在不用保密了。

我带着本子和笔，到园中找一个最不为人打扰的角落，偷偷地写。那个爱唱歌的小伙子在不远的地方一直唱。要是有人走过来，我就把本子合上把笔叼在嘴里。我怕写不成反落得尴尬。我很要面子。可是你写成了，而且发表了。人家说我写得还不坏，他们甚至说：真没想到你写得这么好。我心说你们没想到的事还多着呢。我确实有整整一宿高兴得没合眼。我很想让那个唱歌的小伙子知道，因为他的歌也毕竟是唱得不错。我告诉我的长跑家朋友的时候，那个中年女工程师正优雅地在园中穿行。长跑家很激动，他说好吧，我玩儿命跑，你玩儿命写。这一来你中了魔了，整天都在想哪一件事可以写，哪一个人可以让你写成小说。是中了魔了，我走到哪儿想到哪儿，在人山人海里只寻找小说。要是有一种小说试剂就好了，见人就滴两滴看他是不是一篇小说；要是有一种小说显影液就好了，把它泼满全世界看看都是哪儿有小说。中了魔了，那时我完全是为了写作活着。结果你又发表了几篇，并且出了一点小名，可这时你越来越感到恐慌。我忽然觉得自己活得像个人质，刚刚有点像个人了却又过了头，像个人质，被一个什么阴谋抓了来当人质，不定哪天就被处决，不定哪天就完蛋。你担心要不了多久你就会文思枯竭，那样你就又完了。凭什么我总能写出小说来呢？凭什么那些适合作小说的生活素材就总能送到一个截瘫者跟前来呢？人家满世界跑都有枯竭的危险，而我坐在这园子里凭什么可以一篇接一篇地写呢？你又想到死了。我想见好就收吧。当一名人质实在是太累了太紧张了，太朝不保夕了。我为写作而活下来，要是写作到底不是我应该干的事，我想，我再活下去是不是太冒傻气了？你这么想着你却还在绞尽脑汁地想写。我好歹又拧出点水来，从一条快要晒干的毛巾上。恐慌日甚一日，随时可能完蛋的感觉比完蛋本身可怕多了，所谓不怕贼偷就怕贼惦记。我想人不如死了好，不如不出生的好，不如压根儿没有这个世界的好。可你并没有去死。我又想到那是一件不必着急的事。可是不必着急的事并不证明是一件必要拖延的事呀！你总是决定活下来，这说明什么？是的，我还是想活。人为什么活着？因为人想活着，说到底是这么回事，人真正的名字叫：欲望。可我不怕死，有时候我真的不怕死。有时候——说对了。不怕死和想去死是两回事，有时候不怕死的人是有的，一生下来就不怕死的人是没有的。我有时候倒是怕活。可是怕活不等于不想活呀？可我为什么还想活呢？因为你还想得到点什么，你觉得你还是可以得到点什么的，比如说爱情，比如说价值感之类，人真正的名字叫欲望。

这不对吗？我不该得到点什么吗？没说不该。可我为什么活得恐慌，就像个人质？后来你明白了，你明白你错了，活着不是为了写作，而写作是为了活着。你明白了这一点是在一个挺滑稽的时刻。那天你又说你不如死了好，你的一个朋友劝你：你不能死，你还得写呢，还有好多好作品等着你去写呢。这时候你忽然明白了，你说：只是因为我活着，我才不得不写作。或者说只是因为你还想活下去，你才不得不写作。是的，这样说过之后我竟然不那么恐慌了。就像你看穿了死之后所得的那份轻松？一个人质报复一场阴谋的最有效的办法是把自己杀死。我看出我得先把我杀死在市场上，那样我就不用参加抢购题材的风潮了。你还写吗？还写。你真的不得不写吗？人都忍不住要为生存找一些牢靠的理由。你不担心你会枯竭了？我不知道，不过我想，活着的问题在死之前是完不了的。

这下好了，您不再恐慌了不再是个人质了，您自由了。算了吧你，我怎么可能自由呢？别忘了人真正的名字是：欲望。所以您得知道，消灭恐慌的最有效的办法就是消灭欲望。可是我还知道，消灭人性的最有效的办法也是消灭欲望。那么，是消灭欲望同时也消灭恐慌呢，还是保留欲望同时也保留人性？

我在这园子里坐着，我听见园神告诉我：每一个有激情的演员都难免是一个人质。每一个懂得欣赏的观众都巧妙地粉碎了一场阴谋。每一个乏味的演员都是因为他老以为这戏剧与自己无关。每一个倒霉的观众都是因为他总是坐得离舞台太近了。

我在这园子里坐着，园神成年累月地对我说：孩子，这不是别的，这是你的罪孽和福祉。

七

要是有些事我没说,地坛,你别以为是我忘了,我什么也没忘,但是有些事只适合收藏。不能说,也不能想,却又不能忘。它们不能变成语言,它们无法变成语言,一旦变成语言就不再是它们了。它们是一片朦胧的温馨与寂寥,是一片成熟的希望与绝望,它们的领地只有两处:心与坟墓。比如说邮票,有些是用于寄信的,有些仅仅是为了收藏。

如今我摇着车在这园子里慢慢走,常常有一种感觉,觉得我一个人跑出来已经玩儿得太久了。有一天我整理我的旧相册,看见一张十几年前我在这园子里照的照片——那个年轻人坐在轮椅上,背后是一棵老柏树,再远处就是那座古祭坛。我便到园子里去找那棵树。我按着照片上的背景找很快就找到了它,按着照片上它枝干的形状找,肯定那就是它。但是它已经死了,而且在它身上缠绕着一条碗口粗的藤萝。我当然记得园工们种那棵藤萝时的情景,我却不记得是在什么时候它已经长到了碗口粗。有一天我在这园子里碰见一个老太太,她说:"哟,你还在这儿哪?"她问我:"你母亲还好吗?""您是谁?""你不记得我,我可记得你。有一回你母亲来这儿找你,她问我您看没看见一个摇轮椅的孩子……"我忽然觉得,我一个人跑到这世界上来玩儿真是玩儿得太久了。有一天夜晚,我独自坐在祭坛边的路灯下看书,忽然从那漆黑的祭坛里传出一阵阵唢呐声。四周都是参天古树,方形的祭坛占地几百平米空旷坦荡独对苍天,我看不见那个吹唢呐的人,惟唢呐声在星光寥寥的夜空里低吟高唱,时而悲怆时而欢快，时而缠绵时而苍凉，或许这几个词都不足以形容它，我清清醒醒地听出它响在过去，响在现在，响在未来，回旋飘转亘古不散。

必有一天，我会听见喊我回去。

那时您可以想象一个孩子，他玩儿累了可他还没玩儿够呢，心里好些新奇的念头甚至等不及到明天。也可以想象是一个老人，无可置疑地走向他的安息地，走得任劳任怨。还可以想象一对热恋中的情人，互相一次次说"我一刻也不想离开你"，又互相一次次说"时间已经不早了"，时间不早了可我一刻也不想离开你，一刻也不想离开你可时间毕竟是不早了。

我说不好我想不想回去。我说不好是想还是不想，还是无所谓。我说不好我是像那个孩子，还是像那个老人，还是像一个热恋中的情人。很可能是这样：我同时是他们三个。我来的时候是个孩子，他有那么多孩子气的念头所以才哭着喊着闹着要来，他一来一见到这个世界便立刻成了不要命的情人，而对一个情人来说，不管多么漫长的时光也是稍纵即逝，那时他便明白，每一步每一步，其实一步步都是走在回去的路上。当牵牛花初开的时节，葬礼的号角就已吹响。

但是太阳，他每时每刻都是夕阳也都是旭日。当他熄灭着走下山去收尽苍凉残照之际，正是他在另一面燃烧着爬上山巅布散烈烈朝晖之时。有一天，我也将沉静着走下山去，扶着我的拐杖。那一天，在某一处山洼里，势必会跑上来一个欢蹦的孩子，抱着他的玩具。

当然，那不是我。

但是，那不是我吗？

宇宙以其不息的欲望将一个歌舞炼为永恒。这欲望有怎样一个人间的姓名，大可忽略不计。

写于 1989 年 5 月 5 日

修改于 1990 年 1 月 7 日

秋天的怀念

双腿瘫痪后,我的脾气变得暴怒无常。望着望着天上北归的雁阵,我会突然把面前的玻璃砸碎;听着听着李谷一甜美的歌声,我会猛地把手边的东西摔向四周的墙壁。母亲就悄悄地躲出去,在我看不见的地方偷偷地听着我的动静。当一切恢复沉寂,她又悄悄地进来,眼边红红的,看着我。"听说北海的花儿都开了,我推着你去走走。"她总是这么说。母亲喜欢花,可自从我的腿瘫痪后,她侍弄的那些花都死了。"不,我不去!"我狠命地捶打这两条可恨的腿,喊着,"我可活什么劲!"母亲扑过来抓住我的手,忍住哭声说:"咱娘儿俩在一块儿,好好儿活,好好儿活……"

可我却一直都不知道,她的病已经到了那步田地。后来妹妹告诉我,她常常肝疼得整宿整宿翻来覆去地睡不了觉。

那天我又独自坐在屋里,看着窗外的树叶唰唰啦啦地飘落。母亲进来了,挡在窗前:"北海的菊花开了,我推着你去看看吧。"她憔悴的脸上现出央求般的神色。"什么时候?""你要是愿意,就明天?"她说。我的回答已经让她喜出望外了。"好吧,就明

她出去了,就再也没回来。

天。"我说。她高兴得一会儿坐下,一会儿站起:"那就赶紧准备准备。""哎呀,烦不烦?几步路,有什么好准备的!"她也笑了,坐在我身边,絮絮叨叨地说着:"看完菊花,咱们就去'仿膳',你小时候最爱吃那儿的豌豆黄儿。还记得那回我带你去北海吗?你偏说那杨树花是毛毛虫,跑着,一脚踩扁一个……"她忽然不说了。对于"跑"和"踩"一类的字眼儿,她比我还敏感。她又悄悄地出去了。

她出去了,就再也没回来。

邻居们把她抬上车时,她还在大口大口地吐着鲜血。我没想到她已经病成那样。看着三轮车远去,也绝没有想到那竟是永远的诀别。

邻居的小伙子背着我去看她的时候,她正艰难地呼吸着,像她那一生艰难的生活。别人告诉我,她昏迷前的最后一句话是:"我那个有病的儿子和我那个还未成年的女儿……"

又是秋天,妹妹推我去北海看了菊花。黄色的花淡雅,白色的花高洁,紫红色的花热烈而深沉,泼泼洒洒,秋风中正开得烂漫。我懂得母亲没有说完的话。妹妹也懂。我俩在一块儿,要好好儿活……

1981 年

合欢树

　　十岁那年，我在一次作文比赛中得了第一。母亲那时候还年轻，急着跟我说她自己，说她小时候的作文做得还要好，老师甚至不相信那么好的文章会是她写的，"老师找到家来问，是不是家里的大人帮了忙。我那时可能还不到十岁呢。"我听得扫兴，故意笑："可能？什么叫可能还不到？"她就解释。我装作根本不再注意她的话，对着墙打乒乓球，把她气得够呛。不过我承认她聪明，承认她是世界上长得最好看的女的。她正给自己做一条蓝地白花的裙子。

　　二十岁，我的两条腿残废了。除去给人家画彩蛋，我想我还应该再干点别的事，先后改变了几次主意，最后想学写作。母亲那时已不年轻，为了我的腿，她头上开始有了白发。医院已经明确表示，我的病目前没办法治。母亲的全副心思却还放在给我治病上，到处找大夫，打听偏方，花很多钱。她倒总能找来些稀奇古怪的药，让我吃，让我喝，或者是洗、敷、熏、灸。"别浪费时间啦！根本没用！"我说。我一心只想着写小说，仿佛那东西能把残疾人救出困境。"再试一回，不试你怎么知道有用没用？"她说。每一回都虔诚地抱着希望。然而对我的腿，有多少回希望就有多少回失望。最后一回，我的胯上被熏成烫伤。医院的大夫说，这实在太悬了，对于瘫痪病人，这差不多是要命的事。我倒没太害怕，心想死了也好，死了倒痛快。母亲惊惶了几个月，昼夜守着我，一换药就说："怎么会烫了呢？我还直留神呀！"幸亏伤口好起来，不然她非疯了不可。

后来她发现我在写小说。她跟我说："那就好好写吧。"我听出来，她对治好我的腿也终于绝望。"我年轻的时候也最喜欢文学。"她说。"跟你现在差不多大的时候，我也想过搞写作。"她说。"你小时候的作文不是得过第一？"她提醒我说。我们俩都尽力把我的腿忘掉。她到处去给我借书，顶着雨或冒了雪推我去看电影，像过去给我找大夫、打听偏方那样，抱了希望。

三十岁时，我的第一篇小说发表了，母亲却已不在人世。过了几年，我的另一篇小说又侥幸获奖，母亲已经离开我整整七年。

获奖之后，登门采访的记者就多。大家都好心好意，认为我不容易。但是我只准备了一套话，说来说去就觉得心烦。我摇着车躲出去。坐在小公园安静的树林里，我闭上眼睛，想：上帝为什么早早地召母亲回去呢？很久很久，迷迷糊糊地，我听见回答："她心里太苦了。上帝看她受不住了，就召她回去。"我似乎得到一点安慰，睁开眼睛，看见风正在树林里吹过。

我摇车离开那儿，在街上瞎逛，不想回家。

母亲去世后，我们搬了家。我很少再到母亲住过的那个小院儿去。小院儿在一个大院儿的尽里头，我偶尔摇车到大院儿去坐坐，但不愿意去那个小院儿，推说手摇车进去不方便。院儿里的老太太们还都把我当儿孙看，尤其想到我又没了母亲，但都不说，光扯些闲话，怪我不常去。我坐在院子当中，喝东家的茶，吃西家的瓜。有一年，人们终于又提到母亲："到小院儿去看看吧，你妈种的那棵合欢树今年开花了！"我心里一阵抖，还是推说手摇车进出太不易。大伙儿就不再说，忙扯些别的，说起我们原来住的房子里现在住了小两口，女的刚生了个儿子，孩子不哭不闹，光是瞪着眼睛看窗户上的树影儿。

我没料到那棵树还活着。那年，母亲到劳动局去给我找工作，回来时在路边挖了一棵刚出土的"含羞草"。以为是含羞草，种在花盆里长，竟是一棵合欢树。母亲从来喜欢那些东西，但当时心思全在别处。第二年合欢树没有发芽，母亲叹息了一回，还不舍得扔掉，依然让它长在瓦盆里。第三年，合欢树却又长出叶子，而且茂盛了。母亲高兴了很多天，以为那是个好兆头，常去侍弄它，不敢再大意。又过一年，她把合欢树移出盆，栽在窗前的地上，有时念叨，不知道这种树几年才开花。再过一年，我们搬了家，悲痛弄得我们都把那棵小树忘记了。

与其在街上瞎逛，我想，不如就去看看那棵树吧。我也想再看看母亲住过的那间房。我老记着，那儿还有个刚来到世上的孩子，不哭不闹，瞪着眼睛看树影儿。是那棵合欢树的影子吗？小院儿里只有那棵树。

院儿里的老太太们还是那么欢迎我，东屋倒茶，西屋点烟，送到我眼前。大伙儿都不知道我获奖的事，也许知道，但不觉得那很重要，还是都问我的腿，问我是否有了正式工作。这回，

我问起那棵合欢树。大伙儿说,年年都开花,长到房高了。

想摇车进小院儿真是不能了。家家门前的小厨房都扩大,过道儿窄到一个人推自行车进出也要侧身。我问起那棵合欢树。大伙儿说,年年都开花,长到房高了。这么说,我再看不见它了。我要是求人背我去看,倒也不是不行。我挺后悔前两年没有自己摇车进去看看。

我摇着车在街上慢慢走,不急着回家。人有时候只想独自静静地待一会儿。悲伤也成享受。

有一天那个孩子长大了,会想起童年的事,会想起那些晃动的树影儿,会想起他自己的妈妈。他会跑去看看那棵树。但他不会知道那棵树是谁种的,是怎么种的。

1985 年

我二十一岁那年

友谊医院神经内科病房有十二间病室,除去1号2号,其余十间我都住过。当然,绝不为此骄傲。即便多么骄傲的人,据我所见,一躺上病床也都谦恭。1号和2号是病危室,是一步登天的地方,上帝认为我住那儿为时尚早。

十九年前,父亲搀扶着我第一次走进那病房。那时我还能走,走得艰难,走得让人伤心就是了。当时我有过一个决心:要么好,要么死,一定不再这样走出来。

正是晌午,病房里除了病人的微鼾,便是护士们轻极了的脚步,满目洁白,阳光中飘浮着药水的味道,如同信徒走进了庙宇,我感觉到了希望。一位女大夫把我引进10号病室。她贴近我的耳朵轻轻柔柔地问:"午饭吃了没?"我说:"您说我的病还能好吗?"她笑了笑。记不得她怎样回答了,单记得她说了一句什么之后,父亲的愁眉也略略地舒展。女大夫步履轻盈地走后,我永远留住了一个偏见:女人是最应该当大夫的,白大褂是她们最优雅的服装。

那天恰是我二十一岁生日的第二天。我对医学对命运都还未及了解,不知道病出在脊髓上将是一件多么麻烦的事。我舒心地躺下来睡了个好觉,心想:十天,一个月,好吧就算是三个月,然后我就又能是原来的样子了。和我一起插队的同学来看我时,也都这样想,他们给我带来很多书。

10号有六个床位。我是6床。5床是个农民,他天天都盼着出院。"光房钱一天就一块一毛五,你算算得啦,"5床说,"死呗可值得了这么些?"3床就说:"得了嘿,你有完没完!死死死,数你悲观。"4床是个老头儿,说:"别价别价,咱毛主席有话啦——既来之,则安之。"农民便带笑地把目光转向我,却是对他们说:"敢情你们都有公费医疗。"他知道我还在与贫下中农相结合。1床不说话,1床一旦说话即可出院。2床像是个有些来头的人,举手投足之间便赢得大伙儿的敬畏。2床幸福地把一切名词都忘了,包括忘了自己的姓名。2床讲话时,所有名词都以"这个""那个"代替,因而讲到一些轰轰烈烈的事迹却听不出是谁人所为。4床说:"这多好,不得罪人。"

我不搭茬儿。刚有的一点舒心顷刻全光。一天一块多房钱都要从父母的工资里出,一天好几块的药钱、饭钱都要从父母的工资里出,何况为了给我治病家中早已是负债累累了。我马上就想那农民之所想了:什么时候才能出院呢?我赶紧松开拳头让自己放明白点:这是在医院不是在家里,这儿没人会容忍我发脾气,而且砸坏了什么还不是得用父母的工资去赔?所幸身边有书,想来想去只好一头埋进书里去,好吧好吧,就算是三个月!我平白地相信这样一个期限。

可是三个月后我不仅没能出院,病反而更厉害了。

那时我和2床一起住到了7号。2床果然不同寻常，是位局长，11级干部，但还是多了一级，非10级以上者无缘去住高干病房的单间。7号是这普通病房中惟一仅设两张病床的房间，最接近单间，故一向由最接近10级的人去住。据说刚有个13级从这儿出去。2床搬来名正言顺。我呢？护士长说是"这孩子爱读书"，让我帮助2床把名词重新记起来。"你看他连自己是谁都闹不清了。"护士长说。但2床却因此越来越让人喜欢，因为"局长"也是名词也在被忘之列，我们之间的关系日益平等、融洽。有一天他问我："你是干什么的？"我说："插队的。"2床说他的"那个"也是，两个"那个"都是，他在高出他半个头的地方比画一下："就是那两个，我自己养的。""您是说您的两个儿子？"他说对，儿子。他说好哇，革命嘛就不能怕苦，就是要去结合。他说："我们当初也是从那儿出来的嘛。"我说："农村？""对对对。什么？""农村。""对对对农村。别忘本呀！"我说是。我说："您的家乡是哪儿？"他于是抱着头想好久。这一回我也没办法提醒他。最后他骂一句，不想了，说："我也放过那玩意儿。"他在头顶上伸直两个手指。"是牛吗？"他摇摇头，手往低处一压。"羊？""对了，羊。我放过羊。"他躺下，双手垫在脑后，甜甜蜜蜜地望着天花板老半天不言语。大夫说他这病叫作"角回综合征，命名性失语"，并不影响其他记忆，尤其是遥远的往事更都记得清楚。我想局长到底是局长，比我会得病。他忽然又坐起来："我的那个，喂，小什么来？""小儿子？""对！"他怒气冲冲地跳到地上，说："那个小玩意儿，娘个×！"说："他要去结合，我说好嘛我支持。"说："他来信要钱，说要办个这个。"他指了指周围。我想"那个小玩意儿"可能是要办个医疗站。他说:"好嘛,要多少?我给。可那个小玩意儿!"他背着手气哼哼地来回走,然后停住,两手一摊,"可他又要在那儿结婚!""在农村?""对,农村。""跟农民?""跟农民。"无论是根据我当时的思想觉悟,还是根据报纸电台当时的宣传倡导,这都是值得肃然起敬的。"扎根派。"我钦佩地说。"娘了个×派!"他说,"可你还要不要回来?"这下我有点儿发蒙。见我愣着,他又一跺脚,补充道:"可你还要不要革命?!"这下我懂了,先不管革命是什么,2床的坦诚都令人欣慰。

不必去操心那些玄妙的逻辑了。整个冬天就快过去,我反倒拄着拐杖都走不到院子里去了,双腿日甚一日地麻木,肌肉无可遏止地萎缩,这才是需要发愁的。

我能住到7号来,事实上是因为大夫护士们都同情我。因为我还这么年轻,因为我是自费医疗,因为大夫护士都已经明白我这病的前景极为不妙,还因为我爱读书——在那个"知识越多越反动"的年代,大夫护士们尤为喜爱一个爱读书的孩子。他们都还把我当孩子。他们的孩子有不少也在插队。护士长好几次在我母亲面前夸我,最后总是说:"唉,这孩子……"这一声叹,暴露了当代医学的爱莫能助。他们没有别的办法帮助我,只能让我住得好一点,安静些,读读书吧——他们可能是想,说不定书中能有"这孩子"一条路。

可我已经没了读书的兴致。整日躺在床上,听各种脚步从门外走过;希望他们停下来,推门进来,又希望他们千万别停,走过去走你们的路去别来烦我。心里荒荒凉凉地祈祷:上帝如果你不收我回去，就把能走路的腿也给我留下！我确曾在没人的时候双手合十，出声地向神灵许过愿。多年以后才听一位无名的哲人说过：危卧病榻，难有无神论者。如今来想，有神无神并不值得争论，但在命运的混沌之点，人自然会忽略着科学，向虚冥之中寄托一份虔敬的祈盼。正如迄今人类最美好的向往也都没有实际的验证，但那向往并不因此消灭。

主管大夫每天来查房，每天都在我的床前停留得最久："好吧，别急。"按规矩主任每星期查一次房，可是几位主任时常都来看看我："感觉怎么样？嗯，一定别着急。"有那么些天全科的大夫都来看我，八小时以内或以外，单独来或结队来，检查一番各抒主张，然后都对我说："别着急，好吗？千万别急。"从他们谨慎的言谈中我渐渐明白了一件事：我这病要是因为一个肿瘤的捣鬼，把它找出来切下去随便扔到一个垃圾桶里，我就还能直立行走，否则我多半就把祖先数百万年进化而来的这一优势给弄丢了。

窗外的小花园里已是桃红柳绿，二十二个春天没有哪一个像这样让人心抖。我已经不敢去羡慕那些在花丛树行间漫步的健康人和在小路上打羽毛球的年轻人。我记得我久久地看过一个身着病服的老人，在草地上踱着方步晒太阳——只要这样我想只要这样！只要能这样就行了就够了！我回忆脚踩在软软的草地上是什么感觉，想走到哪儿就走到哪儿是什么感觉，踢一颗路边的石子，踢着它走是什么感觉。没这样回忆过的人不会相信，那竟是回忆不出来的！老人走后我仍呆望着那块草地，阳光在那儿慢慢地淡薄，脱离，凝作一缕孤哀凄寂的红光一步步爬上墙，爬上楼顶……我写下一句歪诗：轻拨小窗看春色，漏入人间一斜阳。日后我摇着轮椅特意去看过那块草地,并从那儿张望7号窗口,猜想那玻璃后面现在住的谁,上帝打算为他挑选什么前程,当然,上帝用不着征求他的意见。

我乞求上帝不过是在和我开着一个临时的玩笑——在我的脊椎里装进了一个良性的瘤子。对对,它可以长在椎管内,但必须要长在软膜外,那样才能把它剥离而不损坏那条珍贵的脊髓。"对不对,大夫?""谁告诉你的?""对不对吧?"大夫说:"不过,看来不太像肿瘤。"我用目光在所有的地方写下"上帝保佑",我想,或许把这四个字写到千遍万遍就会赢得上帝的怜悯,让它是个瘤子,一个善意的瘤子。要么干脆是个恶毒的瘤子,能要命的那一种,那也行。总归得是瘤子,上帝!

朋友送了我一包莲子,无聊时我捡几颗泡在瓶子里,想,赌不赌一个愿?——要是它们能发芽,我的病就不过是个瘤子。但我战战兢兢地一直没敢赌。谁料几天后莲子竟都发芽了。我想好吧我赌!我想其实我压根儿是倾向于赌的。我想倾向于赌事实上就等于是赌了。我想现在我还敢赌——它们一定能长出叶子!(这是明摆着的。)我每天给它们换水,早晨把它们移到窗台西边,下午再把它们挪到东边,让它们总在阳光里;为此我抓住床栏走,扶住窗台走,几米路我走得大汗淋漓。这事我不说,没人知道。不久,它们长出一片片圆圆的叶子来。"圆",又是好兆。我更加周到地侍候它们,坐回到床上气喘吁吁地望着它们,夜里醒来在月光中也看看它们:好了,我要转运了。并且忽然注意到"莲"与"怜"谐音,毕恭毕敬地想:上帝终于要对我发发慈悲了吧?这些事我不说没人知道。叶子长出了瓶口,闲人要去摸，我不让，他们硬是摸了呢，我便在心里加倍地祈祷几回。这些事我不说，现在也没人知道。然而科学胜利了，它三番五次地说那儿没有瘤子，没有没有。果然，上帝直接在那条娇嫩的脊髓上做了手脚！定案之日，我像个冤判的屈鬼那样疯狂地作乱，挣扎着站起来，心想干吗不能跑一回给那个没良心的上帝瞧瞧？后果很简单，如果你没摔死你必会明白：确实，你干不过上帝。

我终日躺在床上一言不发，心里先是完全的空白，随后由着一个死字去填满。王主任来了。（那个老太太，我永远忘不了她。还有张护士长。八年以后和十七年以后，我有两次真的病到了死神门口，全靠这两位老太太又把我抢下来。）我面向墙躺着，王主任坐在我身后许久不说什么，然后说了，话并不多，大意是：还是看看书吧，你不是爱看书吗？人活一天就不要白活。将来你工作了，忙得一点儿时间都没有，你会后悔这段时光就让它这么白白地过去了。这些话当然并不能打消我的死念，但这些话我将受用终生，在以后的若干年里我频繁地对死神抱有过热情，但在未死之前我一直记得王主任这些话，因而还是去做些事。使我没有去死的原因很多（我在另外的文章里写过），"人活一天就不要白活"亦为其一，慢慢地去做些事于是慢慢地有了活的兴致和价值感。有一年我去医院看她，把我写的书送给她，她已是满头白发了，退休了，但照常在医院里从早忙到晚。我看着她想，这老太太当年必是心里有数，知道我还不至去死，所以她单给我指一条活着的路。可是我不知道当年我搬离7号后，是谁最先在那儿发现过一团电线，并对此做过什么推想？那是个秘密，现在也不必说。假定我那时真的去死了呢？我想找一天去问问王主任。我想,她可能会说"真要去死那谁也管不了",可能会说"要是你找不到活着的价值,迟早还是想死",可能会说"想一想死倒也不是坏事,想明白了倒活得更自由",可能会说"不,我看得出来,你那时离死神还远着呢,因为你有那么多好朋友"。

友谊医院——这名字叫得好。"同仁""协和""博爱""济慈",这样的名字也不错,但或稍嫌冷静,或略显张扬,都不如"友谊"听着那么平易、亲近。也许是我的偏见。二十一岁末尾,双腿彻底背叛了我,我没死,全靠着友谊。还在乡下插队的同学不断写信来,软硬兼施劝骂并举,以期激起我活下去的勇气;已转回北京的同学每逢探视日必来看我,甚至非探视日他们也能进来。"怎进来的你们?""咳,闭上一只眼睛想一会儿就进来了。"这群插过队的,当年可以凭一张站台票走南闯北,甭担心还有他们走不通的路。那时我搬到了加号。加号原本不是病房,里面有个小楼梯间,楼梯间弃置不用了,余下的地方仅够放一张床,虽然窄小得像一节烟筒,但毕竟是单间,光景固不可比10级,却又非11级可比。这又是大夫护士们的一番苦心,见我的朋友太多,都是少男少女难免说笑得不管不顾,既不能影响了别人又不可剥夺了我的快乐,于是给了我10.5级的待遇。加号的窗口朝向大街,我的床紧挨着窗,在那儿我度过了二十一岁中最惬意的时光。每天上午我就坐在窗前清清静静地读书,很多名著我都是在那时读到的,也开始像模像样地学着外语。一过中午,我便直着眼睛朝大街上眺望,尤其注目骑车的年轻人和5路汽车的车站,盼着朋友们来。有那么一阵子我暂时忽略了死神。朋友们来了，带书来，带外面的消息来，带安慰和欢乐来，带新朋友来，新朋友又带新的朋友来，然后都成了老朋友。以后的多少年里，友谊一直就这样在我身边扩展，在我心里深厚。把加号的门关紧，我们自由地嬉笑怒骂，毫无顾忌地议论世界上所有的事，高兴了还可以轻声地唱点什么——陕北民歌，或插队知青自己的歌。晚上朋友们走了，在小台灯幽寂而又喧嚣的光线里，我开始想写点什么，那便是我创作欲望最初的萌生。我一时忘记了死，还因为什么？还因为爱情的影子在隐约地晃动。那影子将长久地在我心里晃动，给未来的日子带来幸福也带来痛苦，尤其带来激情，把一个绝望的生命引领出死谷。无论是幸福还是痛苦，都会成为永远的珍藏和神圣的纪念。

二十一岁、二十九岁、三十八岁，我三进三出友谊医院，我没死，全靠了友谊。后两次不是我想去勾结死神，而是死神对我有了兴趣；我高烧到四十多度，朋友们把我抬到友谊医院，内科说没有护理截瘫病人的经验，柏大夫就去找来王主任，找来张护士长，于是我又住进神内病房。尤其是二十九岁那次，高烧不退，整天昏睡、呕吐，差不多三个月不敢闻饭味，光用血管去喝葡萄糖，血压也不安定，先是低压升到一百二十接着高压又降到六十，大夫们一度担心我活不过那年冬天了——肾，好像是接近完蛋的模样，治疗手段又像是接近于无了。我的同学找柏大夫商量，他们又一起去找唐大夫，要不要把这事告诉我父亲？他们决定：不。告诉他，他还不是白着急？然后他们分了工：死的事由我那同学和柏大夫管，等我死了由他们去向我父亲解释；活着

加号的窗口朝向大街,我的床紧挨着窗,
在那儿我度过了二十一岁中最惬意的时光。

的我由唐大夫多多关照。唐大夫说:"好,我以教学的理由留他在这儿,他活一天就还要想一天办法。"真是人不当死鬼神奈何其不得,冬天一过我又活了,看样子极可能活到下一个世纪去。唐大夫就是当年把我接进10号的那个女大夫,就是那个步履轻盈温文尔雅的女大夫,但八年过去她已是两鬓如霜了。又过了九年,我第三次住院时唐大夫已经不在。听说我又来了,科里的老大夫、老护士们都来看我,问候我,夸我的小说写得还不错,跟我叙叙家常,惟唐大夫不能来了。我知道她不能来了,她不在了。我曾摇着轮椅去给她送过一个小花圈,大家都说:她是累死的,她肯定是累死的!我永远记得她把我迎进病房的那个中午,她贴近我的耳边轻轻柔柔地问:"午饭吃了没?"倏忽之间,怎么,她已经不在了?她不过才五十岁出头。这事真让人哑口无言,总觉得不大说得通,肯定是谁把逻辑摆弄错了。

但愿柏大夫这一代的命运会好些。实际只是当着众多病人时我才叫她柏大夫。平时我叫她"小柏",她叫我"小史"。她开玩笑时自称是我的"私人保健医",不过这不像玩笑这很近实情。近两年我叫她"老柏"她叫我"老史"了。十九年前的深秋,病房里新来了个卫生员,梳着短辫儿,戴一条长围巾穿一双黑灯芯绒鞋,虽是一口地道的北京城里话,却满身满脸的乡土气尚未退尽。"你也是插队的?"我问她。"你也是?"听得出来,她早已知道了。"你哪届?""老初二,你呢?""我六八,老初一。你哪儿?""陕北。你哪儿?""我内蒙古。"这就行了,全明白了,这样的招呼是我们这代人的专利,这样的问答立刻把我们拉近。我料定,几十年后这样的对话仍会在一些白发苍苍的人中间流行，仍是他们之间最亲切的问候和最有效的沟通方式。后世的语言学者会煞费苦心地对此做一番考证，正儿八经地写一篇论文去得一个学位。而我们这代人是怎样得一个学位的呢？十四五岁停学，十七八岁下乡，若干年后回城，得一个最被轻视的工作，但在农村待过了还有什么工作不能干的呢？同时学心不死业余苦读，好不容易上了个大学，毕业之后又被轻视——因为真不巧你是个"工农兵学员"，你又得设法摘掉这个帽子，考试考试考试这代人可真没少考试，然后用你加倍的努力让老的少的都服气，用你的实际水平和能力让人们相信你配得上那个学位——比如说，这就是我们这代人得一个学位的典型途径。这还不是最坎坷的途径。"小柏"变成"老柏"，那个卫生员成为柏大夫，大致就是这么个途径，我知道，因为我们已是多年的朋友。她的丈夫大体上也是这么走过来的，我们都是朋友了；连她的儿子也叫我"老史"。闲下来细细去品，这个"老史"最令人羡慕的地方，便是一向活在友谊中。真说不定，这与我二十一岁那年恰恰住进了"友谊"医院有关。

　　因此偶尔有人说我是活在世外桃源，语气中不免流露了一点讥讽，仿佛这全是出于我的自娱甚至自欺。我颇不以为然。我既非活在世外桃源，也从不相信有什么世外桃源。但我相信世间桃源，世间确有此源，如果没有恐怕谁也就不想再活。倘此源有时弱小下去，依我看，至少讥讽并不能使其强大。千万年来它作为现实，更作为信念，这才不断。它源于心中再流入心中，它施于心又由于心，这才不断。欲其强大，舍心之虔诚又向何求呢？

　　也有人说我是不是一直活在童话里，语气中既有赞许又有告诫。

赞许并且告诫，这很让我信服。赞许既在，告诫并不意指人们之间应该加固一条防线，而只是提醒我：童话的缺憾不在于它太美，而在于它必要走进一个更为纷繁而且严酷的世界，那时只怕它太娇嫩。

事实上二十一岁那年，上帝已经这样提醒我了，他早已把他的超级童话和永恒的谜语向我略露端倪。

住在4号时，我见过一个男孩儿。他那年七岁，家住偏僻的山村，有一天传说公路要修到他家门前了，孩子们都翘首以待好梦联翩。公路终于修到，汽车终于开来，乍见汽车，孩子们惊讶兼着胆怯，远远地看。日子一长孩子便有奇想，发现扒住卡车的尾巴可以威风凛凛地兜风，他们背着父母玩儿得好快活。可是有一次，只一次，这七岁的男孩儿失手从车上摔了下来。他住进医院时已经不能跑，四肢肌肉都在萎缩。病房里很寂寞，孩子一瘸一瘸地到处串，淘得过分了，病友们就说他："你说说你是怎么伤的？"孩子立刻低了头，老老实实地一动不动。"说呀？""说，因为什么？"孩子嗫嚅着。"喂，怎么不说呀？给忘啦？""因为扒汽车。"孩子低声说。"因为淘气。"孩子补充道。他在诚心诚意地承认错误。大家都沉默，除了他自己谁都知道：这孩子伤在脊髓上，那样的伤是不可逆的。孩子仍不敢动，规规矩矩地站着用一双正在萎缩的小手擦眼泪。终于会有人先开口，语调变得哀柔："下次还淘不淘了？"孩子很熟悉这样的宽容或原谅，马上使劲摇头："不，不，不了！"同时松了一口气。但这一回不同以往，怎么没有人接着向他允诺"好啦，只要改了就还是好孩子"呢？他睁大眼睛去看每一个大人，那意思是：还不行吗？再不淘气了还不行吗？他不知道，他还不懂，命运中有一种错误是只能犯一次的，并没有改正的机会；命运中有一种并非错误的错误（比如淘气，是什么错误呢？），但这却是不被原谅的。那孩子小名叫"五蛋"，我记得他，那时他才七岁，他不知道，他还不懂。未来，他势必有一天会知道，可他势必有一天就会懂吗？但无论如何，那一天就是一个童话的结尾。在所有童话的结尾处，让我们这样理解吧：上帝为了锤炼生命，将布设下一个残酷的谜语。

住在6号时，我见过一对恋人。那时他们正是我现在的年纪，四十岁。他们是大学同学。男的二十四岁时本来就要出国留学，日期已定，行装都备好了，可命运无常，不知因为什么屁大的一点事不得不拖延一个月，偏就在这一个月里因为一次医疗事故他瘫痪了。女的对他一往情深，等着他，先是等着他病好，没等到；然后还等着他，等着他同意跟她结婚，还是没等到。外界的和内心的阻力重重，一年一年，男的既盼着她来又说服着她走。但一年一年，病也难逃爱也难逃，女的就这么一直等着。有一次她狠了狠心，调离北京到外地去工作了，但是斩断感情却不这么简单，而且再想调回北京也不这么简单，女的只要有三天假期也迢迢千里地往北京跑。男的那时病更重了，全身都不能动了，和我同住一个病室。女的走后，男的对我说：你要是爱她，你就不能害她，除非你不爱她，可那你又为什么要结婚呢？男的睡着了，女的对我说过：我知道他这是爱我，可他不明白其实这是害我，我真想一走了事，我试过，不行，我知道我没法儿不爱他。女的走了男的又对我说过：不不，她还年轻，她还有机会，她得结婚，她这人不能没有爱。男的睡了女的又对我说过：可什么是机会呢？机会不在外边而在心里，结婚的机会有可能在外边，可爱情的机会只能在心里。女的不在时，我把她的话告诉男的，男的默然垂泪。我问他："你干吗不能跟她结婚呢？"他说："这你还不懂。"他说："这很难说得清，因为你活在整个这个世界上。"他说："所以，有时候这不是光由两个人就能决定的。"我那时确实还不懂。我找到机会又问女的："为什么不是两个人就能决定的？"她说："不，我不这么认为。"她说："不过确实，有时候这确实很难。"她沉吟良久，说："真的，跟你说你现在也不懂。"十九年过去了，那对恋人现在该已经都是老人。我不知道现在他们各自在哪儿，我只听说他们后来还是分手了。十九年中，我自己也有过爱情的经历了，现在要是有个二十一岁的人问我爱情都是什么，大概我也只能回答：真的，这可能从来就不是能说得清的。无论她是什么，她都很少属于语言，而是全部属于心的。还是那位台湾作家三毛说得对：爱如神，不能说不能说，一说就错。那也是在一个童话的结尾处，上帝为我们能够永远地追寻着活下去，而设置的一个残酷却诱人的谜语。

二十一岁过去，我被朋友们抬着出了医院，这是我走进医院时怎么也没料到的。我没有死，也再不能走，对未来怀着希望也怀着恐惧。在以后的年月里，还将有很多我料想不到的事发生，我仍旧有时候默念着"上帝保佑"而陷入茫然。但是有一天我认识了神，他有一个更为具体的名字——精神。在科学的迷茫之处，在命运的混沌之点，人惟有乞灵于自己的精神。不管我们信仰什么，都是我们自己的精神的描述和引导。

1990 年 12 月 7 日

好运设计

要是今生遗憾太多，在背运的当儿，尤其在背运之后情绪渐渐平静了或麻木了，你独自待一会儿，抽支烟，不妨想一想来世。你不妨随心所欲地设想一下（甚至是设计一下）自己的来世。你不妨试试。在背运的时候，至少我觉得这不失为一剂良药——先可以安神，而后又可以振奋。就像输惯了的赌徒把屡屡的败绩置于脑后，输光了裤子也还是对下一局存着饱满的好奇和必赢的冲动。这没有什么不好。这有什么不好吗？无非是说迷信，好吧，你就迷信他一回。无非是说这不科学，行，况且对于走运和背运的事实，科学本来无能为力。无非说这是空想，这是自欺，这是做梦，没用。那么希望有用吗？希望是不是必得在被证明了是可以达到的之后才能成立？当然，这些差不多都是废话，背了运的时候哪想得起来这么多废话？背了运的时候只是想走运有多么好，要是能走运有多好。到底会有多好呢？想想吧，想想没什么坏处，干吗不想一想呢？我就常常这样去想，我常常浪费很多时间去做这样的蠢事。

我想，倘有来世，我先要占住几项先天的优越：聪明、漂亮和一副好身体。命运从一开始就不公平，人一生下来就有走运的和不走运的。譬如说一个人很笨，生来就笨，这该怨他自己吗？然而由此所导致的一切后果却完全要由他自己负责——他可能因此在兄弟姐妹之中是最不被父母喜爱的一个，他可能因此常受老师的斥责和同学们的嘲笑，他于是便更加自卑、更加委顿，饱受了轻蔑终也不知这事到底该怨谁。再譬如说，一个人生来就丑，相当丑，再怎么想办法去美容都无济于事，这难道是他的错误是他的罪过？不是。好，不是。那为什么就该他难得姑娘们的喜欢呢？因而婚事就变得格外困难，一旦有个漂亮姑娘爱上他却又赢得多少人的惊诧和不解；终于有了孩子，不要说别人就连他自己都希望孩子长得千万别像他自己。为什么就该他是这样呢？为什么就该他常遭取笑，常遭哭笑不得的外号，或者常遭怜悯，常遭好心人小心翼翼地对待呢？再说身体，有的人生来就肩宽腿长潇洒英俊（或者婀娜妩媚娉娉婷婷），生来就有一身好筋骨，跑得也快跳得也高，气力足耐力又好，精力旺盛，而且很少生病，可有的人却与此相反生来就样样都不如人。对于身体，我的体会尤甚。譬如写文章，有的人写一整天都不觉得累，可我连续写上三四个钟头眼前就要发黑。譬如和朋友们一起去野游，满心欢喜妙想联翩地到了地方，大家的热情正高雅趣正浓，可我已经累得只剩了让大家扫兴的份儿了。所以我真希望来世能有一副好身体。今生就不去想它了，只盼下辈子能够谨慎投胎，有健壮优美如卡尔·刘易斯一般的身材和体质，有潇洒漂亮如周恩来一般的相貌和风度，有聪明智慧如阿尔伯特·爱因斯坦一般的大脑和灵感。

既然是梦想不妨就让它完美些罢。何必连梦想也那么拘谨那么谦虚呢？我便如醉如痴并且极端自私自利地梦想下去。

降生在什么地方也是件相当重要的事。二十年前插队的时候，我在偏远闭塞的陕北乡下，见过不少健康漂亮尤其聪慧超群的少年，当时我就想，他们要是生在一个恰当的地方他们必都会大有作为，无论他们做什么他们都必定成就非凡。但在那穷乡僻壤，吃饱肚子尚且是一件颇为荣耀的成绩，哪还有余力去奢想什么文化呢？所以他们没有机会上学，自然也没有书读，看不到报纸电视甚至很少看得到电影，他们完全不知道外面的世界是什么样子，便只可能遵循了祖祖辈辈的老路，日出而作日入而息，春种秋收夏忙冬闲，日复一日年复一年。光阴如常地流逝，然后他们长大了，娶妻生子成家立业，才华逐步耗尽变作纯朴而无梦想的汉子。然后，可以料到，他们也将如他们的父辈一样地老去，惟单调的岁月在他们身上留下注定的痕迹，而人为什么要活这一回呢？却仍未在他们苍老的心里成为问题。然后，他们恐惧着、祈祷着、惊慌着听命于死亡随意安排。再然后呢？再然后倘若那地方没有变化，他们的儿女们必定还是这样地长大、老去、磨钝了梦想，一代代去完成同样的过程。或许这倒是福气？或许他们比我少着梦想所以也比我少着痛苦？他们会不会也设想过自己的来世呢？没有梦想或梦想如此微薄的他们又是如何设想自己的来世呢？我不知道。我不知道。我只希望我的来世不要是他们这样，千万不要是这样。

那么降生在哪儿好呢？是不是生在大城市，生在个贵府名门就肯定好呢？父亲是政绩斐然的总统，要不是个家藏万贯的大亨，再不就是位声名赫赫的学者，或者父母都是不同寻常的人物，你从小就在一个备受宠爱备受恭维的环境中长大，呈现在你面前的是无忧无虑的现实，绚烂辉煌的前景，左右逢源的机遇，一帆风顺的坦途……不过这样是不是就好呢？一般来说这样的境遇也是一种残疾，也是一种牢笼。这样的境遇经常造就着蠢材，不蠢的几率很小，有所作为的比例很低，而且大凡有点水平的姑娘都不肯高攀这样的人；固然他们之中也有智能超群的天才，也有过大有作为的人物，也出过明心见性的悟者，但毕竟几率很小比例很低。这就有相当大的风险，下辈子务必慎重从事，不可疏忽大意不可掉以轻心，今生多舛来生再受不住是个蠢材了。

生在穷乡僻壤，有孤陋寡闻之虞，不好。生在贵府名门，又有骄狂愚妄之险，也不好。

生在一个介于此二者之间的位置上怎么样？嗯，可能不错。

既知晓人类文明的丰富璀璨，又懂得生命路途的坎坷艰难，这样的位置怎么样？嗯，不错。

既了解达官显贵奢华而危惧的生活，又体会平民百姓清贫而深情的岁月，这位置如何？嗯！不错，好！

既有博览群书并入学府深造的机缘，又有浪迹天涯独自在社会上闯荡的经历；既能在关键时刻得良师指点如有神助，又时时事事都要靠自己努力奋斗绝非平步青云；既饱尝过人情友爱的美好，又深知了世态炎凉的正常，故而能如罗曼·罗兰所说："看清了这个世界,而后爱它。"——这样的位置可好?好。确实不错。好虽好,不过这样的位置在哪儿呢?

在下辈子。在来世。只要是好,咱可以设计。咱不慌不忙仔仔细细地设计一下吧。我看没理由不这样设计一下。甭灰心,也甭沮丧,真与假的说道不属于梦想和希望的范畴,还是随心所欲地来一回"好运设计"吧。

你最好生在一个普通知识分子的家庭。

也就是说,你父亲是知识分子但千万不要是那种炙手可热过于风云的知识分子,否则,"贵府名门"式的危险和不幸仍可能落在你头上:你将可能没有一个健全、质朴的童年,你将可能没有一群浪漫无猜的伙伴,你将会错过惟一可能享受到纯粹的友情、感受到圣洁的忧伤的机会,而那才是童年,才是真正的童年。一个人长大了若不能怀恋自己童年的痴拙,若不能默然长思或仍耿耿于怀孩提时光的往事,当是莫大的缺憾;对于我们的"好运设计",则是个后患无穷的错误。你应该有一大群来自不同家庭的男孩儿和女孩儿做你的朋友,你跟他们一块儿认真地吵架并且翻脸,然后一块儿哭着和好如初。把你的秘密告诉他们,把他们告诉给你的秘密对任何人也不说。你们定一个暗号,这暗号一经发出你们一个个无论正在干什么也得从家里溜出来,密谋一桩令大人们哭笑不得的事件。当你父母不在家的时候,随便找个理由把你的好朋友都叫来——比如说为了你的生日或为了离你的生日还差一个多月,你们痛痛快快随心所欲地折腾一天,折腾饿了就把冰箱里能吃的东西都吃光,然后继续载歌载舞地庆祝，直到不小心把你父亲的一件贵重艺术品摔成分文不值，你们的汗水于是被冻僵了一会儿，但这是个机会是你为朋友们献身的时刻，你脸色煞白但拍拍胸脯说这怕什么这没啥了不起，随后把朋友们都送走，你独自胆战心惊地策划一篇谎言（要是你家没有猫，你记住：邻居家不一定都没有猫）。你还可以跟你的朋友们一起去冒险，到一个据说最可怕的地方，比如离家很远的一片野地、一幢空屋、一座孤岛、孤岛上废弃的古刹、古刹四周阴森零落的荒冢……都是可供选择的地方。你从自己家的抽屉里而不要从别人家的抽屉里拿点钱，以备不时之需；你们瞒过父母，必要的话还得瞒过姐姐或弟弟；你们可以不带那些女孩子去，但如果她们执意要跟着也就别无选择，然后出发，义无反顾。把你的新帽子扯破了新鞋弄丢了一只这没关系，把膝盖碰出了血把白衬衫上洒了一瓶紫药水这没关系，作业忘记做了还在书包里装了两只活蛤蟆一只死乌鸦这都毫无关系，你母亲不会怪你，因为当晚霞越来越淡继而夜色越来越重的时候，你父亲也沉不住气了，他正要动身去报案，你们突然都回来了，累得一塌糊涂但毕竟完整无缺地回来了，你母亲庆幸还庆幸不过来呢还会再存什么别的奢望吗？"他们回来啦，他们回来啦！"仿佛全世界都和平解放了，一群平素威严的父亲都乖乖地跑出来迎接你们，同样多的一群母亲此刻转忧为喜光顾得摩挲你们的脸蛋和亲吻你们的脑门儿："你们这是上哪儿去了呀，哎哟天哪，你们还知道回来吗？！"你就大模大样地躺在沙发上呼吃唤喝，"累死了，哎呀真是累死了！"——你就这样，没问题，再讲点莫须有的惊险故事既吓唬他们也陶醉自己，你就得这样，只要这样，一切帽子、裤子、鞋、作业和书包、活蛤蟆以及死乌鸦,就都微不足道了。(等你长到我这样的年龄时,你再告诉他们那些惊险的故事都是你为了逃避挨揍而获得的灵感,那时你年老的父母肯定不会再补揍你一顿,而仍可能摩挲你的脸甚至吻你的脑门儿了。)但重要的是,这次冒险你无论如何得安全地回来——就像所有的戏剧还没打算结束时所需要的那样,否则接下去的好运就无法展开了。不错,你的童年就应该是这样的,就应该按照这样的思路去设计,一个幸运者的童年就得是这样。我的纸写不下了,待实施的时候应该比这更丰富多彩。比如你还可颇具分寸地惹一点小祸,一个幸运的孩子理应惹过一点小祸,而且理应遇到过一些困难,遇到过一两个骗子、一两个坏人、一两个蠢货和一两个不会发愁而很会说笑话的人。一个幸运的孩子应该有点野性。当然你的父亲是个地地道道的知识分子,因为一个幸运的人必须从小受到文化的熏陶,野到什么份儿上都不必忧虑但要有机会使你崇尚知识,之所以把你父亲设计为知识分子,全部的理由就在于此。

你的母亲也要有知识,但不要像你父亲那样关心书胜过关心你。也不要像某些愚蠢的知识妇女,料想自己功名难就,便把一腔希望全赌在了儿女身上,生了个女孩儿就盼她将来是个居里夫人,养了个男娃就以为是养了个小贝多芬。这样的母亲千万别落到咱头上,你不听她的话你觉得对不起她,你听了她的话你会发现她对不起你。她把你像幅名画似的挂在墙上后退三步眯起眼睛来观赏你,把你像颗话梅似的含在嘴里颠来倒去地品味你。你呢?站在那儿吱吱嘎嘎地折磨一把挺好的小提琴,长大了一想起小提琴就发抖，要不就是没日没夜地背单词背化学方程式，长大了不是傻瓜就是暴徒。你的母亲当然不是这样。有知识不是有文凭，你的母亲可以没有文凭。有知识不是被知识霸占，你的母亲不是知识的奴隶。有知识不能只是有对物的知识，而是得有对人的了悟。一个幸运者的母亲必然是一个幸运的母亲、一个明智的母亲、一个天才的母亲，她自打当了母亲她就得了灵感，她教育你的方法不是来自教育学，而是来自她对一切生灵乃至天地万物由衷的爱，由衷的颤栗与祈祷，由衷的镇定和激情。在你幼小的时候她只是带着你走，走在家里，走在街上，走到市场，走到郊外，她难得给你什么命令，从不有目的地给你一个方向，走啊走啊你就会爱她，走啊走啊，你就会爱她所爱的这个世界。等你长大了，她就放你到你想要去的地方去，她深信你会爱这个世界，至于其他她不管，至于其他那是你的自由你自己负责，她只有一个愿望，就是你能常常回来，你能有时候回来一下。

在你两三岁的时候你就光是玩儿，成天就是玩儿，别着急背诵《唐诗三百首》和弄通百位数以内的加减法，去玩儿一把没有钥匙的锁和一把没有锁的钥匙，去玩儿撒尿和泥，然后用不着洗手再去玩儿你爷爷的胡子。到你四五岁的时候你还是玩儿，但玩儿得要高明一点了，在你母亲的皮鞋上钻几个洞看看会有什么效果，往你父亲的录音机里撒把沙子听听声音会不会更奇妙。上小学的时候，我看你门门功课都得上三四分就够了，剩下的时间去做些别的事，以便让你父母有机会给人家赔几块玻璃。一上中学尤其一上高中，所有的熟人几乎都不认识你了，都得对你刮目相看：你在数学比赛上得奖，在物理比赛上得奖，在作文比赛上得奖，在外语比赛上你没得奖但事后发现那不过是老师的一个误判。但这都并不重要，这些奖啊奖啊奖啊并不足以构成你的好运，你的好运是说你其实并没花太多时间在功课上，你爱好广泛，多能多才，奇想迭出，别人说你不务正业你大不以为然，凡兴趣所至仍神魂聚注若癫若狂。

你热爱音乐，古典的交响乐，现代的摇滚乐，温文尔雅的歌剧清唱剧，粗犷豪放的民谣村歌，乃至悠婉凄长的叫卖，孤零萧瑟的风声，温馨闲适的节日的音讯，你都听得心醉神迷，听得怆然而沉寂，听出激越和威壮，听到玄渺空冥，你真幸运，生存之神秘注入你的心中使你永不安规守矩。

你喜欢美术，喜欢画作，喜欢雕塑，喜欢异彩纷呈的烧陶，喜欢古朴稚拙的剪纸；喜欢在渺无人迹的原野上独行，在水阔天空的大海里驾舟，在山林荒莽中跋涉，看大漠孤烟，看长河落日，看鸥鸟纵情翱飞，看老象坦然赴死。你从色彩感受生命，由造型体味空间，在线条上嗅出时光的流动，在连接天地的方位发现生灵的呼喊。你是个幸运的人因为你真幸运，你于是匍匐在自然造化的脚下，奉上你的敬畏与感恩之心吧，同时上苍赐予你不屈不尽的创造情怀。

你幸运得简直令人嫉妒，因为体育也是你的擅长。九秒九一，懂吗？两小时五分五十九秒，懂吗？就是说，从一百米到马拉松不管多长的距离没有人能跑得过你；二米四十五，八米九十一，知道这是什么意思吗？就是说没人比你跳得高也没人比你跳得远；突破二十三米、八十米、一百米，就是说，铅球也好铁饼也好标枪也好，在投掷比赛中仍然没有你的对手。当然这还不够，好运气哪有个够呢？差不多所有的体育项目你都行：游泳、滑雪、溜冰、踢足球、打篮球，乃至击剑、马术、射击，乃至铁人三项……你样样都玩儿得精彩、洒脱、漂亮。你跑起来浑身的肌肤像波浪一样滚动，像旗帜一般飘展；你跳起来仿佛土地也有了弹性，空中也有着依托；你劈波戏水，屈伸舒卷，鬼没神出；在冰原雪野，你翻转腾挪，如风驰电掣；生命在你那儿是一个节日，是一个庆典，是一场狂欢……那已不再是体育了，你把体育变得不仅仅是体育了，幸运的人，那是舞蹈，那是人间最自然最坦诚的舞蹈，那是艺术，是上帝选中的最朴实最辉煌的艺术形式。这时连你在内，连你的肉体你的心神，都是艺术了。你这个幸运的人，世界上最幸运的人，偏偏是你被上帝选作了美的化身。

接下来你到了恋爱的季节。你十八岁了，或者十九或者二十岁了。这时你正在一所名牌大学里读书，读一个最令人仰慕的系最令人敬畏的专业，你读得出色，各种奖啊奖啊又闹着找你。现在你的身高已经是一米八八，你的喉结开始突起，嘴唇上开始有了黑色但还柔软的胡须，就是在这时候你的嗓音开始变得浑厚迷人，就是在这时候你的百米成绩开始突破十秒，你的动静坐卧举手投足都流溢着男子汉的光彩……总之，由于我们已经设计过的诸项优点或说优势，明显地追逐你的和不露声色地爱慕着你的姑娘们已是成群结队，你经常在教室里看见她们异样的目光，在食堂里听出她们对你喊喊喳喳的议论，在晚会上她们为你的歌声所倾倒，在运动会上她们被你的身姿所激动而忘情地欢呼雀跃，但你一向只是拒绝，拒绝，婉言而真诚地拒绝，善意而巧妙地逃避，弄得一些自命不凡的姑娘们委屈地流泪。但是有一天，你在运动场上正放松地慢跑，你忽然看见一个陌生的姑娘也在慢跑，她的健美一点不亚于你，她修长的双腿和矫捷的步伐一点不亚于你，生命对她的宠爱、青春对她的慷慨这些绝不亚于你，而她似乎根本没有发现你，她顾自跑着目不斜视，仿佛除了她和她的美丽这世界上并不存在其他东西，甚至连她和她的美丽她也不曾留意，只是任其随意流淌，任其自然地涌荡。而你却被她的美丽和自信震慑了，被她的优雅和茁壮惊呆了，你被她的倏然降临搞得心恍神惚手足无措。（我们同样可以为她也做一个"好运设计"，她是上帝的一个完美的作品，为了一个幸运的男人这世界上显然该有一个完美的女人，当然反过来也是一样。）于是你不跑了，伏在跑道边的栏杆上忘记了一切，光是看她。她跑得那么轻柔，那么从容，那么飘逸，那么灿烂。你很想冲她微笑一下向她表示一点敬意，但她并不给你这样的机会，她跑了一圈又一圈却从来没有注意到你，然后她走了。简单极了，就是说她跑完了该走了，就走了。就是说她走了，走了很久而你还站在原地。就是说操场上空空旷旷只剩了你一个人，你头一回感到了惆怅和孤零——她不知道你是谁，你也不知道她从哪儿来。但你把她记在了心里。但幸运之神仍然和你在一起。此后你又在图书馆里见到过她，你费尽心机总算弄清了她在哪个系。此后你又在游泳池里见到过她，你拐弯抹角从别人那儿获悉了她的名字。此后你又在滑冰场上见到过她，你在她周围不露声色地卖弄你的千般技巧万种本事，终于引起了她的注意。此后你又在领奖台上和她站到过一起，这一回她对你笑了笑使你一生再也没能忘记。此后你又在朋友家里和她一起吃过一次午饭（你和你的朋友为此蓄谋已久），这下你们到底算认识了，你们谈了很多，谈得融洽而且热烈。此后不是你去找她，就是她来找你，春夏秋冬春夏秋冬，不是她来找你就是你去找她，春夏秋冬……总之，总而言之，你们终成眷属；你是一个幸运的人——至少我们的"好运设计"是这样说的——所以你万事如意。

也许你已经注意到了，我们的"好运设计"至此显得有些潦草了。是的。不过绝不是我们无能把它搞得更细致、更完善、更浪漫、更迷人，而是我忽然有了一点疑虑，感到了一点困惑，有一道淡淡的阴影出现了并正在向我们靠近，但愿我们能够摆脱它，能够把它消解掉。

阴影最初是这样露头的：你能在一场如此称心、如此顺利、如此圆满的爱情和婚姻中饱尝幸福吗？也就是说，没有挫折，没有坎坷，没有望眼欲穿的企盼，没有撕心裂肺的煎熬，没有痛不欲生的痴癫与疯狂，没有万死不悔的追求与等待，当成功到来之时你会有感慨万端的喜悦吗？在成功到来之后还会不会有刻骨铭心的幸福？或者，这喜悦能到什么程度？这幸福能被珍惜多久？会不会因为顺利而冲淡其魅力？会不会因为圆满而阻塞了渴望，而限制了想象，而丧失了激情，从而在以后漫长的岁月中只是遵从了一套经济规律、一种生理程序、一个物理时间，心路却已荒芜，然后是腻烦，然后靠流言蜚语排遣这腻烦，继而是麻木，继而用插科打诨加剧这麻木——会不会？会不会是这

从一百米到马拉松不管多长的距离没有人能跑得过你。

样？地球如此方便如此称心地把月亮搂进了自己的怀中，没有了阴晴圆缺，没有了潮汐涨落，没有了距离便没有了路程，没有了斥力也就没有了引力，那是什么呢？很明白，那是死亡。当然一切都在走向那里，当然那是一切的归宿，宇宙在走向热寂。但此刻宇宙正在旋转，正在飞驰，正在高歌狂舞，正借助了星汉迢迢，借助了光阴漫漫，享受着它的路途，享受着坍塌后不死的沉吟，享受着爆炸后辉煌的咏叹，享受着追寻与等待，这才是幸运，这才是真正的幸运，恰恰死亡之前这波澜壮阔的挥洒，这精彩纷呈的燃烧才是幸运者得天独厚的机会。你是一个幸运者，这一点你要牢记。所以你不能学那凡夫俗子的梦想，我们也不能满意这晴空朗日水静风平的设计。所谓好运，所谓幸福，显然不是一种客观的程序，而完全是心灵的感受，是强烈的幸福感罢了。幸福感，对了。没有痛苦和磨难你就不能强烈地感受到幸福，对了。那只是舒适只是平庸，不是好运不是幸福，这下对了。

现在来看看，得怎样调整一下我们的"设计"，才能甩掉那道不祥的阴影，才能远远地离开它。也许我们不得不给你加设一点小小的困难，不太大的坎坷和挫折，甚至是一些必要的痛苦和磨难，为了你的幸福不致贬值我们要这样做，当然，会很注意分寸。

仍以爱情为例。我们想是不是可以这样：一开始，让你未来的岳父岳母对你们的恋爱持反对态度，他们不大看得上你，包括你未来的大舅子、小姨子、大舅子的夫人和小姨子的男朋友等等一干人马都看不上你。岳父说要是这样他宁可去死。岳母说要是这样她情愿少活。大舅子于是奉命去找了你们单位的领导说你破坏了一个美满的家庭。小姨子流着泪劝她的姐姐三思再三思，爹有心脏病娘有高血压。岳父便说他死不瞑目。岳母说她死后做鬼也不饶过你们。你是个幸运的人你真没看错那个姑娘，她对你一往情深始终不渝，她说与其这样不如她先于他们去死，但在死前她有必要提个问题："请问他哪点儿不如你们？请问他有哪点儿不好？"是呀，他哪点儿不好呢？你，是说你，你有哪点儿不好呢？不仅这姑娘的父母无言以对，就连咱们也无以作答。按照已有的设计，你好像没有哪点儿不好，你简直无懈可击，那两个老人倘不是疯子不是傻瓜不是心理变态，他们为什么会反对你成为他们的女婿呢？所以对此得做一点修改，你不能再是一个完人，你得至少有一个弱点，甚至是一种很要紧的缺欠，一种大凡岳父岳母都难以接受的缺欠，然后你在爱情的鼓舞下，在那对蛮横老人颇合逻辑的蔑视的刺激下，痛下决心破釜沉舟发奋图强历尽艰辛终于大功告成终于光彩照人终于震撼了那对老人，令他们感动令他们愧悔于是心悦诚服地承认了你这个女婿，你热泪盈眶欣喜若狂忽然发现天也是格外地蓝地球也是出奇地圆柔情似水佳期如梦幸福地久天长……是不是得这样呢？得这样。大概是得这样。

什么样的缺欠呢？你看给你设计什么样的缺欠比较适合？

笨？不不，这不行，笨很可能是一件终生的不幸，几乎不是努力可以根本克服的，此一点应坚决予以排除。

丑呢？不，丑也不行，丑也是无可挽回的局面，弄不好还会殃及后代，不行，这肯定不行。

无知呢，行不行？不，这比笨还不如，绝对的（或相当严重的）无知与白痴没什么区别；而相对的无知又不是一项缺欠，我们每个人都是这样。

你总得做一点让步嘛。譬如说木讷一点，古板一点行吗？缺乏点活力，缺乏点朝气，缺乏点个性，缺乏点好奇心，譬如说这样，行吗？噢，你居然还在问"行吗"，再糟糕不过！接下来你会发现他还缺乏勇气，缺乏同情，缺乏感觉，遇事永远不会激动，美好不能使其赞叹，丑恶也不令其憎恶，他既不懂得感动也不懂得愤怒，他不怎么会哭又不大会笑，这怎么能行？他还是活的吗？他还能爱吗？他还会为了爱而痛苦而幸福吗？不行。

那么狡猾一点可以吗？狡猾，唉，其实人们都多多少少地有那么一点狡猾，这虽不是优点但也不必算作缺点，凡要在这世界上生存下去的种类，有点狡猾也是在所难免。不过有一点需要明确：若是存心算计别人、不惜坑害别人的狡猾可不行，那样的人我怕大半没有什么好下场。那样的人同样也不会懂得爱（他可能了解性，但他不懂得爱，他可能很容易猎获性器的快感，但他很难体验性爱的陶醉，因为他依靠的不是美的创造而仅仅是对美的赚取），况且这样的人一般来说都没什么真正的才华和魅力，否则也无需选用了狡猾。不行。无论从哪个角度想，狡猾都不行。

要不，有一点病？噢老天爷，千万可别，您饶了我吧，无论如何帮帮忙，下辈子万万不能再有病了，绝对不能。咱们辛辛苦苦弄这个"好运设计"因为什么您知道不？是的您应该知道，那就请您再别提病，一个字也别再提。

只是有一点小病呢？小病也不行，发烧感冒拉肚子？不不，这没用，有点小病不构成对什么人的威胁，也不能如我们所期望的那样最终使你的幸福加倍，有也是白有。但这绝不是说你没病则已，有就有他一种大病，不不！绝没有这个意思；你必须要明白，在任何有期徒刑（注意：有期）和有一种大病之间，要是你非得做出选择不可的话，你要选择前者，前者！对对，没有商量的余地。

要是你得了一种大病，别急，听我说完，得了一种足以使你日后的幸福升值的大病，而这病后来好了，完全好了，这怎么样？唔，这倒值得考虑。你在病榻上躺了好几年，看见任何一个健康的人你都羡慕，你想你是他们中间的任何一个你都知足，然后你的病好了，完好如初，这怎么样？说下去。你本来已经绝望了，你想即便不死未来的日子也是无比暗淡，你想与其这样倒不如死了痛快，就在这时你的病情突然有了转机。说下去。在那些绝望的白天和黑夜，你祷告许愿，你赌咒发誓，只要这病还能好，再有什么苦你都不会觉得苦再有什么难你也不会觉得难，一文不名呀，一贫如洗呀，这都有什么关系呢？你将爱生活，爱这个世界，爱这个世界上所有的人……这时，就在这时奇迹发生了，一个奇迹使你完全恢复了健康，你又是那么精力旺盛健步如飞了，这样好不好？好极了，再往下说。你本来想只要还能走就行，可你现在又能以九秒九一的速度飞跑了；你本来想要是再能跳就好了，可你现在又可以跳过二米四十五了；你本来想只要还能独立生活就够了，可现在你的用武之地又跟地球一样大了；你本来想只要还能算个人不至于把谁吓跑就谢天谢地了，可现在喜欢你的好姑娘又是数不胜数铺天盖地而来了。往下说呀，别含糊，说下去。当然你痴心不改——这不是错误，大劫大难之后人不该失去锐气，不该失去热度，你镇定了但仍在燃烧，你平稳了却更加浩荡，你依然爱着那个姑娘爱得山高海深不可动摇，这时候你未来的老丈人老丈母娘自然也不会再反对你们的结合了，不仅不反对而且把你看作是他们的光彩是他们的荣耀是他们晚年的福气是他们九泉之下的安慰。此刻你是多么幸福，你同你所爱的人在一起，在蓝天阔野中跑，在碧波白浪中游，你会是怎样地幸福！现在就把前面为你设计的那些好运气都搬来吧，现在可以了，把它们统统搬来吧，劫难之后失而复得，现在你才真正是一个幸福的人了。苦尽甜来，对，这才是最为关键的好运道。

苦尽甜来，对，只要是苦尽甜来其实怎么都行，生生病呀，失失恋呀，要要饭呀，挨挨揍呀（别揍坏了），被抄抄家呀，坐坐冤狱呀，只要能苦尽甜来其实都不是坏事。怕只怕苦也不尽，甜也不来。其实都用不着甜得很厉害，只要苦尽也就够了。其实都用不着什么甜，苦尽了也就很甜了。让我们为此而祈祷吧。让我们把这作为一条基本原则，无论如何写进我们的"好运设计"中去吧，无论如何安排在头版头条。

问题是，苦尽甜来之后又怎样呢？苦尽甜来之后又当如何？哎哟，那道阴影好像又要露头。苦尽甜来之后要是你还没死，以后的日子继续怎样过呢？我们应当怎样继续为你设计好运呢？好像问题还是原来的问题，我们并没能把它解决。当然现在你可以不断地忆苦思甜，不断地知足常乐，我们也完全可以把你以后的生活设计得无比顺利，但这样下去我们是不是绕了一圈又回到那不祥的阴影中去了？你将再没有企盼了吗？再没有新的追求了吗？那么你的心路是不是又要荒芜，于是你的幸福感又要老化、萎缩、枯竭了呢？是的，肯定会是这样。幸福感不是能一次给够的，一次幸福感能维持多久这不好计算，但日子肯定比它长，比它长的日子却永远要依靠着它。所以你不能失去距离，不能没有新的企盼和追求，你一时失去了距离便一时没有了路途，一时没有了企盼和追求便一时失去了兴致和活力，那样我们势必要前功尽弃，那道阴影必会不失时机地又用无聊、用乏味、用腻烦和麻木来纠缠你，来恶心你，同时葬送我们的"好运设计"。当然我们不会答应。所以我们仍要为你设计新的距离，设计不间断的企盼和追求。不过这样你就仍然要有痛苦，一直要有。是的是的，一时没有了痛苦的衬照便一时没有了幸福感。

真抱歉，我们没想到会是这样。我们一向都是好意，想使你幸福，想使你在来世频交好运，没想到竟还得不断地给你痛苦。那道讨厌的阴影真是把咱们整惨了。看看吧，看看是否还有办法摆脱它。真对不起，至少我先不吹牛了，要是您还有兴趣咱们就再试试看，反正事已至此，我想也不必草草率率地回心转意。看在来世的分儿上，就再试试吧。

看来，在此设计中不要痛苦是不大可能了。现在就只剩了一条路：使痛苦尽量小些，小到什么程度并没有客观的尺度，总归小到你能不断地把它消灭就行了。就是说，你能够不断地克服困难，你能够不断地跨越距离，你能够不断地实现你的愿望，这就行了。痛苦可以让它不断地有,但你总是能把它消灭,这就行了,这样你就巧妙地利用了这些混账玩意儿而不断地得到幸福感了。只要这样行,接下来的事由我们负责。我们将根据以上要求为你设计必要的才能、必要的机运、必要的心理素质、意志品质,以及必要的资金、器械、设施、装备,乃至大夫护士、贤妻良母、孝子乖孙等等一系列优秀的后勤服务。总之,这些我们都能为你设计,只要一个人永远是个胜利者这件事是可能的,只要无论什么样的痛苦总归是能被消灭的这件事是可能的,只要这样,我们的"好运设计"就算成了。只好也就这样了,这样也就算成了。

不过,这是不是可能的?你见没见过永远的胜利者?好吧,没见过并不说明这是不可能的,没见过的我们也可以设计。你,譬如说你就是一个永远的胜利者,那么最终你会碰见什么呢?死亡。对了,你就要碰见它,无论如何我们没法儿使你不碰见它,不感到它的存在,不意识到它的威胁。那么你对它有什么感想?你一生都在追求,一直都在胜利,一向都是幸福的,但当死亡来临的时候你想你终于追求到了什么呢?你的一切胜利到底都是为了什么呢?这时你不沮丧,不恐惧,不痛苦吗?你从来没碰到过不可逾越的障碍,从来没见过不可消除的痛苦,你就像一个被上帝惯坏了的孩子,从来不知道什么叫失败,从来没遭遇过绝境,但死神终于驾到了,死神告诉你这一次你将和大家一样不能幸免,你的一切优势和特权(即那"好运设计"中所规定的)都已被废除,你只可俯首帖耳听凭死神的处置,这时候你必定是一个最痛苦的人，你会比一生不幸的人更痛苦（他已经见到了的东西你却一直因为走运而没机会见到），命运在最后跟你算总账了（它的账目一向是收支平衡的），它以一个无可逃避的困境勾销你的一切胜利，它以一个不容置疑的判决报复你的一切好运，最终不仅没使你幸福反而给你一个你一直有幸不曾碰到的——绝望。绝望，当死亡到来之际这个绝望是如此地货真价实，你甚至没有机会考虑一下对付它的办法了。

怎么办？你怎么办？我们怎么办？你说事情不会是这样，你的胜利依旧还是胜利，它会造福于后人；你的追求并没有白费，它将为后人铺平道路；而这就是你的幸福，所以你不会沮丧不会痛苦你至死都会为此而感到幸福。这太好了，一个真正的幸运者就应该有这样的胸怀有如此高尚的情操——让我们暂时忘记我们只是在为自己设计好运吧，或者让我们暂时相信所有的人都能够享有同样的好运吧——一个幸运者只有这样才能最终保住自己的好运，才能使自己最终得享平安和幸福。但是——但是！就算我们没有发现您的不诚实，一个如您这般聪明高尚的人总该知道您正在把后人的路铺向哪儿吧？铺到哪儿才算成功了呢？铺到所有的人都幸福都没了痛苦的地方？那么他们不是又将面对无聊了吗？当他们迎候死亡时不是就不能再像您这样，以"为后人铺路"而自豪而高尚而心安理得了吗？如果终于不能使所有的人都幸福都没了痛苦，您的高尚不就成了一场骗局，您的胜利又怎么能胜得过阿Q呢？我们处在了两难境地。如果您再诚实点儿，事情可能会更难办：人类是要消亡的，地球是要毁灭的，宇宙在走向热寂。我们的一切聪明和才智、奋斗和努力、好运和成功到底有什么价值？有什么意义？我们在走向哪儿？我们再朝哪儿走？我们的目的何在？我们的欢乐何在？我们的幸福何在？我们的救赎之路何在？我们真的已经无路可走真的已入绝境了吗？

是的，我们已入绝境。现在你就是对此不感兴趣都不行了，你想糊弄都糊弄不过去了，你曾经不是傻瓜你如今再想是也晚了，傻瓜从一开始就不对我们这个设计感兴趣，而你上了贼船，这贼船已入绝境，你没处可退也没处可逃。情况就是这样。现在我们只占着一项便宜，那就是死神还没驾到，我们还有时间想想对付绝境的办法，当然不是逃跑，当然你也跑不了。其他的办法，看看，还有没有。

过程。对，过程，只剩了过程。对付绝境的办法只剩它了。不信你可以慢慢想一想，什么光荣呀，伟大呀，天才呀，壮烈呀，博学呀，这个呀那个呀，都不行，都不是绝境的对手，只要你最最关心的是目的而不是过程你无论怎样都得落入绝境，只要你仍然不从目的转向过程你就别想走出绝境。过程——只剩了它了。事实上你惟一具有的就是过程。一个只想（只想！）使过程精彩的人是无法被剥夺的，因为死神也无法将一个精彩的过程变成不精彩的过程，因为坏运也无法阻挡你去创造一个精彩的过程，相反你可以把死亡也变成一个精彩的过程，相反坏运更利于你去创造精彩的过程。于是绝境溃败了，它必然溃败。你立于目的的绝境却实现着、欣赏着、饱尝着过程的精彩，你便把绝境送上了绝境。梦想使你迷醉，距离就成了欢乐；追求使你充实，失败和成功都是伴奏；当生命以美的形式证明其价值的时候，幸福是享受，痛苦也是享受。现在你说你是一个幸福的人你想你会说得多么自信，现在你对一切神灵鬼怪说谢谢你们给我的好运，你看看谁还能说不。

过程！对，生命的意义就在于你能创造这过程的美好与精彩，生命的价值就在于你能够镇静而又激动地欣赏这过程的美丽与悲壮。但是，除非你看到了目的的虚无你才能够进入这审美的境地，除非你看到了目的的绝望你才能找到这审美的救助。但这虚无与绝望难道不会使你痛苦吗？是的，除非你为此痛苦，除非这痛苦足够大，大得不可消灭大得不可动摇，除非这样你才能甘心从目的转向过程，从对目的的焦虑转向对过程的关注，除非这样的痛苦与你同在，永远与你同在，你才能够永远欣赏到人类的步伐和舞姿，赞美着生命的呼喊与歌唱，从不屈获得骄傲，从苦难提取幸福，从虚无中创造意义，直到死神和天使一起来接你回去，你依然没有玩儿够，但你却不惊慌，你知道过程怎么能有个完呢！过程在到处继续，在人间、在天堂、在地狱，过程都是上帝巧妙的设计。

但是我们的设计呢？我们的设计是成功了呢还是失败了？如果为了使你幸福，我们不仅得给你小痛苦，还得给你大痛苦，不仅得给你一时的痛苦，还得给你永远的痛苦，我们到底帮了你什么忙呢？如果这就算好运，我，比如说我——我的名字叫史铁生，这个叫史铁生的人又有什么必要弄这么一份"好运设计"呢？也许我现在就是命运的宠儿？也许我的太多的遗憾正是很有分寸的遗憾？上帝让我终生截瘫就是为了让我从目的转向过程，所以有那么一天我终于要写一篇题为《好运设计》的散文，并且顺理成章地推出了我的好运？多谢多谢。可我不，可我不！我真是想来世别再有那么多遗憾，至少今生能做做好梦！

我看出来了——我又走回来了，又走到本文的开头去了。我看出来了，如果我再从头开始设计我必然还是要得到这样一个结尾。我看出来了，我们的设计只能就这样了。我不知道怎么办了，不知道还能怎么办。上帝爱我！——我们的设计只剩这一句话了，也许从来就只有这一句话吧。

1990 年 2 月 27 日

墙下短记

一些当时看去不太要紧的事却能长久扎根在记忆里。它们一向都在那儿安睡，偶尔醒一下，睁眼看看，见你忙着（升迁或者遁世）就又睡去，很多年里它们轻得仿佛不在。千百次机缘错过，终于一天又看见它们，看见时光把很多所谓人生大事消磨殆尽，而它们坚定不移固守在那儿，沉沉地有了无比的重量。比如一张旧日的照片，拍时并不经意，随手放在哪儿，多年中甚至不记得有它，可忽然一天整理旧物时碰见了它，拂去尘埃，竟会感到那是你的由来也是你的投奔；而很多郑重其事的留影，却已忘记是在哪儿和为了什么。

近些年我常常想起一道墙，碎砖头垒的，风可以吹落砖缝间的细土。那道墙很长，至少在一个少年看来是很长，很长之后拐了弯儿，拐进一条更窄的小巷里去。小巷的拐角处有一盏街灯，紧挨着往前是一个院门，那里住过我少年时的一个同窗好友。叫他L吧。L和我能不能永远是好友，以及我们打完架后是否又言归于好，都不重要，重要的是我们一度形影不离，流动不居的生命有一段就由这友谊铺筑成。细密的小巷中，上学和放学的路上我们一起走，冬天和夏天，风声或蝉鸣，太阳到星空，十岁也许九岁的 L 曾对我说，他将来要娶班上一个（暂且叫她作 M 的）女生做老婆。L 转身问我："你呢，想和谁？"我准备不及，想想，觉得 M 确是漂亮。L 说他还要挣很多钱。"干吗？""废话，那时你还花你爸的钱呀？"少年之间的情谊，想来莫过于我们那时的无猜无防了。

我曾把一件珍爱的东西送给 L。一本连环画呢，还是一个什么玩具，已经记不清。可是有一天我们打了架，为什么打架也记不清了，但丝毫不忘的是：打完架，我又去找 L 要回了那件东西。

老实说，单我一个人是不敢去要的，或者也想不起去要。是几个当时也对 L 不大满意的伙伴指点我、怂恿我，拍着胸脯说他们甘愿随我一同前去讨还，再若犹豫我就成了笨蛋兼而傻瓜。就去了。走过那道很长很熟悉的墙，夕阳正在上面灿烂地照耀，但在我的记忆里，走到 L 家的院门时，巷角的街灯已经昏黄地亮了。这只可理解为记忆的作怪。

站在那门前，我有点害怕，身旁的伙伴便极尽动员和鼓励，提醒我：倘调头撤退，其可卑甚至超过投降。我不能推卸罪责给别人：跟 L 打架后，我为什么要把送给 L 东西的事告诉别人呢？指点和怂恿都因此发生。我走进院中去喊 L，L 出来，听我说明来意，愣着看一会儿我，让我到大门外等着。L 背着他的母亲，从屋里拿出那件东西交在我手里，不说什么，就又走回屋去。结束总是非常简单，咔嚓一下就都过去。

我和几个同来的伙伴在巷角的街灯下分手，各自回家。他们看看我手上那件东西，好歹说一句"给他干吗"，声调和表情都失去来时的热度，失望甚或沮丧料想都不由于那件东西。

我贴近墙根儿独自往回走，那墙很长，很长而且荒凉，记忆在这儿又出了差误，好像还是街灯未亮、迎面的行人眉目不清的时候。晚风轻柔得让人无可抱怨，但魂魄仿佛被它吹离，飘起在黄昏中再消失进那道墙里去。捡根树枝，边走边在那墙上轻划，砖缝间的细土一股股地垂流……咔嚓一下所送走的，都扎根进记忆去酿制未来的问题。

那很可能是我对于墙的第一种印象。

随之，另一些墙也从睡中醒来。

几年前，有一天傍晚"散步"，我摇着轮椅走进童年时常于其间玩耍的一片胡同。其实一向都离它们不远，屡屡在其周围走过，匆忙得来不及进去看望。

记得那儿曾有一面红砖短墙，墙头插满锋利的碎玻璃碴儿，我们一群八九岁的孩子总去搅扰墙里那户人家的安宁，攀上一棵小树，扒着墙沿央告人家把我们的足球扔出来。那面墙应该说藏得很是隐蔽，在一条死巷里，但可惜那巷口的宽度很适合做我们的球门，巷口外的一片空地是我们的球场。球难免是要踢向球门的，倘临门一脚踢飞，十之八九便降落到那面墙里去。墙里是一户善良人家，飞来物在我们的央告下最多被扣压十分钟。但有一次，那足球学着篮球的样子准确投入墙内的面锅，待一群孩子又爬上小树去看时，雪白的面条热气腾腾全滚在煤灰里。

正是所谓"三年困难时期",足球事小,我们趁暮色抱头鼠窜。好几天后,我们由家长带领,以封闭"球场"为代价换回了那只足球。

条条小巷依旧,或者是更旧了。可能正是国庆期间,家家门上都插了国旗。变化不多,惟独那"球场"早被压在一家饭馆和一座公厕下面。"球门"对着饭馆的后墙,那户善良人家料必是安全得多了。

我摇着轮椅走街串巷,闲度国庆之夜。忽然又一面青灰色的墙叫我怦然心动,我知道,再往前去就是我的幼儿园了。青灰色的墙很高,里面有更高的树,树顶上曾有鸟窝,现在没了。到幼儿园去必要经过这墙下,一俟见了这面高墙,退步回家的希望即告断灭。那青灰色几近一种严酷的信号,令童年分泌恐怖。

这样的"条件反射"确立于一个盛夏的午后,所以记得清楚,是因为那时的蝉鸣最为浩大。那个下午母亲要出长差,到很远的地方去。我最高的希望是她不去出差,最低的希望是我可以不去幼儿园,在家,不离开奶奶。但两份提案均遭否决,据哭力争亦不奏效。如今想来,母亲是要在远行之前给我立下严明的纪律。哭声不停,母亲无奈说带我出去走走。"不去幼儿园!"出门时我再次申明立场。母亲领我在街上走,沿途买些好吃的东西给我,形势虽然可疑,但看看走了这么久又不像是去幼儿园的路,牵着母亲的长裙心里略略地松坦。可是!好吃的东西刚在嘴里有了味道,迎头又来了那面青灰色高墙,才知道条条小路相通。虽立刻大哭,料已无济于事。但一迈进幼儿园的门槛,哭喊即自行停止,心里明白没了依靠,惟规规矩矩做个好孩子是得救的方略。幼儿园墙内,是必度的一种"灾难",抑或只因为这一个孩子天生地怯懦和多愁。

三年前我搬了家,隔窗相望就是一所幼儿园,常在清晨的懒睡中就听见孩子进园前的嘶嚎。我特意去那园门前看过,抗拒进园的孩子其壮烈都像宁死不屈,但一落入园墙便立刻吞下哭声,恐惧变成冤屈,泪眼望天,抱紧着对晚霞的期待。不见得有谁比我更能理解他们,但早早地对墙有一点感受,不是坏事。

我最记得母亲消失在那面青灰色高墙里的情景。她当然是绕过那面墙走上了远途的,但在我的印象里,她是走进那面墙里去了。没有门,但是母亲走进去了,在那些高高的树上蝉鸣浩大,在那些高高的树下母亲的身影很小,在我的恐惧里那儿即是远方。

坐在窗前,看远近峭壁一般林立的高墙和矮墙。我现在有很多时间看它们。有人的地方一定有墙。我们都在墙里。没有多少事可以放心到光天化日下去做。规规整整的高楼叫人想起图书馆的目录柜,只有上帝可以去拉开每一个小抽屉,查阅亿万种心灵秘史,看见破墙而出的梦想都在墙的封护中徘徊。还有死神按期来到,伸手进去,抓阄儿似的摸走几个。

我们有时千里迢迢——汽车呀、火车呀、飞机可别一头栽下来呀——只像是为了去找一处不见墙的地方:荒原、大海、林莽甚至沙漠。但未必就能逃脱。墙永久地在你心里,构筑恐惧,也牵动思念。一只"飞去来器",从墙出发,又回到墙。你千里迢迢地去时,鲁滨孙正千里迢迢地回来。

哲学家先说是劳动创造了人，现在又说是语言创造了人。墙是否创造了人呢？语言和墙有着根本的相似：开不尽的门前是撞不尽的墙壁。结构呀、解构呀、后什么什么主义呀……啦啦啦，啦啦啦……游戏的热情永不可少，但我们仍在四壁的围阻中。把所有的墙都拆掉就不行吗？我坐在窗前用很多时间去幻想一种魔法。比如"啦啦啦，啦啦啦……"很灵验地念上一段咒语，唰啦一下墙都不见。怎样呢？料必大家一齐慌作一团（就像热油淋在蚁穴），上哪儿的不知道要上哪儿了，干吗的忘记要干吗了，漫山遍野地捕食去和睡觉去吗？毕竟又嫌趣味不够，然后大家埋头细想，还是要砌墙。砌墙盖房，不单为避风雨，因为大家都有些秘密，其次当然还有一些钱财。秘密，不信你去慢慢推想，它是趣味的爹娘。

其实秘密就已经是墙了。肚皮和眼皮都是墙，假笑和伪哭都是墙，只因这样的墙嫌软嫌累，要弄些坚实耐久的来加密。就算这心灵之墙可以轻易拆除，但山和水都是墙，天和地都是墙，时间和空间都是墙，命运是无穷的限制，上帝的秘密是不尽的墙。真要把这秘密之墙也都拆除，虽然很像由来已久的理想接近了实现，但是等着瞧吧，满地球都怕要因为失去趣味而响起昏昏欲睡的鼾声，梦话亦不知从何说起。

趣味是要紧而又要紧的。秘密要好好保存。

探秘的欲望终于要探到意义的墙下。

活得要有意义，这老生常谈倒是任什么主义也不能推翻。加上个"后"字也是白搭。比如爱情，她能被物欲拐走一时，但不信她能因此绝灭。"什么都没啥了不起"的日子是要到头的，"什么都不必介意"的舞步可能"潇洒"地跳去撞墙。撞墙不死，第二步就是抬头，那时见墙上有字，写着：哥们儿你要上哪儿呢？这到底是要干吗？于是躲也躲不开，意义找上了门，债主的风度。

意义的原因很可能是意义本身。干吗要有意义？干吗要有生命？干吗要有存在？干吗要有有？重量的原因是引力，引力的原因呢？又是重量。学物理的人告诉我：千万别把运动和能量，以及和时空分割开来理解。我随即得了启发：也千万别把人和意义分割开来理解。不是人有欲望，而是人即欲望。这欲望就是能量，是能量就是运动，是运动就走去前面或者未来。前面和未来都是什么和都是为什么？这必来的疑问使意义诞生，上帝便在第六天把人造成。上帝比靡菲斯特更有力量，任何魔法和咒语都不能把这一天的成就删除。在这一天以后所有的光阴里，你逃得开某种意义，但逃不开意义，如同你逃得开一次旅行但逃不开生命之旅。

你不是这种意义，就是那种意义。什么意义都不是，就掉进昆德拉所说的"生命不能承受之轻"。你是一个什么呢？生命算是个什么玩意儿呢？轻得称不出一点重量你可就要消失。我向L讨回那件东西，归途中的惶茫因年幼而无以名状，如今想来，分明就是为了一个"轻"字：珍宝转眼被处理成垃圾，一段生命轻得飘散了，没有了，以为是什么原来什么也不是，轻易、简单、灰飞烟灭。一段生命之轻，威胁了生命全面之重，惶茫往灵魂里渗透：是不是生命的所有段落都会落此下场啊？人的根本恐惧就在这个"轻"字上,比如歧视和漠视,比如嘲笑,比如穷人手里作废的股票,比如失恋和死亡。轻,最是可怕。

要求意义就是要求生命的重量。各种重量。各种重量在撞墙之时被真正测量。但很多重量,在死神的秤盘上还是轻,秤砣平衡在荒诞的准星上。因而得有一种重量,你愿意为之生也愿意为之死,愿意为之累,愿意在它的引力下耗尽性命。不是强言不悔,是清醒地从命。神圣是上帝对心魂的测量,是心魂被确认的重量。死亡光临时有一个仪式,灰和土都好,看往日轻轻地蒸发,但能听见,有什么东西沉沉地还在。不期还在现实中,只望还在美丽的位置上。我与L的情谊,可否还在美丽的位置上沉沉地有着重量?

不要熄灭破墙而出的欲望,否则鼾声又起。
但要接受墙。
为了逃开墙,我曾走到过一面墙下。我家附近有一座荒废的古园,围墙残败但仍坚固,失魂落魄的那些岁月里我摇着轮椅走到它跟前。四处无人,寂静悠久,寂静的我和寂静的墙之间,膨胀和盛开着野花,膨胀和盛开着冤屈。我用拳头打墙,用石头砍它,对着它落泪、喃喃咒骂,但是它轻轻掉落一点儿灰尘再无所动。天不变道亦不变。老柏树千年一日伸展着枝叶,云在天上走,鸟在云里飞,风踏草丛,野草一代一代落子生根。我转而祈求墙,双手合十,创造一种祷词或谶语,出声地诵念,求它给我死,要么还给我能走的腿……睁开眼,伟大的墙还是伟大地矗立,墙下呆坐一个不被神明过问的人。空旷的夕阳走来园中,

不想最为思恋的竟是那四面矗立的围墙。年久无人过问,
记得那墙头的残瓦间长大过几棵小树。

若是昏昏地睡去，梦里常掉进一眼枯井，井壁又高又滑，喊声在井里嗡嗡碰撞而已，没人能听见，井口上的风中也仍是寂静的冤屈。喊醒了，看看还是活着，喊声并没惊动谁，并不能惊动什么，墙上有青润的和干枯的苔藓，有蜘蛛细巧的网，死在半路的蜗牛身后拖一行鳞片似的脚印，有无名少年在那儿一遍遍记下的3.1415926……

在这墙下，某个冬夜，我见过一个老人。记忆和印象之间总要闹出一些麻烦：记忆说未必是在这墙下，但印象总是把记忆中的那个老人搬来，真切地在这墙下。雪后，月光朦胧，车轮吱吱叽叽轧着雪路，是园中惟一的声响。这么走着，听见一缕悠沉的箫声远远传来，在老柏树摇落的雪雾中似有似无，尚不能识别那曲调时已觉其悠沉之音恰好碰住我的心绪。侧耳屏息，听出是《苏武牧羊》。曲终，心里正有些凄怆，忽觉墙影里一动，才发现一个老人背壁盘腿端坐在石凳上，黑衣白发，有些玄虚。雪地和月光，安静得也似非凡。竹箫又响，还是那首流放绝地、哀而不死的咏颂。原来箫声并不传自远处，就在那老人唇边。也许是气力不济，也许是这古曲一路至今光阴坎坷，箫声若断若续并不高亢，老人颤颤的吐纳之声亦可悉闻。一曲又尽，老人把箫管轻横腿上，双手摊放膝头，看不清他是否闭目。我惊诧而至感激，一遍遍听那箫声和箫声断处的空寂，以为是天谕或是神来引领。

那夜的箫声和老人，多年在我心上，但猜不透其引领指向何处。仅仅让我活下去似乎用不着这样神秘。直到有一天我又跟那墙说话，才听出那夜箫声是唱着"接受"，接受天命的限制。

（达摩的面壁是不是这样呢？）接受残缺。接受苦难。接受墙的存在。哭和喊都是要逃离它，怒和骂都是要逃离它，恭维和跪拜还是想逃离它。我常常去跟那墙谈话，对，说出声，默想不能逃离它时就出声地责问，也出声地请求、商量，所谓软硬兼施。但毫无作用，谈判必至破裂，我的一切条件它都不答应。墙，要你接受它，就这么一个意思反复申明，不卑不亢，直到你听见。直到你不是更多地问它，而是听它更多地问你，那谈话才称得上谈话。

我一直在写作，但一直觉得并不能写成什么，不管是作品还是作家还是主义。用笔和用电脑，都是对墙的谈话，是如衣食住行一样必做的事。搬家搬得终于离那座古园远了，不能随便就去，此前就料到会怎样想念它，不想最为思恋的竟是那四面矗立的围墙。年久无人过问，记得那墙头的残瓦间长大过几棵小树。但不管何时何地，一闭眼，即刻就到那墙下。寂静的墙和寂静的我之间，野花膨胀着花蕾，不尽的路途在不尽的墙间延展，有很多事要慢慢对它谈，随手记下谓之写作。

1994 年 9 月 5 日

病隙碎笔·二

一

我是史铁生——很小的时候我就觉得这话有点儿怪,好像我除了是我还可以是别的什么。这感觉一直不能消灭,独处时尤为挥之不去,终于想懂:史铁生是别人眼中的我,我并非全是史铁生。

多数情况下,我被史铁生减化和美化着。减化在所难免。美化或出于他人的善意,或出于我的伪装,还可能出于某种文体的积习——中国人喜爱赞歌。因而史铁生以外,还有着更为丰富、更为混沌的我。这样的我,连我也常看他是个谜团。我肯定他在,但要把他全部捉拿归案却非易事。总之,他远非坐在轮椅上、边缘清晰齐整的那一个中年男人。

白昼有一种魔力,常使人为了一个姓名的牵挂而拘谨、犹豫,甚至于慌不择路。一俟白昼的魔法遁去,夜的自由到来,姓名脱落为一张扁平的画皮,剩下的东西才渐渐与我重合,虽似朦胧缥缈了,却真实起来。这无论对于独处,还是对于写作,都是必要的心理环境。

二

我的第一位堂兄出生时,有位粗通阴阳的亲戚算得这一年五行缺铁,所以史家这一辈男性的名中都跟着有了一个铁字。堂兄弟们现在都活得健康,惟我七病八歪终于还是缺铁,每日口服针注,勉强保持住铁的入耗平衡。好在"铁"之后父母为我选择了"生"字,当初一定也未经意,现在看看倒像是我屡病不死的保佑。

此名俗极,全中国的"铁生"怕没有几十万?笔墨谋生之后,有了再取个雅名的机会,但想想,单一副雅皮倒怕不伦不类,内里是什么终归还是什么,多一事不如少一事。有个老同学对我说过:初闻此名未见此人时,料"铁生"者必赤膊秃头。我问他可曾认得一个这样的铁生。不,他说这想象毫无根据煞是离奇。我却明白:赤膊秃头是粗鲁和愚顽常有的形象。我当时心就一惊:至少让他说对一半!粗鲁若嫌不足,愚顽是一定不折不扣的。一惊之时尚在年少,不敢说已有自知之明,但潜意识不受束缚,一针见血什么都看得清楚。

三

铁,一种浑然未炼之物。隔了四十八年回头看去,这铁生真是把人性中可能的愚顽都备齐了来的,贪、嗔、痴一样不少,骨子里的蛮横并怯懦,好虚荣,要面子,以及不懂装懂,因而有时就难免狡猾,如是之类随便点上几样不怕他会没有。

不过这一个铁生,最根本的性质我看是两条,一为自卑(怕),二为欲念横生(要)。谁先谁后似不分明,细想,还是**要**在前面,要而惟恐不得,**怕**便深重。譬如,想得到某女之青睐,却担心没有相应的本事,自卑即从中来。当然,此一铁生并不早熟到一落生就专注了异性,但确乎一睁眼就看见了异己。他想要一棵树的影子,要不到手。他想要母亲永不离开,却遭到断喝。他希望众人都对他喝彩,但众人视他为一粒尘埃。我看着史铁生幼时的照片,常于心底酿出一股冷笑:将来有他的罪受。

四

说真的他不能算笨,有着上等的理解力和下等的记忆力(评价电脑的优劣通常也是看这两项指标),这样综合起来,他的智商正是中等——我保证没有低估,也不想夸大。

记忆力低下可能与他是喝豆浆而非喝牛奶长大的有关。我小时候不仅喝不起很多牛奶,而且不爱喝牛奶,牛奶好不容易买来了可我偏要喝豆浆。卖豆浆的是个麻子老头儿,他表示过喜欢我。倘所有的孩子都像我一样爱喝豆浆,我想那老头儿一定更要喜欢。

说不定记忆力不好的孩子长大了适合写一点小说和散文之类。倒不是说他一定就写得好,而是说,干别的大半更糟。记忆力不好的孩子偏要学数学,学化学,学外语,肯定是自找没趣,这跟偏要喝豆浆不一样。幸好,写小说写散文并不严格地要求记忆,记忆模糊着倒赢得印象、气氛、直觉、梦想和寻觅,于是乎利于虚构,利于神游,缺点是也利于胡说白道。

五

散文是什么?我的意见是:没法说它是什么,只可能说它不是什么。因此它存在于一切有定论的事物之外,准确说,是存在于一切事物的定论之外。在白昼筹谋已定的种种规则笼罩不到的地方,若仍漂泊着一些无家可归的思绪,那大半就是散文了——写出来是,不写出来也是。但它不是收容所,它一旦被收容成某种规范,它便**是什么**了。可它的本色在于**不是什么**,就是说它从不停留,惟行走是其家园。它终于走到哪儿去谁也说不清。我甚至有个近乎促狭的意见:一篇文章,如果你认不出它是什么(文体),它就是散文。譬如你有些文思,不知该把它弄成史诗还是做成广告,你就把它写成散文。可是,倘有一天,人们夸奖你写的是纯正的散文,那你可要小心,它恐怕是又走进某种定论之内了。

小说呢?依我看小说走到今天,只比散文更多着虚构。

六

我其实未必合适当作家,只不过命运把我弄到这一条(近似的)路上来了。左右苍茫时,总也得有条路走,这路又不能再用腿去走一趟,便用笔去找。而这样的找,后来发现利于此一铁生,利于世间一颗最为躁动的心走向宁静。

我的写作因此与文学关系疏浅,或者竟是无关也可能。我只是走得不明不白,不由得唠叨;走得孤单寂寞,四下里张望;走得怵目惊心,便向着不知所终的方向祈祷。我仅仅算一个写作者吧,与任何"学"都不沾边儿。学,是挺讲究的东西,尤其需要公认。数学、哲学、美学,还有文学,都不是打打闹闹的事。写作不然,没那么多规矩,痴人说梦也可,捕风捉影也行,满腹狐疑终无所归都能算数。当然,文责自负。

七

写作救了史铁生和我,要不这辈子干什么去呢?当然也可以干点别的,比如画彩蛋,我画过,实在是不喜欢。我喜欢体育,喜欢足球、篮球、田径、爬山,喜欢到荒野里去看看野兽,但这对于史铁生都已不可能。写作为生是一件被逼无奈的事。开始时我这样劝他:你死也就死了,你写也就写了,你就走一步说一步吧。这样,居然挣到了一些钱,还有了一点名声。这个愚顽的铁生,从未纯洁到不喜欢这两样东西,况且钱可以供养"沉重的肉身",名则用以支持住孱弱的虚荣。待他孱弱的心渐渐强壮了些的时候,我确实看见了名的荒唐一面,不过也别过河拆桥,我记得在我们最绝望的时候它伸出过善良的手。

我的写作说到底是为谋生。但分出几个层面,先为衣食住行,然后不够了,看见价值和虚荣,然后又不够了,却看见荒唐。

荒唐就够了吗？所以被送上这不见终点的路。

八

史铁生和我，最大的缺点是有时候不由得撒谎。好在我们还有一个最大的优点：诚实。这不矛盾。我们从不同时撒谎。我撒谎的时候他会悄悄地在我心上拧一把，他撒谎的时候我也以相似的方式通知他。我们都不是不撒谎的人。我们都不是没有撒过谎的人。我们都不是能够保证不再撒谎的人。但我们都会因为对方的撒谎而恼怒，因为对方的指责而羞愧。恼怒和羞愧，有时弄得我们寝食难安，半夜起来互相埋怨。

公开的诚实当然最好，但这对于我们，眼下还难做到。那就退而求其次——保持私下的诚实，这样至少可以把自己看得清楚。把自己看看清楚也许是首要的。但是，真能把自己看清楚吗？至少我们有此强烈的愿望。我是谁，以及史铁生到底何物？一直是我们所关注的。

公开的诚实为什么困难？史铁生和我之间的诚实何以要容易些？我们一致相信，这里面肯定有着曲折并有趣的逻辑。

九

一个欲望横生如史铁生者，适合由命运给他些打击，比如截瘫，比如尿毒症，还有失学、失业、失恋等等。这么多年我渐渐看清了这个人，若非如此，料他也是白活。若非如此他会去干什么呢？我倒也说不准，不过我料他难免去些火爆的场合跟着起哄。他那颗不甘寂寞的心我是了解的。他会东一头西一头撞得找不着北，他会患得患失总也不能如意，然后，以"生不逢时"一类的大话来开脱自己和折磨自己。不是说火爆就一定不好，我是说那样的地方不适合他，那样的地方或要凭真才实学，或要有强大的意志，天生的潇洒，我知道他没有，我知道他其实不行可心里又不见得会服气，所以我终于看清：此人最好由命运提前给他一点颜色看看，以防不可救药。不过呢，有一弊也有一利，欲望横生也自有其好处，否则各样打击一来，没了活气也是麻烦。抱屈多年，一朝醒悟：上帝对史铁生和我并没有做错什么。

十

我想，上帝为人性写下的最本质的两条密码是：**残疾与爱情**。残疾即残缺、限制、阻障……是属物的，是现实。爱情属灵，是梦想，是对美满的祈盼，是无边无限的，尤其是冲破边与限的可能，是残缺的补救。每一个人，每一代人，人间所有的故事，千差万别，千变万化，但究其底蕴终会露出这两种消息。现实与梦想，理性与激情，肉身与精神，以及战争与和平，科学与艺术，命运与信仰，怨恨与宽容，困苦与欢乐……大凡前项，终难免暴露残缺，或说局限，因而补以后项，后项则一律指向爱的前途。

就说史铁生和我吧，这么多年了，他以其残疾的现实可是没少连累我。我本来是想百米跑上个九秒七，跳高跳他个二米五，然后也去登一回珠穆朗玛峰的，可这一个铁生拖了我的后腿，先天不足后天也不足，这倒好，别人还以为我是个好吹牛的。事情到此为止也就罢了，可他竟忽然不走，继而不尿，弄得我总得跟他一起去医院透析——把浑身的血都弄出来洗，洗干净了再装回去，过不了三天又得重来一回。可不是麻烦嘛！但又有什么办法？末了儿还得我来说服他，这个吧那个吧，白天黑夜的我可真没少费话，这么着他才算答应活下来，并于某年某月某日忽然对我说他要写作。好哇，写呗。什么文学呀，挨不上！写了半天，其实就是我没日没夜跟他说的那些个话。当然他也对我说些话，这几十年我们就是这么你一言我一语地说过来的，要不然这日子可真没法过。说着说着，也闹不清是从哪天起他终于信了：地狱和天堂都在人间，即残疾与爱情，即原罪与拯救。

十一

人可以**走向**天堂，不可以**走到**天堂。走向，意味着彼岸的成立。走到，岂非彼岸的消失？彼岸的消失即信仰的终结、拯救的放弃。因而天堂不是一处空间，不是一种物质性存在，而是道路，是精神的恒途。

物质性（譬如肉身）永远是一种限制。走到（无论哪儿）之**到**，必仍是一种限制，否则何以言到？限制不能拯救限制，好比"瞎子不能指引瞎子"。天堂是什么？正是与这物质性限制的对峙，是有限的此岸对彼岸的无限眺望。谁若能够证明另一种时空，证明某一处无论多么美好的物质性"天堂"可以到达，谁就应该也能够证明另一种限制。另一种限制于是呼唤着另一种彼岸。因而，在限制与眺望、此岸与彼岸之间，拯救依然是精神的恒途。

这是不是说天堂不能成立？是不是说"走向天堂"是一种欺骗？我想，物质性天堂注定难为，而精神的天堂恰于走向中成立，永远的限制是其永远成立的依据。形象地说：设若你果真到了天堂，然后呢？然后，无所眺望或另有眺望都证明到达之地并非圆满，而你若永远地走向它，你便随时都在它的光照之中。

十二

残疾与爱情，这两种消息，在史铁生的命运里特别地得到强调。对于此一生性愚顽的人，我说过，这样强调是恰当的。我只是没想到，史铁生在四十岁以后也慢慢看懂了这件事。

这两种消息几乎同时到来，都在他二十一岁那年。

一个满心准备迎接爱情的人，好没影儿地先迎来了残疾——无论怎么说，这一招儿是够损的。我不信有谁能不惊慌，不哭泣。况且那并不是一次光荣行为的后果，那是一个极为普通的事件，普通得就好像一觉醒来，看看天，天还是蓝的，看看地，地也并未塌陷，可是一举步，形势不大对头——您与地球的关系发生了一点儿变化。是的，您不能再以脚掌而是要以屁股，要不就以全身，与它摩擦。不错，第一是坐着，第二是躺着，第三是死。好了，就这么定了，不再需要什么理由。我庆幸他很快就发现了问题的要点：没有理由！你没犯什么错误，谁也没犯什么错误，你用不着悔改，也用不上怨恨。让风给你说一声"对不起"吗？而且将来你还会知道：上帝也没有错误，从来没有。

十三

残疾，就这么来了，从此不走。其实哪里是刚刚来呀，你一出生它跟着就到了，你之不能（不只是不能走）全是它的业绩呀，这一次不过是强调一下罢了。对某一铁生而言是这样，对所有的人来说也是这样，人所不能者，即是限制，即是残疾，它从来就没有离开过。

它如影随形地一直跟着我们，徘徊千古而不去。它是不是有话要说？

它首先想说的大约是：残疾之最根本的困苦到底在哪儿？

还以史铁生所遭遇的为例：不，它不疼，也不痒，并没有很重的生理痛苦，它只是给行动带来些不方便，但只要你接受了轮椅（或者拐杖和假肢、盲杖和盲文、手语和唇读），你一样可以活着，可以找点事做，可以到平坦的路面上去逛逛。但是，这只证明了活着，活成了什么还不一定。像一头勤勤恳恳的老黄牛，像风摧不死沙打不枯的一棵什么草，几十年如一日地运转就像一块表……我怀疑，这类形容肯定是对人的恭维吗？人，不是比牛、树和机器都要高级很多吗？"栗子味儿的白薯"算得夸奖，"白薯味儿的栗子"难道不是昏话？

人，不能光是活着，不能光是以其高明的生产力和非凡的忍受力为荣。比如说，活着，却没有爱情，你以为如何？当爱情被诗之歌之，被看得比生命还重要的时候（生命诚可贵，爱情价更高），却有一些人活在爱情之外，这怎么说？而且，这样的"之外"竟常常被看作正当，被默认，了不起是在叹息之后把问题推给命运。所以，这样的"之外"，指的就不是**尚未**进入，而是**不能**进入，或者**不宜**进入。"不能"和"不宜"并不写在纸上，有时写在脸上，更多的是写在心里。常常是写在别人心里，不过有时也可悲到写进了自己的心里。

十四

我记得，当爱情到来之时，此一铁生双腿已残，他是多么地渴望爱情啊，可我却亲手把"不能进入"写进了他心里。事实上史铁生和我又开始了互相埋怨，睡不安寝食不甘味，他说能，我说不能，我说能，他又说不能。糟心的是，说不能的一方常似凛然大义，说能的一对难兄难弟却像心怀鬼胎。不过，大凡这样的争执，终归是鬼胎战胜大义，稍以时日，结果应该是很明白的。风能不战胜云吗？山能堵死河吗？现在结果不是出来了？——史铁生娶妻无子活得也算惬意。但那时候不行，那时候真他娘见鬼了,总觉着自己的一片真情是对他人的坑害,坑害一个倒也罢了,但那光景就像女士们的长袜跳丝,经经纬纬互相牵连,一坑就是一大片,这是关键:"不能"写满了四周!这便是残疾最根本的困苦。

十五

这不见得是应该忍耐的、狭隘又渺小的困苦。失去爱情权利的人,其人的权利难免遭受全面的损害,正如爱情被贬抑的年代,人的权利普遍受到了威胁。

说残疾人首要的问题是就业,这话大可推敲。就业,若仅仅是为活命,就看不出为什么一定比救济好;所以比救济好,在于它表明着残疾人一样有工作的权利。既是权利,就没有哪样是次要的。一种权利若被忽视,其他权利为什么肯定有保障?倘其权利止于工作,那又未必是人的特征,牛和马呢?设若认为残疾人可以(或应该,或不得不)在爱情之外活着,为什么不可能退一步再退一步认为他们也可以在教室之外、体育场之外、电影院之外、各种公共领域之外……而终于在全面的人的权利和尊严之外活着呢?

是的是的,有时候是**不得不**这样,身体健全者有时候也一样是不得不呀,一生未得美满爱情者并不只是残疾人啊!好了,这是又一个关键:一个未得奖牌的人,和一个无权参赛的人,有什么不一样吗?

十六

可是且慢。说了半天,到底谁说了残疾人没有爱情的权利呢?无论哪个铁生,也不能用一个虚假的前提支持他的论点吧!当然。不过,歧视,肯定公开地宣布吗?在公开宣布不容歧视的领域,肯定已经没有歧视了吗?还是相反,不容歧视的声音正是由于歧视的确在?

好吧,就算这样,可爱情的权利真值得这样突出地强调吗?

是的。那是因为,同样,这人间,也突出地强调着残疾。

残疾,并非残疾人所独有。残疾即残缺、限制、阻障。名为人者,已经是一种限制。肉身生来就是心灵的阻障,否则理想何由产生?残疾,并不仅仅限于肢体或器官,更由于心灵的压迫和损伤,譬如歧视。歧视也并不限于对残疾人,歧视到处都有。歧视的原因,在于人偏离了上帝之爱的价值,而一味地以人的社会功能去衡量,于是善恶树上的果实使人与人的差别醒目起来。荣耀与羞辱之下,心灵始而防范,继而疏离,终至孤单。心灵于是呻吟,同时也在呼唤。呼唤什么?比如,残疾人奥运会在呼唤什么?马丁·路德·金的梦想,在呼唤什么?都是要为残疾的肉身续上一个健全的心途,为隔离的灵魂开放一条爱的通路。残疾与爱情的消息总就是这样萦萦绕绕,不离不弃,无处不在。真正的进步,终归难以用生产率衡量,而非要以爱对残疾的救赎来评价不可。

但对残疾人爱情权利的歧视,却常常被默认,甚至被视为正当。这一心灵压迫的极例,或许是一种象征,一种警告,以被排除在爱情之外的苦痛和投奔爱情的不熄梦想，时时处处解释着上帝的寓言。也许，上帝正是要以**残疾的人**来强调**人的残疾**，强调人的迷途和危境，强调爱的必须与神圣。

十七

残疾人的爱情所以遭受世俗的冷面，最沉重的一个原因，是性功能障碍。这是一个最公开的怀疑——所有人都在心里问：他们行吗？同时又是最隐秘的判决——无需任何听证与申辩，结论已经有了：他们不行。这公开和隐秘，不约而同都表现为无言，或苦笑与哀怜，而这正是最坚固的壁垒、最绝望的囚禁！残疾人于是乎很像卡夫卡笔下的一种人物，又很像陀思妥耶夫斯基地下室里的哭魂。

难言之隐未必都可一洗了之。史铁生和我，我们都有些固执，以为无言的坚壁终归还得靠言语来打破。依敝人愚见，世人所以相信残疾人一定性无能，原因有二：一是以为爱情仅仅是繁殖的附庸，你可以子孙满堂而不识爱为何物，却不可以比翼双飞终不下蛋。这对于适者生存的物种竞争，或属正当思路，可人类早已无此忧患，危险的倒是，无爱的同类会否相互欺压、仇视，不小心哪天玩响一颗原子弹，辛辛苦苦的进化在某一个傍晚突然倒退回零。二是缺乏想象力，认定了性爱仅仅是原始遗留的习俗，除了照本宣科地模仿繁殖，好歹再想不出还能有什么更美丽的作为，偶有创意又自非自责，生怕混同于淫乱。看似威赫逼人的那一团阴云，其实就这么点儿事。难言之隐一经说破，性爱从繁殖的束缚中解放出来，残疾人有什么性障碍可言？完全可能，在四面威逼之下，一颗孤苦的心更能听出性爱的箴音，于是奇思如涌、妙想纷呈，把事情做得更加精彩。

十八

福柯在《疯癫与文明》一书中说："疯癫不是一种自然现象，而是一种文明产物。没有把这种现象说成疯癫并加以迫害的各种文化的历史，就不会有疯癫的历史。"这一关于疯癫的论说，依我看也适用于残疾，尤其适用于所谓残疾人的性障碍。肢体或器官的残损是一个生理问题，而残疾人（以及所有人）的性爱问题，根本都在文化。你一定可以从古今中外的种种性爱方式中，看出某种文化的胜迹，和某种文化的因笼。比如说，玛·杜拉斯对性爱的描写，无论多么露骨，也不似西门庆那样脏。

性，何以会障碍？真让人想不通。你死了吗？

性在摆脱了繁殖的垄断之后，已经成长为一种语言，已经化身为心灵最重要的表达与祈告了。当然是表达爱愿。当然是祈告失散的心灵可以团圆。这样的欲望会因为生理的残疾而障碍吗？笑话！渴望着爱情的人你千万别信那一套！你要爱就要像一个痴情的恋人那样去爱，像一个忘死的梦者那样去爱，视他人之疑目如盏盏鬼火，大胆去走你的夜路。你一定能找到你的方式，一定能以你残损的身体表达你美丽的心愿，一定可以为爱的祈告创造出丰富多彩的乃至独领风流的性语言。史铁生和我，我们看不出为什么不能这样。也许，这样的能力，惟那无言的坚壁可以扼杀它，可以残废它。但也未必，其实只有残疾人自己的无言忍受、违心屈从才是其天敌。

残疾人以及所有的人，固然应该对艰难的生途说"是"，但要对那无言的坚壁说"不"，那无言的坚壁才是人性的残疾。福柯在同一部书中，开宗明义地引用了陀思妥耶夫斯基的一句话："人们不能用禁闭自己的邻人来确认自己神志健全。"而能够打破这禁闭的，能够揭穿这无形共谋的，是爱的祈告，是唤起生命的艺术灵感，是人之"诗意的栖居"。

十九

有人说过：性，从繁殖走向娱乐，是一种进步。但那大约只是动物的进步，说明此一门类族群兴旺已不愁绝种。若其再从娱乐走向艺术，那才能算是人的进步吧。

是艺术就要说话，不能摸摸索索地寻个乐子就完事。性的艺术，更是以一种非凡的语言在倾诉，在表达，在祈祷心灵深处的美景。或者，其实是这美景之非凡，使凡俗的肉身禀领了神采。当然，那美景如果仍然是物质的，你不妨就浑身珠光宝气地去行你的事吧。但那美景若是心灵的团聚，一切饰物就都多余，一切物界的标牌就仍是丑陋的遮蔽，是心灵隔离的后遗症。心灵团聚的时刻，你只要上帝给你的那份财富就够了：你有限的身形，和你破形而出的爱愿。你颤抖着、试着用你赤裸的身形去表达吧，那是一个雕塑家最纯正的材料，是诗人最本质的语言，是哲学最终的真理，是神的期待。不要害怕羞耻，也别相信淫荡，爱的领域里压根儿就没它们的汤喝。任何奇诡的性的言词，一旦成为爱的表达，那便是魔鬼归顺了上帝的时刻……谴责者是因为自己尘缘未断。

什么是纯洁？我们不因肉身而不洁。我们不因有情而不洁。我不相信无情者可以爱。我倒常因为看见一些虚伪的标牌、媚态的包装和放大的凛然，而看见淫荡。淫荡不是别的，是把上帝寄存于人的财富挪作他用。

二十

但是，喂！这一位铁生，你不是在把爱和爱情混为一谈吧？你不是在把它们混淆之后，着意地夸大男女私情吧？

问我吗？我看不是。

而且谁也别吓唬人，别想再用人类之爱、民族之爱或祖国之爱一类的大词汇去湮灭通常所说的爱情。那样的时代，史铁生和我都经历过。是那样的时代把爱情贬为"男女私情"的。是那样的时代，使爱情一词沾染了贬义，使她无辜地背上了狭隘、猥琐一类的坏名声。套用一下陀思妥耶夫斯基的那句话吧：不能用贬低个人的爱愿来确认人类之爱的崇高。

完全没有不敬仰人类之爱（或曰：博爱）的意思，个人的爱情正在其中,也用不着混为一谈。如果个人的爱情可以被一个什么东西所贬低、所禁闭,那个东西就太可能无限地发育起来,终于有一天它什么事都敢干。此一铁生果然愚顽,他竟敢对一首旷古大作心存疑问——"生命诚可贵,爱情价更高,若为自由故,二者皆可抛"。疑问在于这后一抛。这一抛之后,自由到底还剩下什么?但愿所抛之物不是指爱情的权利或心中的爱愿,只是指一位具体的恋人,一桩预期的婚姻。但就算这样,我想也最好能有一种悲绝的心情,而不单是豪迈。不要抛得太流畅。应该有时间去想想那个被抛者的心情,当然,如果他(她)也同样豪迈,那算我多事。其实我对豪迈从来心存敬意,也相信个人有时候是要做出牺牲的。不过,这应该是当事人自己的选择,如果他宁愿不那么豪迈,他应该有理由怯懦。可是,"**怯懦**"一词已经又是圈套,它和"男女私情"一样,已经预设了贬抑或否定,而这贬抑和否定之下,自由已经丢失了理由(这大约就是话语霸权吧)。于是乎,自由岂不就成了一场魔术——放进去的是鸽子,飞出来的是老鹰?

二十一

这一个愚顽的人,常在暮色将临时独坐呆问:爱情既是这般美好,何以倒要赞誉它的止步于一对一?为什么它不能推广为一对二、对三、对四……以至 N 对 N,所有的人对所有的人?这时候我就围绕他,像四周的黑暗一样提醒他:对了,这就是理想,但别忘了现实。

现实是:心灵的隔离。

现实是人吃了善恶树上的果实,因而偏离了上帝之爱的角度,只去看重人的社会价值,肉身功能(力量、智商、漂亮、潇洒),以及物质的拥有。若非这样的现实,爱情本不必特特地受到赞美。倘博爱像空气一样均匀深厚,为什么要独独地赞美它的一部分呢?但这样的现实并未如愿消散,所以爱情脱颖而出,担负起爱的理想。它奋力地拓开一片晴空,一方净土,无论成败它相信它是一种必要的存在,一种象征,一路先锋。它以其在,表明了亘古的期愿不容废弃。

博爱是理想,而爱情,是这理想可期实现的部分。因此,爱情便有了超出其本身的意义,它就像上帝为广博之爱保留的火种,像在现实的强大包围下一个谛听神谕的时机,上帝以此危险性最小的一对一在引导着心灵的敞开,暗示人们:如果这仍不能使你们卸去心灵的铠甲,你们就只配永恒的惩罚。

那个愚顽的人甚至告诉我,他听出其中肯定这样的意思:这般美好的爱愿,没理由永远止步于一对一——我不得不对他,以及对愚顽,刮目相看。

二十二

所以,残疾人(以及所有的残缺的人),怎能听任爱情权利的丢失?怎能让爱愿躲进荒漠?怎能用囚禁来解救囚禁,用无

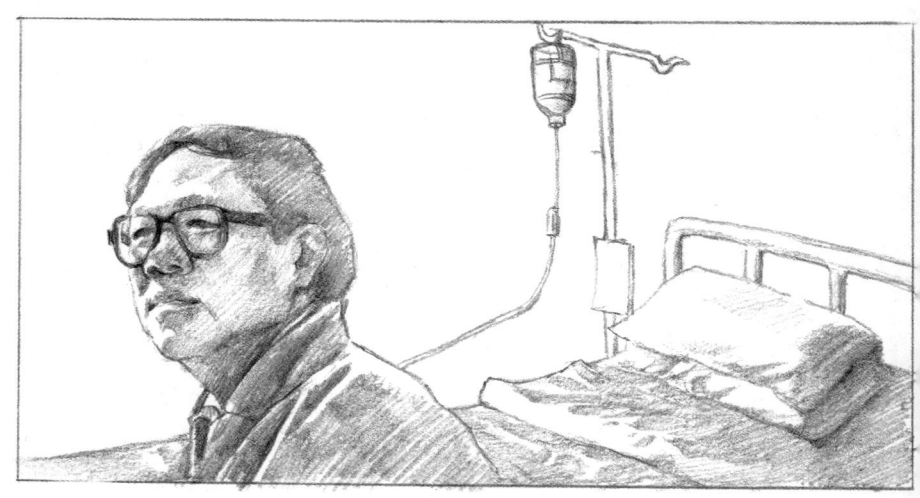

我们都不是不撒谎的人。我们都不是没有撒过谎的人。
我们都不是能够保证不再撒谎的人。

言来应答无言?

诚实的人你说话吧。用不着多么高深的理论来证明,让诚实直接说话就够了,在坦诚的言说之中爱自会呈现,被剥夺的权利就会回来。爱情,并不在伸手可得或不可得的地方,是期盼使它诞生,是言说使它存在,是信心使它不死,它完全可能是现实但它根本是理想啊,它在前面,它是未来。所以,说吧,并且重视这个说吧,如果白昼的语言已经枯朽,就用黑夜的梦语,用诗的性灵。

这很不现实,是吗?但无爱的现实你以为怎么样?

二十三

最近我看到过一篇文章,标题竟是:《生命的**惟一**要求是活着》。这话让我想了好久,怎么也不能同意。死着的东西不可以谓之生命,生命当然活着,活着而要求活着,等于是说活着就够了,不必有什么要求。倘有要求,"生命"就必大于"活着",活着也就不是生命的惟一。

如果"**活着**"是指"**活下去**"的意思,那可是要特别地加以说明。"活着"和"活下去"不见得是一码事。"活着"而要发"活下去"的决心,料必是有什么使人难于活着的事情发生了。什么呢?显然不只是空气、水和营养之类的问题,因为在这儿"生命"显然也不是指老鼠等等。比如说爱情和自由,没有,肯定还能活下去吗?当然,老鼠能,所以它只是"活着",并不发

"活下去"的决心,并不以为活着还有什么再需要强调的事。当生命二字指示为人的时候,要求就多了,岂止活着就够?说理想、追求都是身外之物——这个身,必只是生理之身,但生理之身是不写作的,没有理想和追求,也看不出何为身外之物。一旦看出身外与身内,生命就不单单是活着了。

而爱,作为理想,本来就不止于现实,甚至具有反抗现实的意味,正如诗,有诗人说过:"诗是对生活的匡正。"

(我想,那篇文章的作者必是疏忽了"惟一"和"第一"的不同。若说生命的第一要求是活着,这话我看就没有疑问。)

二十四

但是反抗,并不简单,不是靠一份情绪和勇敢就够。弄不好,反抗是很强劲而且坚定了,但怨愤不仅咬伤自己,还吓跑了别人。

比如常听见这样的话:我们残疾人如何如何,他们健全人是**不可能**理解的。要是说"他们**不曾**理解",这话虽不周全,但明确是在呼唤理解。真要是"不可能理解",你说它干吗?说给谁听?说给"不可能理解"的人听,你傻啦?那么就是说给自己听。依史铁生和我的经验看,不断地这样说给自己听,用自我委屈酿制自我感动,那不会有别的结果,那只能是自我囚禁、自我戕害,并且让"不可能理解"的人眼睁睁地看着一个自虐者自虐而束手无策。

再比如，还经常会碰见这样的句式：我们残疾人是最（　　）的，因此我们残疾人其实是最（　　）的。第一个括号里，多半可以填上"艰难"和"坚强"，第二个括号里通常是"优秀"或与之相近的词。我的意思是，就算这是实情，话也最好让别人说。这不是狡猾。别人说更可能是尊重与理解，自己一说就变味儿——"最"都是你的，别人只有"次"。况且，你又对别人的艰难与优秀了解多少呢？

最令人不安的是，这样的话出自残疾人之口，竟会赢得掌声。这掌声值得仔细地听，那里面一定没有"看在残疾的分儿上"这句潜台词吗？要是一个健全人这样说，你觉得怎样？你会不会说这是自闭、自恋？可我们并不是要反抗别人呀，恰恰是反抗心灵的禁闭与隔离。

二十五

那掌声表达了提前的宽宥，提前到你以残疾的身份准备发言但还未发言的时候。甚至是提前的防御，生怕你脆弱的心以没有掌声为由继续繁衍"他们不可能理解"式的怨恨。但这其实是提前的轻蔑——你真能超越残疾，和大家平等地对话吗？糟糕的是，你不仅没能让这偏见遭受挫折，反给它提供了证据，没能动摇它反倒坚定着它。当人们对残疾愈发小心翼翼之时，你的反抗早已自投罗网。

这样的反抗使残疾扩散，从生理扩散到心理，从物界扩散进精神。这类病症的机理相当复杂，但可以给它一个简单的名称：**残疾情结**。这情结不单残疾人可以有，别的地方，人间的其他领域，也有。马丁·路德·金说："切莫用仇恨的苦酒来缓解热望自由的干渴。"我想他也是指的这类情结。以往的压迫、歧视、屈辱，所造成的最大贻害就是怨恨的蔓延，就是这"残疾情结"的蓄积，蓄积到湮灭理性，看异己者全是敌人，以致左突右冲反使那罗网越收越紧。被压迫者，被歧视或被忽视的人，以及一切领域中弱势的一方，都不妨警惕一下这"残疾情结"的暗算，放弃自卑，同时放弃怨恨；其实这两点必然是同时放弃的，因为曾经，它们也是一齐出生的。

二十六

中国足球的所谓"恐韩症"，未必是恐惧韩国，而是恐惧再输给韩国；未必是恐惧韩国足球的实力，而是恐惧区区韩国若干年来（其足球）竟一直压着我们，恐惧这样的历史竟不结束，以至于本世纪内难道还不能结束吗？这恐惧，已不单是足球的恐惧，简直成了民族和国家的心病。要我说，其实，是这心病造成和加重了足球的恐惧，或者是它们俩互相吓唬以致恶性循环。本来嘛，足球就是足球，哪堪如此重负！世界上那么多民族、国家，体育上必各具短长，输赢寻常事，哪至于就严重到了辜负人民和祖国？倘民族或祖国的神经竟这般敏感和脆弱，倒值得想一想，其中是否蓄积着"残疾情结"？

有位著名的教练曾在电视上说：我们踢足球，就是为了打败外国队！这样的目标与体育精神有着怎样的差距姑且不论，单这样的心理，决心（如赛前所宣称）就难免变成担心（如赛后所发现）。决心基于自信，尤其是相信自己有超越和完善自己的能力，把每一次比赛都看成这样的机会。（顺便说一句，我喜欢申花队"更进一步"的口号，不喜欢国安队的"永远争第一"。至少，"更进一步"没法儿弄虚作假，"争第一"的手段可是很多。）担心呢，原因就复杂，但肯定已经离开了对自己的把握。把握住自己，这还有什么可担心的吗？输了也可以是更进一步。要是把人民的厚望、祖国的荣誉，乃至历来的高傲和高傲不曾实现所留下的委屈一股脑儿都交给足球，谁心里也没底，不担心才怪。

说句公道话，教练和球员们的负担是太重了，重到不是他们可以承受的也不是他们应该承受的。别再说什么"爱国主义和政治思想抓得不够"了，这么多年，每一次失败都像重演，每一次教训都像复制，每一次电视台上沉痛的检讨都仿佛录像重播，莫非只有赢球那天才算政治思想抓够了？能不能从下一次来个彻底甚至过头的改变？比如说，不必期望下一次就能赢，只盼下一次能输他个漂亮！漂亮到底，对，明明已经出局也还是抱住漂亮不撒手！体育，原是要在模拟的困境中展现坚强、美丽的精神。爱国——毫无疑问，毫无疑问到用不着"主义"来加封，有吃饭主义吗？我不信有哪位教练或球员不爱祖国。但美丽的精神不更是荣誉？胆战心惊地去摸一把彩的心情，倒是把祖国轻看。

二十七

作家陈村说过：让中国人心理不平衡的事情有两件，一是世界杯总不能入围，二是诺贝尔文学奖总不能到手，这两件事弄得球迷和文人都有点魔魔道道。关于后一项，真是不大好再说什么了，要么是酸，要么是苦，甚至于辣，敬仰与渴望、菲薄与讥嘲也都表达过了，剩下的似乎只有闷闷不乐。

说一件真事：五六淑女闲聊，偶尔说起某一女大学生做了"三陪小姐"，不免嗤之以鼻。"一晚上挣好几百哪！"——嗤之以鼻。"一晚上挣好几千的也有！"——还是嗤之以鼻。有一位说："要是一晚上给你几十万呢？"这一回大家都沉默了一会儿，然后相视大笑。这刹那间的沉默颇具深意——潜意识总是诚实的。那么，做一次类推的设想：五六作家，说起各种文学奖，一致的意见是：艺术不是为了谁来拍拍你的后脑勺儿。此一奖——摇头。彼一奖——撇嘴。诺贝尔奖呢？——我总想，是不是也会有那么一瞬间的沉默以及随后的大笑？

几位淑女沉默之后的大笑令人钦佩，她们承认了几十万元的诱惑，承认自己有过哪怕是几秒钟的动摇，然后以大笑驱逐了诱惑，轻松坦然地确认了以往的信念。若非如此，沉默就可能隐隐地延长，延长至魔魔道道，酸甜苦辣就都要来了。

很难有绝对公正的评奖这谁都知道，何不实实在在把诺贝尔奖看作是几位瑞典老人对文学——包括中国文学——的关怀和好意？瑞典我去过一次，印象是：离中国真远呀。

二十八

残疾人中想写作的特别多。这是有道理的，残疾与写作天生有缘，写作，多是因为看见了人间的残缺，残疾人可谓是"近水楼台"。但还有一个原因不能躲闪：他们企望以此来得到社会承认，一方面是"价值实现"，还有更具体的作用，即改善自己的处境。这是事实。这没什么不好意思。他们和众人一道来到人间，却没有很多出路，上大学不能，进工厂不能，自学外语吗？又没人聘你当翻译，连爱情也对你一副冷面孔，而这恰好就帮你积累起万千感慨，感慨之余看见纸和笔都现成，他不写作谁写作？你又不是木头。以史铁生为例，我说过，他绝不是一个甘于寂寞的人，我记得他曾在某一条少为人知的小巷深处，一家街道工厂里，一边做工一边做过多少好梦，我知道是什么样的梦使他屡屡决心不死，是什么样的美景在前面引诱他，在后面推动他……总之，那个残疾的年轻人以为终有大功告成的一天，那时，生命就可以大步流星如入无人之境。他决心赌一把。就像歌中唱的：我拿青春赌明天。话当然并不说得这么直接，赌——多难听，但其实那歌词写得坦率，只可惜今天竟自信到这么流行。赌的心情，其实是很孱弱、很担惊受怕的，就像足球的从决心变成担心，它很容易离开写作的根本与自信，把自己变成别人，以自己的眼睛去放映别人的眼色，以自己的心魂去攀登别人的思想，用自己的脚去走别人的步。残疾，其最危险的一面，就是太渴望被社会承认了，乃至太渴望被世界承认了，渴望之下又走进残疾。

二十九

二十多年前,残疾人史铁生改变了几次主意之后,选中了写作。当时我真不知这会把他带到哪儿去,就是说,连我都不知道那终于会是一个陷阱还是一条出路。我们一起坐在地坛的老柏树下,看天看地,听上帝一声不响。上帝他在等待。前途莫辨,我只好由着史铁生的性子走。福祸未卜很像是赌徒的路,这一点由他当时的迷茫可得确证。他把一切希望都押在了那上面,但一直疑虑重重。比如说,按照传统的文学理论,像他这样寸步难行的人怎么可能去深入生活?像他这么年轻的人,有多少故事值得一写?像他这么几点儿年纪便与火热的生活断了交情的人,就算写出个一章半节,也很快就要枯竭的吧,那时可怎么办?我记得他真吓得够呛,哆嗦,理论们让他一身一身地冒汗——见过就要输光的赌徒吗?就那样儿。他一把一把地赌着,尽力向那些理论靠拢,尽力去**外面**捡拾生活,但已明显入不敷出,眼看难以为继。

他所以能够走过来,以及能在写作这条路上走下去,不谦虚地说,幸亏有我。

我不像他那么拘泥。

就在赌徒史铁生一身一身地出汗之际,我开始从一旁看他,从四周看他,从远处甚至从天上看他,我发现这个人从头到脚都是疑问,从里到外根本一个谜团。我忽然明白了,我的写作有他这样一个原型差不多也就够用了,他身上聚集着**人**的所有麻烦。况且今生今世我注定是离不开他了,就算我想,我也无法摆脱他到我向往的地方去，譬如乡下，工厂，以及所有轰轰烈烈的地方。我甚至不得不通过他来看这个世界，不得不想他之所想，思他之所思，欲他之所欲。我优势于他的仅仅是：他若在人前假笑，我可以在他后面（里面）真哭——关键的是，我们可以在事后坦率地谈谈这他妈的到底怎么回事！谁的错儿？

三十

这么着，有一天他听从了我的劝告，欣羡的目光从外面收回来，调头向里了。对一个被四壁围困的人来说，这是个好兆头。里面比较清静（没有什么理论来干扰），比较坦率（说什么都行），但这清静与坦率之中并不失喧嚣与迷惑（往日并未消失，并且"我从哪儿来？"），里面竟然比外面辽阔（心绪漫无边际），比外面自由（不妨碍别人），但这辽阔与自由终于还是通向不知，通向神秘（智力限制，以及"我到哪儿去，终于到哪儿去？"）。

设若你永远没有"我是谁"等等累人的问题，永远只是"我在故我玩儿"，你一生大约都会活得安逸，山是山，水是水，就像美丽的鹿群，把未来安排在今天之后，把往日交给饥饿的狮子。可一旦谁要是玩儿腻了，不小心这么一想——"我是谁？"好了，世界于是乎轰然膨胀，以至无边无际。我怀疑，人，原就是一群玩儿腻了的鹿。我怀疑宇宙的膨胀就是因为不小心这么一想。这么一想之后，山不仅是山，水不仅是水，我也不仅仅是我了——我势必就要连接起过去，连接起未来，连接起无穷无尽的别人,乃至天地万物。

史铁生呢?更甭提,我本来就不全是他。可这一回我大半是把他害了,否则他可以原原本本是一匹鹿的。

可现在已是"这么一想"之后,鹿不鹿的都不再有什么实际意义。史铁生曾经使我成为一种限制,现在呢,"我是谁"的追问把我吹散开,飘落得到处都在,以至**很难给我画定一个边缘,一条界线**。但这不是我的消散,而恰是我的存在。谁都一样。任何角色莫不如此。比如说,要想克隆张三,那就不光要复制全部他的生理,还要复制全部他的心绪、经历、愚顽……最后终于会走到这一步:还要复制**全部与他相关的人**,以及与与他相关的人相关的人。这办得到吗?所以文学(小说)也办不到,虽然它叫嚷着要真实。所以小说抱紧着虚构。所以小说家把李四、王五、刘二……**拆**开了,该扔的扔,该留的留,放大、缩小、变形……以**组**(建构或塑造)成张三。舍此似别无他法,故此法无可争议。

三十一

但这一拆一组,最是不可轻看。这一拆一组由何而来?毫无疑问是由于作者,由于**某一个我**的所思所欲。但不是"我思故我在",是我在故我思,我在故我拆、故我组、故我取舍变化,我以我在而使张三诞生。我在先于张三之在。我在大于张三之在,张三作为我的创想、我的思绪和梦境,而成为我的一部分。接下来用得上"我思故我在"了——因这一拆一组,我在已然有所更新，我有了新在。就是说，后张三之在的我在大于先张三之在的我在。那么也就是说，在不断发生着的这类拆、组、取舍、变化之中我不断地诞生着，不断地生长。

所以在《务虚笔记》中我说：我是我印象的一部分，我的全部印象才是我。那就是说：史铁生与张三类同，由于我对他的审视、不满、希望以及他对我的限制等等，他成为我的一部分。我呢？我是包括张三、李四、某一铁生……在内的诸多部分的交织、交融、更新、再造。我经由光阴，经由山水，经由乡村和城市，同样我也经由别人，经由一切他者以及由之引生的思绪和梦想而走成了我。那路途中的一切，有些与我擦肩而过从此天各一方，有些便永久驻进我的心魂，雕琢我，塑造我，锤炼我，融入我而成为我。我原是不住的游魂，原是一路汇聚着的水流，浩瀚宇宙中一缕消息的传递，一个守法的公民并一个无羁无绊的梦。

三十二

所以我这样想：写作者，未必能够塑造出真实的他人（所谓血肉丰满、栩栩如生的人物），写作者只可能塑造真实的自己——前人也这样说过。

你靠什么来塑造他人？你只可能像我一样，以史铁生之心度他人之腹，以自己心中的阴暗去追查张三的阴暗，以自己心中的光明去拓展张三的光明，你只能以自己的血肉和心智去塑造。

那么，与其说这是**塑造**，倒不如说是**受造**；与其说是写作者塑造了张三，莫如说是写作者经由张三而有了新在。**这受造之途岂非更其真实？**这真实不是依靠外在形象的完整，而是根据内在心魂的残缺，不是依靠故事的点水不漏，也不是根据文学的大计方针，而是由于心魂的险径迷途。

文学，如果是暗含着种种操作或教导意图的学问（无论思想还是技巧，语言还是形式，以及为谁写和不为谁写式的立场培养），我看写作可不是，我希望写作可不要再是。写作，在我的希望中只是怀疑者的怀疑，寻觅者的寻觅，虽然也要借助种种技巧、语言和形式。那个愚钝的人赞成了我的意见，有一回史铁生说：写作不过是为心魂寻一条活路，要在汪洋中找到一条船。那一回月朗风清，算得上是酒逢知己，我们"对影成三人"简直有些互相欣赏了。寻觅者身后若留下一行踪迹，出版社看着好，拿去印成书也算多有一用。当然稿酬还是要领，合同不可不签，不然哪儿来的"花间一壶酒"？

我想，何妨就把"文学"与"写作"分开，文学留给作家，写作单让给一些不守规矩的寻觅者吧。文学或有其更为高深广大的使命，值得仰望，写作则可平易些个，无辜而落生斯世者，尤其生来长去还是不大通透的一类，都可以不管不顾地走一走这条路。没别的意思，只是说写作可以跟文学**不一样**，不必拿种种成习去勉强它；不一样就是不一样，上厕所也得弄清楚进哪边的门吧。

三十三

历来的小说，多是把**成品**（完整的人物、情节、故事等等）端出来给人看，而把它的生成过程隐藏起来，把作者隐藏起来，把徘徊于塑造与受造之间的那一缕游魂隐藏起来，枝枝杈杈都修剪齐整，残花败叶、踌躇和犹豫都打扫干净，以居高者的冷静从容把成品包扎好，推向前台。这固然不失为一种方法，此法之下好作品确也很多。但面对成品，我总觉意犹未尽。这感觉，从读者常会要求作者签名并好奇地总想看看作者的相貌这件事中，似乎找出了一点答案——那目光中恐怕不单是敬慕，更多的没准儿是怀疑，尤其对着所谓"灵魂工程师"，怀疑就更其深重。这让我想起一个笑话：某贵妇寿诞，有人奉上赞美诗，第一句"这个婆娘不是人"，众目惊瞠；第二句"九天神女下凡尘"，群颜转悦。我总看那读者的目光也是说着这两句话，不过每句后面都要改用问号。

我便想，那些隐藏和修剪掉的东西就此不见天日是否可惜？岂止可惜，也许竟是捡了芝麻丢了西瓜。那塑造与受造之中的犹豫、徘徊，是不是更有价值？拆、组、取舍之间，准定没有更玄妙动人的心流？但这些，在成品张三身上（以及成品故事之中）却已丢失。为了要个成品，一个个仿真人物、情节和一个完整的故事，就值得把这些最为真切，甚至是性命攸关的心流都扔掉？为一个居高从容的九天神女，就忍心让谁家的老祖宗不是人？

三十四

在**创作意图**背后,生命的路途要复杂得多。在由完整、好看、风格独具所指引的种种**构思**之间,还有着另外的存在。一些深隐的、细弱的、易于破碎但又是绵绵不绝的心的彷徨,在**构思的缝隙**中被遗漏了,被删除了。所以这样,通常的原因是它们不大适合于制造成品,它们不够引人,不够流畅,不完整,不够惊世骇俗,难以经受市场的挑剔。

听说已经有了(或终将会有)一种电脑软件,只要输入一些性格各异的人物,输入一个时代背景或生活环境,比如是战争,是疑案,是恋情,是寻宗问祖,行侠仗义……再输入一种风格,或惨烈悲壮,或情意缠绵,或野狐禅,或大团圆……好了,电脑自会据此编写出一个情节曲折的完整故事。要是你对这故事不甚满意,你就悠然地伸出一个手指,轻轻点一下某键,只听得电脑中"喊里喀喳、喊里喀喳"地一阵运行,便又有一个迥异于前的故事扑面而来。如是者,可无穷尽。

这可真是了得!作家还有什么用?

但很可能这是件好事,在手和脑的运作败于种种软件之后,写作和文学便都要皈依心魂了。恰在脑(人脑或电脑)之聪颖所不及的领域,人之根本更其鲜明起来。惟**绵绵心流**天赋独具,仍可创作,仍可交流,仍可倾诉和倾听,可以进入一种崭新但其实古老的世界了。那是不避迷茫,不拒彷徨,不惜破碎,由那心流的追索而开拓出的疆域,就像绘画在摄影问世之后所迸发的神奇。

三十五

因此我向往着这样的写作——史铁生曾称之为"写作之夜"。当白昼的一切明智与迷障都消散了以后,黑夜要你用另一种眼睛看这世界。很可能是第五只眼睛,第三他不是外来者,第四他也没有特异功能,他是对生命意义不肯放松的累人的眼睛。如果还有什么别的眼睛,尽可都排在他前面,总之这是最后的眼睛,是对白昼表示怀疑而对黑夜秉有期盼的眼睛。这样的写作或这样的眼睛,不看重成品,看重的是受造之中的那缕游魂,看重那游魂之种种可能的去向,看重那徘徊所携带的消息。因为,在这样的消息里,比如说,才能看见"我是谁",才能看清一个人,一个犹豫、困惑的人,执拗的寻觅者而非潇洒的制作者;比如说我才有可能看看史铁生到底是什么,并由此对他的未来保持住兴趣和信心。

幸亏写作可以这样,否则他轮椅下的路早也就走完了。有很多人问过我:史铁生从二十岁上就困在屋子里,他哪儿来那么多可写的?借此机会我也算做出回答:白昼的清晰是有限的,黑夜却漫长,尤其那心流所遭遇的黑暗更是辽阔无边。

三十六

这条不大可能走完的路,大体是这样开始的——

有一回,我在平时最令此一铁生鄙视的人身上让他看见了自己,在他自以为纯洁之处让他看见了另外的东西。开头他自然是不愿承认。好吧,我说:"你会不会嫉妒?"他很自信,说不会。我说是吗?"那张三家比你家多了一只老鼠你为什么嫉妒?"他说:"废话,我嫉妒他多一只老鼠干吗?"话音未落他笑了,说"这是圈套"。但这不是圈套。你知道什么可以嫉妒,什么不必嫉妒,这说明你很会嫉妒。我的意思是,凡你深有体会的东西你才能真正理解,凡你理解了的品质你才能恰切地贬斥它或赞美它,才能准确地描画它。笑话!他说:"那么,写偷儿就一定得行窃,写杀人犯就一定要行凶吗?"但佛家有言:心既生恨,已动杀机。你不可能不体会那至于偷窃的贪欲,和那竟致杀戮的仇恨。这便是人性的复杂,这里面埋藏或蛰伏着命运的诸多可能。相反的情况也是一样,爱者之爱,恋者之恋,思者之思,绵绵心流**并不都在白昼的确定性里,还在黑夜的可能性中**,在那儿,网织成或开拓出你的存在,甚或你的现实。

三十七

还有一回,是在一出话剧散场之后,细雨蒙蒙,街上行人寥落,两旁店铺中的顾客也已稀疏,我的心绪尚不能从那剧中的悲情里走出来,便觉雨中的街灯、树影,以及因下雨而缓行的车辆都有些凄哀。这时,近旁一阵喧哗,原来是那剧中的几个演员,已经卸装,正说笑着与我擦身而过,红红绿绿的伞顶跳动着走远。我知道这是极其正当和正常的,每晚一场戏,你要他们总是沉在剧情里可怎么成?但这情景引动我的联想——前面,他们各自的家中，正都有一场怎样的"戏剧"在等候他们？所有散了戏的观众也是一样，正有千万种"戏剧"散布在这雨夜中，在等候他们，等候着连接起刚刚结束的这一种戏剧。黑夜均匀地铺展开去，所有的"戏剧"其实都在暗中互相关联，那将是怎样的关联啊！这**关联本身**令我痴迷，这关联本身岂非更是玄奥、辽阔、广大的存在？条条心流暗中汇合，以白昼所不能显明的方式和路径，汇合成另一种存在，汇合成**夜的戏剧**。那夜我很难入睡，我听见四周巨大无比的夜的寂静里，全是那深隐、细弱、易于破碎的万千心流在喧嚣，在聚会，在呼喊，在诉说，在走出白昼之必要的规则而进入黑夜之由衷的存在。

三十八

再有一回是在地坛——我多次写过的那座荒芜的古园（当然，现在它已经被修剪得整整齐齐够得上一个成品了）。我迎着落日，走在园墙下。那园墙历经数百年风雨早已是残损不堪，每一块青砖、每一条砖缝都可谓饱经沧桑，落日的光辉照耀着它们，落日和它们都很镇静，仿佛相约在其悠久旅程中的这一瞬间要看看我，看看这一个生性愚顽的孩子，等候此一铁生在此一时刻走过它们，或者竟是走进它们。我于是伫立。如梦如幻，我真似想起了这园墙被建造的年代。那样的年代里一定也有这样的时刻，太阳也是悬挂在那个地方，一样的红，一样的大，正徐徐沉落。一个砌墙的人，把这一铲灰摊平，把这一块砖敲实，一抬头,看见的也是这一幕风景。那个砌砖的人他是谁?有怎样的身世?他是否也恰好这样想过——几百年后,会不会有一个愚顽的人驻足于此,遥想某一个砌墙的人是谁?想自己是谁?想那时的戏剧与如今的戏剧是怎样越数百年之纷纭而相互关联?但很多动人的心流或命运早已遗漏殆尽,已经散失得不可收拾,被记录的历史不过一具毫无生气的尸骸。

三十九

历史可能顾不得那么多,但写作应该不这样。历史可由后人在未来的白昼中去考证,写作却是鲜活的生命在眼前的黑夜中问路。你可以不问,跟着感觉走,但你要问就必不能去问尸骸,而要去问心流。这大约就是克尔凯戈尔所说的"**主观性真理**"。他的意思是:"在这些真理中,是不存在供人们建立其合法性以及使其合法的任何客观准则的,这些真理必须通过个体吸收、消化并反映在个体的决定和行动上。主观性真理不是几条知识,而是用来整理并催化知识的方法。这些真理不仅仅是关于外部世界的某些事实,而且也是发扬生命的难以捉摸、微妙莫测和不肯定性的依据。"

四十

难以捉摸、微妙莫测和不肯定性,这便是黑夜。但不是外部世界的黑夜,而是内在心流的黑夜。写作一向都在这样的黑夜中。从我们的知识("客观性真理")永远不可能穷尽外部世界的奥秘来看,我们其实永远都在主观世界中徘徊。而一切知识都只是在不断地证明着自身的残缺,它们越是广博高妙越是证明这残缺的永恒与深重,它们一再地超越便是一再地证明着自身的无效。一切谜团都在等待未来去解开,一切未来又都是在谜团面前等待(是啊,等待戈多)。所以我们的问路,既不可去问尸骸,又无法去问"戈多"。

但这并不证明人生的无望,那内在的徘徊终于会被逼迫出一种智慧——正如俄罗斯思想家弗兰克在其《生命的意义》中所说:**生命的意义不是被给予的,而是被提出的。**

我无法全面转述弗氏伟大精妙的思想,我只有向读者推荐他,并感谢刘小枫先生和徐凤林先生让这个只懂中文的铁生读到了他。我的简陋理解是:生命的意义本不在向外的寻取,而在向内的建立。那意义本非与生俱来,生理的人无缘与之相遇。那意义由精神所提出,也由精神去实现,那便是神性对人性的**要求**。这要求之下,曾消散于宇宙之无边的生命意义重又聚拢起来,迷失于命运之无常的生命意义重又聪慧起来,受困于人之残缺的生命意义终于看见了路。

四十一

说到人性,还要唠叨一句:人性解放,必定善哉?怕是未必。

三寸金莲解放成大脚片子当然是好，但大脚就保证不受欺压吗？纳妾是过了景，但公款嫖娼却逢其时。"铁嘴儿""半仙儿"人人喊打，可造人为神的现代迷信并不绝迹。残疾人走进了奥运会，兴奋剂是否也就要走近残疾人了呢？人性中，原是包含着神性和魔性两种可能，浮士德先生总是在。

比如一切以商品、利润为号召的主义，谁也甭说谁，五十步恨百步而已。大家都看见了地球的衰危可谁肯后退一步？先下手的并不松手，后下手的更是一肚子冤屈，叫骂着"为富不仁"却加紧行其不仁之事。千年之"禧"全球火爆，偏与神约无关，下一个千年又能怎样？谈判之风像是不坏，可谁跟地球谈判？谁跟大气层谈判？神约既已放弃，人性更容易解放成魔性，或者是，魔性一经有了人性做招牌，靡菲斯特宏图大展正是一路势如破竹了。

平均主义是谁也没法儿再夸它了，况且，也不太能想象这人间失去竞争会是怎么一种寂寞荒凉。但愚顽的人老是想：竞争干吗就不能朝着另一种方向？比如说竞争朴素，竞争自家的装修更趋自然节俭，大家的地球更加茁壮丰沛。各种主义冷争热战各执一词，加起来还是画地为牢，不能在现有的主义之外寻找新途吗？

四十二

愚顽的人多是这样说着说着就跑题，让人笑话你这是在做的什么梦。不过我总是忍不住相信,人原是为了梦想而来,原就是这么乘梦而来的。史铁生是什么?是我的一个具体的梦境。我呢,我是他无边的梦想。我们一向就是这么相依为命,至死方休啊。

我常在夜深人静之时问他:怎么样你觉着,活得还好吗?于是由生至死的这一路风光便依次展现,如同录像,你捏住遥控器,可以倒带看看开头,也可以快进先看看结尾,可以无论停在哪一段落再仔细瞧瞧。他握住我的右手,说:"你的手真凉啊。"我握住他的左手:"你的也是,你冷吗?"但这终归是他的问题,是截瘫和尿毒症的问题,肉身问题,是苦海、惩罚、原罪。

我的问题是,既入惩罚之地,此一铁生你怎么办?我给他的建议是:最好把**惩罚**之地看成**锤炼**之地。但既是锤炼之地,便又有了一个顺理成章的猜想——我曾经不在这里,我也并不止于这里,我是途经这里。途经这里,那么我究竟要到哪儿去?终于会到哪儿去呢?我不信能有一种没有过程的存在,因此我很有信心地说:我在路上。这就难免还有一问:如此辛辛苦苦,就是为了在路上吗?真是何苦,你干吗一定要来呀?于是又要想想我是怎么来的了。我说过,就像现在不能离开过去和未来而是现在一样,我也不能离开别人而是我,我不能离开天离开地离开万物万灵……离开一切他者而是我。那么我是怎么来的?我是从一切中来啊,我是由一切所孕育、所催生的一缕浪动的消息,微薄但是独具。这样的消息并不都是由我决定,但这样的消息不死不灭总是以"我"为名——不信去问所有的人好了,他们无不是以"我"的角度在行走,在迷茫,在领悟。可我又说过,这一颗心盼望着走向宁静。是呀,宁静,但不是空无。怎么可能有绝对的**无**呢?那不是空无那是我的**原在**!原在——前人用过这个词吗?恕我无知,倘前人不曾用过,我来解释一下它的意思——那即是神在,我赖以塑造和受造的最初之在。

四十三

我不断地眺望那最初之在:一方蓝天,一条小街,阳光中缥缈可闻的一缕钟声,于恐惧与好奇之中铺筑成无限。因而我看着他的背影,看他的心流一再进入黑夜,死也不是结束。只有一句话是他的保佑:"看不见而信的人是有福的。"

2000 年 1 月 20 日

想念地坛

想念地坛,主要是想念它的安静。

坐在那园子里,坐在不管它的哪一个角落,任何地方,喧嚣都在远处。近旁只有荒藤老树,只有栖居了鸟儿的废殿颓檐、长满了野草的残墙断壁,暮鸦吵闹着归来,雨燕盘桓吟唱,风过檐铃,雨落空林,蜂飞蝶舞草动虫鸣……四季的歌咏此起彼伏从不间断。地坛的安静并非无声。

有一天大雾迷漫,世界缩小到只剩了园中的一棵老树。有一天春光浩荡,草地上的野花铺铺展展开得让人心惊。有一天漫天飞雪,园中堆银砌玉,有如一座晶莹的迷宫。有一天大雨滂沱,忽而云开,太阳轰轰烈烈,满天满地都是它的威光。数不尽的那些日子里,那些年月,地坛应该记得,有一个人,摇了轮椅,一次次走来,逃也似的投靠这一处静地。

一进园门,心便安稳。有一条界线似的,迈过它,只要一迈过它便有清纯之气扑来,悠远、浑厚。于是时间也似放慢了速度,就好比电影中的慢镜,人便不那么慌张了,可以放下心来把你的每一个动作都看看清楚,每一丝风飞叶动,每一缕愤懑和妄想,盼念与惶茫,总之把你所有的心绪都看看明白。

因而地坛的安静,也不是与世隔离。

那安静,如今想来,是由于四周和心中的荒旷。一个无措的灵魂,不期而至竟仿佛走回到生命的起点。

记得我在那园中成年累月地走,在那儿呆坐,张望,暗自地祈求或怨叹,在那儿睡了又醒,醒了看几页书……然后在那儿想:"好吧好吧,我看你还能怎样!"这念头不觉出声,如空谷回音。

谁?谁还能怎样?我,我自己。

我常看那个轮椅上的人,和轮椅下他的影子,心说我怎么会是他呢?怎么会和他一块儿坐在了这儿?我仔细看他,看他究竟有什么倒霉的特点,或还将有什么不幸的征兆,想看看他终于怎样去死,赴死之途莫非还有绝路?那日何日?我记得忽然我有了一种放弃的心情,仿佛我已经消失,已经不在,惟一缕清魂在园中游荡,刹那间清风朗月,如沐慈悲。于是乎我听见了那恒久而辽阔的安静。恒久,辽阔,但非死寂,那中间确有如林语堂所说的,一种"温柔的声音,同时也是强迫的声音"。

我记得于是我铺开一张纸,觉得确乎有些什么东西最好是写下来。那日何日?但我一直记得那份忽临的轻松和快慰,也不考虑词句,也不过问技巧,也不以为能拿它去派什么用场,只是写，只是看有些路单靠腿（轮椅）去走明显是不够。写，真是个办法，是条条绝路之后的一条路。

只是多年以后我才在书上读到了一种说法：写作的零度。

《写作的零度》，其汉译本实在是有些磕磕绊绊，一些段落只好猜读，或难免还有误解。我不是学者，读不了罗兰·巴特的法文原著应当不算是玩忽职守。是这题目先就吸引了我，这五个字，已经契合了我的心意。在我想，写作的零度即生命的起点，写作由之出发的地方即生命之固有的疑难，写作之终于的寻求，即灵魂最初的眺望。譬如那一条蛇的诱惑，以及生命自古而今对意义不息的询问。譬如那两片无花果叶的遮蔽，以及人类以爱情的名义、自古而今的相互寻找。譬如上帝对亚当和夏娃的惩罚，以及万千心魂自古而今所祈盼着的团圆。

"写作的零度"，当然不是说清高到不必睬纷繁的实际生活，洁癖到把变迁的历史虚无得干净，只在形而上寻求生命的解答。不是的。但生活的谜面变化多端，谜底却似亘古不变，缤纷错乱的现实之网终难免编织进四顾迷茫，从而编织到形而上的询问。人太容易在实际中走失，驻足于路上的奇观美景而忘了原本是要去哪儿，倘此时灵机一闪，笑遇荒诞，恍然间记起了比如说罗伯-格里耶的《去年在马里昂巴》，比如说贝克特的《等待戈多》，那便是回归了"零度"，重新过问生命的意义。零度，这个词真用得好，我愿意它不期然的还有着如下两种意思：一是说生命本无意义，零嘛，本来什么都没有；二是说，可平白无故的生命他来了，是何用意？虚位以待，来向你要求意义。一个生命的诞生,便是一次对意义的要求。荒诞感,正就是这样地要求。所以要看重荒诞,要善待它。不信等着瞧,无论何时何地,必都是荒诞领你回到最初的眺望,逼迫你去看那生命固有的疑难。

否则,写作,你寻的是什么根?倘只是炫耀祖宗的光荣,弃心魂一向的困惑于不问,岂不还是阿Q的传统?倘写作变成潇洒,变成了身份或地位的投资,它就不要嘲笑喧嚣,它已经加入喧嚣。尤其,写作要是爱上了比赛、擂台和排名榜,它就更何必谴责什么"霸权"?它自己已经是了。我大致看懂了排名的用意:时不时地抛出一份名单,把大家排比得就像是梁山泊的一百零八,被排者争风吃醋,排者乘机拿走的是权力。可以玩味的是,这排名之妙,商界倒比文坛还要醒悟得晚些。

这又让我想起我曾经写过的那个可怕的孩子。那个矮小瘦弱的孩子,他凭什么让人害怕?他有一种天赋的诡诈——只要把周围的孩子经常地排一排座次,他凭空地就有了权力。"我第一跟谁好,第二跟谁好……第十跟谁好"和"我不跟谁好",于是,欢欣者欢欣地追随他,苦闷者苦闷着还是去追随他。我记得,那是我很长一段童年时光中恐惧的来源,是我的一次写作的零度。生命的恐惧或疑难,在原本干干净净的眺望中忽而向我要求着计谋;我记得我的第一个计谋,是阿谀。但恐惧并未因此消散,疑难却因此更加疑难。我还记得我抱着那只用于阿谀的破足球,抱着我破碎的计谋,在夕阳和晚风中回家的情景……那又是一次写作的零度。零度,并不只有一次。每当你立于生命固有的疑难,立于灵魂一向的祈盼,你就回到了零度。一次次回到那儿正如一次次走进地坛,一次次投靠安静,走回到生命的起点,重新看看,你到底是要去哪儿?是否已经偏离亚当和夏娃相互寻找的方向?

想念地坛,就是不断地回望零度。放弃强力,当然还有阿谀。现在可真是反了!——面要面霸,居要豪居,海鲜称帝,狗肉称王,人呢?名人,强人,人物。可你看地坛,它早已放弃昔日荣华,一天天在风雨中放弃,五百年,安静了;安静得草木葳蕤,生气盎然。土地,要你气熏烟蒸地去恭维它吗?万物,是你雕栏玉砌就可以挟持的?疯话。再看那些老柏树,历无数春秋寒暑依旧镇定自若,不为流光掠影所迷。我曾注意过它们的坚强,但在想念里,我看见万物的美德更在于柔弱。"坚强",你想吧,希特勒也会赞成。世间的语汇,可有什么会是强梁所拒?只有"柔弱"。柔弱是爱者的独信。柔弱不是软弱,软弱通常都装扮得强大,走到台前骂人,退回幕后出汗。柔弱,是信者仰慕神恩的心情,静聆神命的姿态。想想看,倘那老柏树无风自摇岂不可怕?要是野草长得比树还高,八成是发生了核泄漏——听说切尔诺贝利附近有这现象。

我曾写过"设若有一位园神"这样的话,现在想,就是那些老柏树吧;千百年中,它们看风看雨,看日行月走人世更迭,浓荫中惟供奉了所有的记忆,随时提醒着你悠远的梦想。

但要是"爱"也喧嚣,"美"也招摇,"真诚"沦为一句时

我想,那就不必再去地坛寻找安静,莫如在安静中寻找地坛。

髦的广告，那怎么办？惟柔弱是爱愿的识别，正如放弃是喧嚣的解剂。人一活脱便要嚣张，天生的这么一种动物。这动物适合在地坛放养些时日——我是说当年的地坛。

回望地坛，回望它的安静，想念中坐在不管它的哪一个角落，重新铺开一张纸吧。写，真是个办法，油然地通向着安静。写，这形式，注定是个人的，容易撞见诚实，容易被诚实揪住不放，容易在市场之外遭遇心中的阴暗，在自以为是时回归零度。把一切污浊、畸形、歧路，重新放回到那儿去检查，勿使伪劣的心魂流布。

有人跟我说，曾去地坛找我，或看了那一篇《我与地坛》去那儿寻找安静。可一来呢，我搬家搬得离地坛远了，不常去了。二来我偶尔请朋友开车送我去看它，发现它早已面目全非。我想，那就不必再去地坛寻找安静，莫如在安静中寻找地坛。恰如庄生梦蝶，当年我在地坛里挥霍光阴，曾屡屡地有过怀疑：我在地坛吗？还是地坛在我？现在我看虚空中也有一条界线，靠想念去迈过它，只要一迈过它便有清纯之气扑面而来。我已不在地坛，地坛在我。

2002 年 5 月 13 日完成
2004 年 2 月 24 日修订

我的轮椅[1]

坐轮椅竟已坐到了第三十三个年头,用过的轮椅也近两位数了,这实在是件没想到的事。1980年秋天,"肾衰"初发,我问过柏大夫:"敝人刑期尚余几何?"她说:"阁下争取再活十年。"都是玩笑的口吻,但都明白这不是玩笑——问答就此打住,急忙转移了话题,便是证明。十年,如今已然大大超额了。

那时还不能预见到透析的未来。那时的北京城仅限三环路以内。

那时大导演田壮壮正忙于毕业作品,一干年轻人马加一个秃顶的林洪桐老师,选中了拙作《我们的角落》,要把它拍成电视剧。某日躺在病房,只见他们推来一辆崭新的手摇车,要换我那辆旧的,说是把这辆旧的开进电视剧那才真实。手摇车,轮椅之一种,结构近似三轮摩托,惟动力是靠手摇。一样的东西,换成新的,明显值得再活十年。只可惜,出院时新的又换回成旧的,那时的拍摄经费比不得现在。

---

[1] 本文曾以《扶轮问路》为篇名发表。

不过呢，还是旧的好，那是我的二十位同学和朋友的合资馈赠。其实是二十位母亲的心血——儿女们都还在插队，哪儿来的钱？那轮椅我用了很多年，摇着它去街道工厂干活儿，去地坛里读书，去"知青办"申请正式工作，在大街小巷里风驰或鼠窜，到城郊的旷野上看日落星出……摇进过深夜，也摇进过黎明，以及摇进过爱情但很快又摇出来。

1979年春节，摇着它，柳青骑车助我一臂之力，乘一路北风，我们去《春雨》编辑部参加了一回作家们的聚会。在那儿，我的写作头一回得到认可。那是座古旧的小楼，又窄又陡的木楼梯踩上去咚咚作响，一代青年作家们喊着号子把我连人带车抬上了二楼。"斯是陋室"——脱了漆的木地板，受过潮的木墙围，几盏老式吊灯尚存几分贵族味道……大家或坐或站，一起吃饺子，读作品，高谈阔论或大放厥词，真正是一个激情燃烧的年代。

所以，这轮椅殊不可以"断有情"，最终我把它送给了一位更不容易的残哥们儿。其时我已收获几笔稿酬，买了一辆更利远行的电动三轮车。

这电动三轮利于远行不假，也利于把人撂在半道儿。有两回，都是去赴苏炜家的聚会，走到半道儿，一回是链子断了，一回是轮胎扎了。那年代又没有手机，愣愣地坐着想了半晌，只好侧弯下身子去转动车轮，左轮转累了换只手再转右轮。回程时有了救兵，一次是陈建功，一次是郑万隆，骑车推着我走，到家已然半夜。

链子和轮胎的毛病自然好办,机电部分有了问题麻烦就大。幸有三位行家做我的专职维护,先是瑞虎,后是老鄂和徐杰,瑞虎出国走了,后二位接替上。直到现在,我座下这辆电动轮椅——此物之妙随后我会说到——出了毛病,也还是他们三位的事;瑞虎在国外找零件,老鄂和徐杰在国内施工,通过卫星或经由一条海底电缆,配合得无懈可击。

两腿初废时,我曾暗下决心:这辈子就在屋里看书,哪儿也不去了。可等到有一天,家人劝说着把我抬进院子,一见那青天朗照、杨柳和风,决心即刻动摇。又有同学和朋友们常来看我,带来那一个大世界里的种种消息,心就越发地活了,设想着,在那久别的世界里摇着轮椅走一走大约也算不得什么丑事。于是有了平生的第一辆轮椅。那是邻居朱二哥的设计,父亲捧了图纸,满城里跑着找人制作,跑了好些天,才有一家"黑白铁加工部"肯于接受。用材是两个自行车轮、两个万向轮并数根废弃的铁窗框。母亲为它缝制了坐垫和靠背。后又求人在其两侧装上支架,撑起一面木板,书桌、饭桌乃至吧台都能齐备。倒不单是图省钱,现在怕是没人会相信了,那年代连个像样的轮椅都没处买;偶见"医疗用品商店"里有一款,其昂贵与笨重都可谓无比。

我在一篇题为《看电影》的散文中,也说到过这辆轮椅:

一夜大雪未停,事先已探知手摇车不准入场(电影院),母亲便推着那辆自制的轮椅送我去……雪花纷纷地还在飞舞,在昏黄的路灯下仿佛一群飞蛾。路上的雪冻成了一道道冰棱子,母亲推得沉重,但母亲心里快乐……母亲知道我正打算写点什么,又知道我跟长影的一位导演有着通信,所以她觉得推我去看这电影是非常必要的,是件大事。怎样的大事呢?我们一起在那条快乐的雪路上跋涉时,谁也没有把握,惟朦胧地都怀着希望。

那一辆自制的轮椅,寄托了二老多少心愿!但是下一辆真正的轮椅来了,母亲却没能看到。

下一辆是丑小鸭杂志社送的,一辆正规并且做工精美的轮椅,全身的不锈钢,可折叠,可拆卸,两侧扶手下各有一金色的"福"字。

除了这辆轮椅,还有一件也是我多么希望母亲看见的事,她却没能看见:1983年,我的小说得了全国奖。

得了奖,像是有了点儿资本,这年夏天我被邀请参加了《丑小鸭》的"青岛笔会"。双腿瘫痪后,我才记起了立哲曾教我的"不要脸精神",大意是:想干事你就别太要面子,就算不懂装懂,哥们儿你也得往行家堆儿里凑。立哲说这话时,我们都还在陕北,十八九岁。"文革"闹得我们都只上到初中,正是靠了此一"不要脸精神",赤脚医生孙立哲的医道才得突飞猛进,在陕北的窑洞里做了不知多少手术,被全国顶尖的外科专家叹为奇迹。于是乎我便也给自己立个法:不管多么厚脸皮,也要多往作家堆儿里凑。幸而除了两腿不仁不义,其余的器官都还按部就班,便一闭眼,拖累着大伙儿去了趟青岛。

参照以往的经验,我执意要连人带那辆手摇车一起上行李车厢,理由是下了火车不也得靠它?其时全中国的出租车也未必能超过百辆,树生兄便一路陪伴。谁料此一回完全不似以往(上一次是去北戴河,下了火车由甘铁生骑车推我到宾馆),行李车厢内货品拥塞,密不透风,树生心脏本已脆弱,只好于一路挥汗谈笑之间频频吞服"速效救心"。

回程时我也怕了,托运了轮椅,随众人去坐硬座。进站口在车头,我们的车厢在车尾;身高马大的树纲兄背了我走,先还听他不紧不慢地安慰我,后便只闻其风箱也似的粗喘。待找到座位,偌大一个刘树纲竟似只剩下了一张煞白的脸。

《丑小鸭》不知现在还有没有?那辆"福"字牌轮椅,理应归功其首任社长胡石英。见我那手摇车抬上抬下着实不便,他自言自语道:"有没有更轻便一点儿的?也许我们能送他一辆。"瞌睡中的刘树生急忙弄醒自己,接过话头儿:"行啊,这事儿交给我啦,你只管报销就是。"胡石英欲言又止——那得多少钱呀,他心里也没底。那时铁良还在医疗设备厂工作,说正有一批中外合资的轮椅在试生产,好是好,就是贵。树生又是那句话:"行啊,这事儿交给我啦,你去买来就是。"买来了,四百九十五块,八三年呀!据说胡社长盯着发票不断地咋舌。

这辆"福"字牌轮椅,开启了我走南闯北的历史。其实是众人推着、背着、抬着我,去看中国。先是北京作协的一群哥

这辆"福"字牌轮椅,开启了我走南闯北的历史。

们儿送我回了趟陕北,见了久别的"清平湾"。后又有洪峰接我去长春领了个奖;父亲年轻时在东北林区待了好些年,所以沿途的大地名听着都耳熟。马原总想把我弄到西藏去看看,我说:下了飞机就有火葬场吗?吓得他只好请我去了趟沈阳。王安忆和姚育明推着我逛淮海路,是在1988年,那时她们还不知道,所谓"给我妹妹挑件羊毛衫"其实是借口,那时我又一次摇进了爱情,并且至今没再摇出来。少功、建功还有何立伟等等一大群人,更是把我抬上了南海舰队的鱼雷快艇。仅于近海小试风浪,已然触到了大海的威猛——那波涛看似柔软,一旦颠簸其间,竟是石头般的坚硬。又跟着郑义兄走了一回五台山,在"佛母洞"前汽车失控,就要撞下山崖时被一块巨石挡住。大家都说"这车上必有福将",我心说是我呀,没见轮椅上那个"福"字?1996年迈平请我去斯德哥尔摩开会,算是头一回见了外国。飞机缓缓降落时,我心里油然地冒出句挺有学问的话:这世界上果真是有外国呀!转年立哲又带我走了差不多半个美国,那时双肾已然怠工,我一路挣扎着看:大沙漠、大峡谷、大瀑布、大赌城……立哲是学医的,笑嘻嘻地闻一闻我的尿说:"不要紧,味儿挺大,还能排毒。"其实他心里全明白。他所以急着请我去,就是怕我一旦透析就去不成了。他的哲学一向是:命,干吗用的?单是为了活着?

说起那辆"福"字轮椅就要想起的那些人呢,如今都老了,有的已经过世。大伙儿推着、抬着、背着我走南闯北的日子,都是回忆了。这辆轮椅,仍然是不可"断有情"的印证。我说过,我的生命密码根本是两条:残疾与爱情。

如今我也是年近花甲了,手摇车是早就摇不动了,透析之后连一般的轮椅也用着吃力。上帝见我需要,就又把一种电动轮椅泊来眼前,临时寄存在王府井的医疗用品商店。妻子逛街时看见了,标价三万五。她找到代理商,砍价,不知跑了多少趟。两万九?两万七?两万六,不能再低啦小姐。好吧好吧,希米小姐偷着笑:你就是一分不降我也是要买的!这东西有趣,狗见了转着圈儿地冲它喊,孩子见了总要问身边的大人:它怎么自己会走呢?据说狗的智力相当于四五岁的孩子,它们都还不能把这椅子看成是一辆车。这东西才真正是给了我自由:居家可以乱窜,出门可以独自疯跑,跳舞也行,打球也行,给条坡道就能上山。舞我是从来不会跳。球呢,现在也打不好了,再说也没对手——会的嫌我烦,不会的我烦他。不过呢,时隔三十几年我居然上了山——昆明湖畔的万寿山。

谁能想到我又上了山呢!

谁能相信,是我自己爬上了山的呢!

坐在山上,看山下的路,看那浩瀚并喧嚣着的城市,想起梵高给提奥的信中有这样的话:"我是地球上的陌生人,(这儿)隐藏了对我的很多要求","实际上我们穿越大地,我们只是经历生活","我们从遥远的地方来,到遥远的地方去……我们是地球上的朝拜者和陌生人"。

坐在山上,看远处天边的风起云涌,心里有了一句诗:嗨,希米,希米/我怕我是走错了地方呢/谁想却碰见了你!——若把梵高的那些话加在后面，差不多就是一首完整的诗了。

坐在山上，眺望地坛的方向，想那园子里"有过我的车辙的地方也都有过母亲的脚印"；想那些个"又是雾罩的清晨，又是骄阳高悬的白昼……"想那些个"在老柏树旁停下，在草地上在颓墙边停下，又是处处虫鸣的午后，又是鸟儿归巢的傍晚……"想我曾经的那些个想："我用纸笔在报刊上碰撞开的一条路，并不就是母亲盼望我找到的那条路……母亲盼望我找到的那条路到底是什么。"

有个回答突然跳来眼前：扶轮问路。是呀，这五十七年我都干了些什么？——扶轮问路，扶轮问路啊！但这不仅仅是说，有个叫史铁生的家伙，扶着轮椅，在这颗星球上询问过究竟；也不只是说，史铁生——这一处陌生的地方，如今我已经弄懂了他多少；而是说，譬如"法轮常转"，那"轮"与"转"明明是指示着一条无限的路途——无限的悲怆与"有情"，无限的蛮荒与惊醒……以及靠着无限的思问与祈告，去应和那存在之轮的无限之转！尼采说"要爱命运"。爱命运才是至爱的境界。"爱命运"即是爱上帝——上帝创造了无限种命运，要是你碰上的这一种不可心，你就恨他吗？"爱命运"也是爱众生——设若那一种不可心的命运轮在了别人，你就会松一口气怎的？而梵高所说的"经历生活"，分明是在暗示：此一处陌生的地方，不过是心魂之旅中的一处景观、一次际遇，未来的路途一样还是无限之问。

2007 年 11 月 20 日

中短篇小说

我的遥远的清平湾

北方的黄牛一般分为蒙古牛和华北牛。华北牛中要数秦川牛和南阳牛最好,个儿大,肩峰很高,劲儿足。华北牛和蒙古牛杂交的牛更漂亮,犄角向前弯去,顶架也厉害,而且皮实、好养。对北方的黄牛,我多少懂一点。这么说吧:现在要是有谁想买牛,我担保能给他挑头好的。看体形,看牙口,看精神儿,这谁都知道。光凭这些也许能挑到一头不坏的,可未必能挑到一头真正的好牛。关键是得看脾气。拿根鞭子,一甩,嗖的一声,好牛就会瞪圆了眼睛,左蹦右跳。这样的牛干起活儿来下死劲,走得欢。疲牛呢?听见鞭子响准是把腰往下一塌,闭一下眼睛,忍了。这样的牛,别要。

我插队的时候喂过两年牛,那是在陕北的一个小山村儿——清平湾。

我们那个地方虽然也还算是黄土高原,却只有黄土,见不到真正的平坦的塬地了。由于洪水年年吞噬,塬地总在塌方,顺着沟、渠、小河,流进了黄河。从洛川再往北,全是一座座黄的山峁或一道道黄的山梁,绵延不断。树很少,少到哪座山上有几棵什么树,老乡们都记得清清楚楚;只有打新窑或是做棺木的时候,才放倒一两棵。碗口粗的柏树就稀罕得不得了。要是谁能做上一口薄柏木板的棺材,大伙儿就都佩服,方圆几十里内都会传开。

在山上拦牛的时候,我常想,要是那一座座黄土山都是谷堆、麦垛,山坡上的胡蒿和沟壑里的狼牙刺都是柏树林,就好了。和我一起拦牛的老汉总是吸溜吸溜地抽着旱烟,笑笑,说:"那可就一股劲儿吃白馍馍了。老汉儿家、老婆儿家都睡一口好材。"

和我一起拦牛的老汉姓白。陕北话里,"白"发"破"的音,我们都管他叫"破老汉"。也许还因为他穷吧,英语中的"poor"就是"穷"的意思。或者还因为别的:那几颗零零碎碎的牙,那几根稀稀拉拉的胡子,尤其是他的嗓子——他爱唱,可嗓子像破锣。傍晚赶着牛回村的时候,最后一缕阳光照在崖畔上,红的。破老汉用镢把挑起一捆柴,扛着,一路走一路唱:"崖畔上开花崖畔上红;受苦人[1]过得好光景……"声音拉得很长,虽不洪亮,但颤巍巍的,悠扬。碰巧了,崖顶上探出两个小脑瓜,竖着耳朵听一阵,跑了;可能是狐狸,也可能是野羊。不过,要想靠打猎为生可不行,野兽很少。我们那地方突出的特点是穷,穷山穷水,"好光景"永远是"受苦人"的一种盼望。天快黑的时候,进山寻野菜的孩子们也都回村了,大的拉着小的,小的扯着更小的,每人的臂弯里都扎着个小篮儿,装的苦菜、苋菜,或者小蒜、蘑菇……孩子们跟在牛群后面,叽叽嘎嘎地吵,争抢着把牛粪撮回窑里[2]去。

---

[1] 受苦人:庄稼人。
[2] 窑里:家里。

越是穷地方，农活也越重。春天播种；夏天收麦；秋天玉米、高粱、谷子都熟了，更忙；冬天打坝、修梯田，总不得闲。单说春种吧，往山上送粪全靠人挑。一担粪六七十斤，一早上就得送四五趟；挣两个工分，合六分钱。在北京，才够买两根冰棍儿的。那地方当然没有冰棍儿，在山上干活儿渴急了，什么水都喝。天不亮，耕地的人们就扛着木犁、赶着牛上山了。太阳出来，已经耕完了几垧地。火红的太阳把牛和人的影子长长地印在山坡上，扶犁的后面跟着撒粪的，撒粪的后头跟着点籽的，点籽的后头是打土坷垃的，一行人慢慢地、有节奏地向前移动，随着那悠长的吆牛声。吆牛声有时疲惫、凄婉；有时又欢快、诙谐，引动一片笑声。那情景几乎使我忘记自己是生活在哪个世纪，默默地想着人类遥远而漫长的历史。人类好像就是这么走过来的。

清明节的时候我病倒了，腰腿疼得厉害。那时只以为是坐骨神经疼，或是腰肌劳损，没想到会发展到现在这么严重。陕北的清明前后爱刮风，天都是黄的。太阳白蒙蒙的。窑洞的窗纸被风沙打得唰啦啦响。我一个人躺在土炕上……

那天，队长端来了一碗白馍……

陕北的风俗，清明节家家都蒸白馍，再穷也要蒸几个。白馍被染得红红绿绿的，老乡管那叫"zi chui"。开始我们不知道是哪两个字，也不知道什么意思，跟着叫"紫锤"。后来才知道，是叫"子推"，是为了纪念春秋时期一个叫介子推的人的。破老汉说，那是个刚强的人，宁可被人烧死在山里，也不出去做官。我没有考证过，也不知史学家们对此做何评价。反正吃一顿白馍，清平湾的老老少少都很高兴。尤其是孩子们，头好几天就喊着要吃子推馍馍了。春秋距今两千多年了，陕北的文化很古老，就像黄河。譬如，陕北话中有好些很文的字眼："喊"不说"喊"，要说"呐喊"；香菜，叫"芫荽"；"骗人"也不说"骗人"，叫作"玄谎"……连最没文化的老婆儿也会用"酝酿"这词儿。开社员会时，黑压压坐了一窑人，小油灯冒着黑烟，四下里闪着烟袋锅的红光。支书念完了文件，喊一声："不敢睡！大家讨论个一下！"人群中于是息了鼾声，不紧不慢地应着："酝酿酝酿了再……"这"酝酿"二字使人想到那儿确是革命圣地，老乡们还记得当年的好作风。可在我们插队的那些年里，"酝酿"不过是一种习惯了的口头语罢了。乡亲们说"酝酿"的时候，心里也明白：屎事不顶！可支书让发言，大伙儿总得有个说的；支书也是难，其实那些政策条文早已经定了。最后，支书再喊一声："同意啊不？"大伙儿回答"同意——"然后回窑睡觉。

那天，队长把一碗"子推"放在炕沿上，让我吃。他也坐在炕沿上，吧嗒吧嗒地抽烟。"子推"浮头用的是头两茬面，很白；里头都是黑面，麸子全磨了进去。队长看着我吃，不言语。临走时，他吹吹烟锅儿，说："唉！心儿家不容易，离家远。""心儿"就是孩子的意思。

队里再开会时，队长提议让我喂牛。社员们都赞成。"年轻后生家，不敢让腰腿坐下病，好好价把咱的牛喂上！"老老小小见了我都这么说。在那个地方，担粪、砍柴、挑水、清明磨豆腐、端午做凉粉、出麻油、打窑洞……全靠自己动手。腰腿可是劳动的本钱；惟一能够代替人力的牛简直是宝贝。老乡们把喂牛这样的机要工作交给我，我心里很感动，嘴上却说不出什么。农民们不看嘴，看手。

我喂十头，破老汉喂十头，在同一个饲养场上。饲养场建在村子的最高处，一片平地，两排牛棚，三眼堆放草料的破石窑。清平河水整日价哗哗啦啦的，水很浅，在村前拐了一个弯，形成了一个水潭。河湾的一边是石崖，另一边是一片开阔的河滩。夏天，村里的孩子们光着屁股在河滩上折腾，往水潭里扑通扑通地跳，有时候捉到一只鳖，又笑又嚷，闹翻了天。破老汉坐在饲养场前面的窑顶上看着，一袋接一袋地抽烟。"心儿家不晓得愁，"他说，然后就哑着个嗓子唱起来，"提起那家来，家有名，家住在绥德三十里铺村……"破老汉是绥德人，年轻时打短工来到清平湾，就住下了。绥德出打短工的，出石匠，出说书的，那地方更穷。

绥德还出吹手。农历年夕前后，坐在饲养场上，常能听到那欢乐的唢呐声。那些吹手也有从米脂、佳县来的，但多数是从绥德。他们到处串，随便站在谁家窑前就吹上一阵。如果碰巧哪家要娶媳妇，他们就被请去，呜里哇啦地吹一天，吃一天好饭。要是运气不好，吹完了，就只能向人家要一点吃的或钱。或多或少，家家都给，破老汉尤其给的多。他说："谁也有难下的时候。"原先，他也干过那营生，吃是能吃饱，可是常要受冻，要是没人请，夜里就得住寒窑。"揽工人儿难，哎哟，揽工人儿难；正月里上工十月里满，受的牛马苦，吃的猪狗饭……"他唱着，给牛添草。破老汉一肚子歌。

小时候就知道陕北民歌。到清平湾不久,干活儿歇下的时候我们就请老乡唱,大伙儿都说破老汉爱唱,也唱得好。"老汉的日子熬煎咧,人愁了才唱得好山歌。"确实,陕北的民歌多半都有一种忧伤的调子。但是,一唱起来,人就快活了。有时候赶着牛出村,破老汉憋细了嗓子唱《走西口》:"哥哥你走西口,小妹妹也难留,手拉着哥哥的手,送哥到大门口。走路你走大路,再不要走小路,大路上人马多,来回解忧愁……"场院上的婆姨、女子们嘻嘻哈哈地冲我嚷:"让老汉儿唱个《光棍儿哭妻》嘛,老汉儿唱得可美!"破老汉只作没听见,调子一转,唱起了《女儿嫁》:"一更里叮当响,小哥哥进了我的绣房,娘问女孩儿什么响,西北风刮得门闩响嘛哎哟……"往下的歌词就不宜言传了。我和老汉赶着牛走出很远了,还听见婆姨、女子们在场院上骂。老汉冲我眨眨眼,撅一根柳条,赶着牛,唱一路。

破老汉只带着个七八岁的小孙女过。那孩子小名儿叫"留小儿"。两口人的饭常是她做。

把牛赶到山里,正是晌午。太阳把黄土烤得发红,要冒火似的。草丛里不知名的小虫子"嗞——嗞——"地叫。群山也显得疲乏,无精打采地互相挨靠着。方圆十几里内只有我和破老汉,只有我们的吆牛声。哪儿有泉水,破老汉都知道;几镢头挖成一个小土坑,一会儿坑里就积起了水。细珠子似的小气泡一串串地往上冒,水很小,又凉又甜。"你看下我来,我也看下你……"老汉喝口水,抹抹嘴,扯着嗓子又唱一句。不知他又想起了什么。

夏天拦牛可不轻闲,好草都长在田边,离庄稼很近。我们东奔西跑地吆喝着,骂着。破老汉骂牛就像骂人,爹、娘、八辈儿祖宗，骂得那么亲热。稍不留神，哪个狡猾的家伙就会偷吃了田苗。最讨厌的是破老汉喂的那头老黑牛，称得上是"老谋深算"。它能把野草和田苗分得一清二楚。它假装吃着田边的草，慢慢接近田苗，低着头，眼睛却溜着我。我看着它的时候，田苗离它再近它也不吃，一副廉洁奉公的样儿；等我刚一回头，它就趁机啃倒一棵玉米或高粱，调头便走。我识破了它的诡计，它再接近田苗时，假装不看它，等它确信无虞把舌头伸向禁区之际，我才大吼一声。老家伙趔趔趄趄地后退，既惊慌又愧悔，那样子倒是有点可怜。

陕北的牛也是苦，有时候看着它们累得草也不想吃，呼哧呼哧喘粗气，身子都跟着晃，我真害怕它们趴架。尤其是当那些牛争抢着去舔地上渗出的盐碱的时候，真觉得造物主太不公平。我几次想给它们买些盐，但自己嘴又馋，家里寄来的钱都买鸡蛋吃了。

每天晚上，我和破老汉都要在饲养场上待到十一二点，一遍遍给牛添草。草添得要勤，每次不能太多。留小儿跟在老汉身边，寸步不离。她的小手绢里总包两块红薯或一把玉米粒。破老汉用牛吃剩下的草疙结打起一堆火，干的噼噼啪啪响，湿的嗞嗞冒烟。火光照亮了饲养场，照着吃草的牛，四周的山显得更高，黑魆魆的。留小儿把红薯或者玉米埋在烧尽的草灰里，如果是玉米，就得用树枝拨来拨去，"啪"地一响，爆出了一个玉米花。那是山里娃最好的零嘴儿了。

留小儿没完没了地问我北京的事。"真个是在窑里看电影？""不是窑，是电影院。""前回你说是窑里。""噢，那是电视。一个方匣匣，和电影一样。"她歪着头想，大约想象不出,又问起别的。"啥时想吃肉,就吃?""嗯。""玄谎!""真的。""成天价想吃呢?""那就成天价吃。"这些话她问过好多次了,也知道我怎么回答,但还是问。"你说北京人都不爱吃白肉?"她觉得北京人不爱吃肥肉,很奇怪。她仰着小脸儿,望着天上的星星;北京的神秘,对她来说,不亚于那道银河。

"山里的娃娃什么也解不开[1]。"破老汉说。破老汉是见过世面的,他三七年就入了党,跟队伍一直打到广州。他常常讲起广州:霓虹灯成宿地点着,广州人连蛇也吃,到处是高楼,楼里有电梯……留小儿听得觉也不睡。我说:"城里人也不懂得农村的事呢。""城里人解开个狗吗?"留小儿问,咯咯地笑。她指的是我们刚到清平湾的时候,被狗追得满村跑。"学生价连犍牛和生牛也解不开。"留小儿说着去摸摸正在吃草的牛,一边数叨:"红犍牛、猴[2]犍牛、花生牛……爷!老黑牛怕是难活[3]下了,不肯吃!""它老了,熬[4]了。"老汉说。山里的夜晚静极了,只听得见牛吃草的沙沙声,蛐蛐儿叫,有时远处还传来狼嗥。破老汉有把破胡琴,嗞嗞嘎嘎地拉起来,唱:"一九头上才立冬,闯王领兵下河东,幽州困住杨文广,年太平,金花小姐领大兵……"把历史唱了个颠三倒四。

留小儿最常问的还是天安门。"你常去天安门?""常

---

1 解(音hài)不开:不懂。

2 猴:小。

3 难活:病。

4 熬:累。

去。""常能照着[1]毛主席?""哪的来,我从来没见过。""咦?!他就盛[2]在天安门上,你去了会照不着?"她大概以为毛主席总站在天安门上,像画上画的那样。有一回她趴在我耳边说:"你冬里回北京把我引上行不?"我说:"就怕你爷爷不让。""你跟他说说嘛,他可相信你说的了。盘缠我有。""你哪儿来的钱?""卖鸡蛋的钱,我爷爷不要,都给了我,让我买褂褂儿的。""多少?""五块!""不够。""嘻,我哄你,看,八块半!"她掏出个小布包,打开,有两张一块的,其余全是一毛、两毛的。那些钱大半是我买了鸡蛋给破老汉的。平时实在是饿得够呛,想解解馋,也就是买几个鸡蛋。我怎么跟留小儿说呢?我真想冬天回家时把她带上。可就在那年冬天,我病厉害了。

其实,喂牛没什么难的,用破老汉的话说,只要勤谨,肯操心就行。喂牛,苦不重[3],就是熬人,夜里得起来好几趟,一年到头睡不成个囫囵觉。冬天,半夜从热被窝里爬出来的滋味可不是好受的。尤其五更天给牛拌料,牛埋下头吃得香,我坐在牛槽边的青石板上能睡好几觉。破老汉在我耳边叨唠:黑市的粮价又涨了,合作社来了花条绒,留小儿的袄烂得露了花……我哼哼哈哈地应着,刚梦见全聚德的烤鸭,又忽然掉进了什刹海的冰窟窿,打个冷颤醒了,破老汉还没唠叨完。"要不回窑睡去吧,二次料

---

1 照着:望见。

2 盛:住。

3 苦不重:活儿不重。

我给你拌上了。"老汉说。天上划过一道亮光,是流星。月亮也躲进了山谷。星星和山峦,不知是谁望着谁,或者谁忘了谁。"这营生不是后生家做的,后生家正是好睡觉的时候。"破老汉说,然后"唉,唉——"地发着感慨。我又迷迷糊糊地入了梦乡。

碰上下雨下雪,我们俩就躲进牛棚。牛棚里净是粪尿,连打个盹的地方也没有。那时候我的腿和腰就总酸疼。"倒运的天!"破老汉骂,然后对我说:"北京够咋美,偏来这山沟沟里做什么嘛!""您那时候怎么没留在广州?"我随便问。他抓抓那几根黄胡子,用烟锅儿在烟荷包里不停地剜,瞪着眼睛愣半天,说:"咋!让你把我问着了,我也不晓尿咋价日鬼的。"然后又愣半天,似乎回忆着到底是什么原因。"唉,尿毛擀不成个毡,山里人当不成个官。"他说,"我那辰儿要是不回来,这辰儿也住上洋楼了,也把警卫员带上了。山里人憨着咧,只想打罢了仗就回家,哪搭儿也不胜窑里好。尿!要不,我的留小儿这辰儿还愁穿不上个条绒袄儿?"

每回家里给我寄钱来,破老汉总嚷着让我请他抽纸烟。"行!"我说,"'牡丹'的怎么样?""嘻——'黄金叶'的就拔尖了!""可有个条件,"我凑到他耳边,"得给后沟里的送几根去。""憨娃娃!"他骂。"后沟里的"指的是住在后沟里的一个寡妇,比破老汉小十几岁,村里人都知道那寡妇对破老汉不错。老汉抽着纸烟,望着远处。我也唱一句:"你看下我来,我也看下你……"递给他几根纸烟,向后沟的方向示意。他不言传,笑眯眯地不知想着什么。末了,他把几根纸烟装进烟荷包,说:"留小儿大了嫁到北京去呀!"说罢笑笑,知道那是不沾边儿的事。

在后山上拦牛的时候,远远地望着后沟里的那眼土窑洞,我问破老汉:"那婆姨怎么样?""亮亮妈,人可好。"他说。我问:"那你干吗不跟她过?""嘻——老了老了还……"他打岔。"算了吧!"我说,"那你夜里常往她窑里跑?"我其实是开玩笑。"咦!不敢瞎说!"他装得一本正经。我诈他:"我都看见了,你还不承认!"他不言传了,尴尬地笑着。其实我什么也没看见。

　　破老汉望着山脚下的那眼窑洞。窑前,亮亮妈正费力地劈着一疙瘩树根;一个男孩子帮着她劈,是亮亮。"我看你就把她娶了吧,她一个人也够难的。再说,也就有人给你缝衣裳了。""唉,丢下留小儿谁管?""一搭里过嘛!""她的亮亮也娇惯得危险[1],留小儿要受气呢。后妈总不顶亲的。""什么后妈,留小儿得管她叫奶奶了。""还不一样?"山里没人,我们敞开了说。亮亮家的窑顶上冒起了炊烟。老汉呆呆地望着,一缕蓝色的青烟在山沟里飘绕。小学校放学的钟声当当地敲响了。太阳下山了,收工的人们扛着锄头在暮霭中走。拦羊的也吆喝着羊群回村了,大羊喊,小羊叫,咩咩地响成一片。老汉还是呆呆地坐着,闷闷地抽烟。他分明是心动了,可又怕对不起留小儿。留小儿的大[2]死得惨,平时谁也不敢向破老汉问起这事。据说,老汉一想起就哭,自己打自己的嘴巴。听说,都是因为破老汉舍不得给大夫多送些礼,把儿子的病给耽误了;其实,送十来斤米或者面就行。那些年月啊!

1　危险:严重、厉害。

2　大:爹。

秋天，在山里拦牛简直是一种享受。庄稼都收完了，地里光秃秃的，山洼、沟掌里的荒草却长得茂盛。把牛往沟里一轰，可以躺在沟门上睡觉；或是把牛赶上山，在下山的路口上坐下，看书。秋天的色彩也不再那么单调：半崖上小灌木的叶子红了，杜梨树的叶子黄了，酸枣棵子缀满了珊瑚珠似的小酸枣……尤其是山坡上绽开了一丛丛野花，淡蓝色的，一丛挨着一丛，雾蒙蒙的。灰色的小田鼠从黄土坷垃后面探头探脑；野鸽子从悬崖上的洞里钻出来，扑棱棱飞上天；野鸡咕咕嘎嘎地叫，时而出现在崖顶上，时而又钻进了草丛……我很奇怪，生活那么苦，竟然没人捕食这些小动物。也许是因为没有枪，也许是因为这些鸟太小也太少，不过多半还是因为别的。譬如：春天燕子飞来时，家家都把窗户打开，希望燕子到窑里来做窝；很多家窑里都住着一窝燕儿，没人伤害它们。谁要是说燕子的肉也能吃，老乡们就会露出惊讶的神色，瞪你一眼："咦！燕儿嘛！"仿佛那无异于亵渎了神灵。

种完了麦子，牛就都闲下了，我和破老汉整天在山里拦牛。老汉不闲着，把牛赶到地方，跟我交代几句就不见了。有时忽然见他出现在半崖上，奋力地劈砍着一棵小灌木。吃的难，烧的也难，为了一把柴，常要爬上很高很陡的悬崖。老汉说，过去不是这样，过去人少，山里的好柴砍也砍不完，密密匝匝的，人也钻不进去。老人们最怀恋的是红军刚到陕北的时候，打倒了地主，分了地，单干。"才红了[1]那辰儿，吃也有的吃，烧也有

---

[1] 才红了：指红军刚到陕北。

的烧，这咋会儿，做过啦！"老乡们都这么说。真是，"这咋会儿"迷信活动倒死灰复燃。有一回，传说从黄河东来了神神，有些老乡到十几里外的一个破庙去祷告，许愿。破老汉不去。我问他为什么，他皱着眉头不说，又哼哼起《山丹丹开花红艳艳》。那是才红了那辰儿的歌。过了半天，使劲磕磕烟袋锅，叹了口气："都是那号婆姨闹的！""哪号儿？"我有点明知故问。他用烟袋指指天，摇摇头，撇撇嘴："那号婆姨，我一照就晓得……"如此算来，破老汉反"四人帮"要比"四五"运动早好几年呢！

在山里，有那些牛做伴，即便剩我一个人也并不寂寞。我半天半天地看着那些牛，它们的一举一动都意味着什么，我全懂。平时，牛不爱叫，只有奶着犊子的生牛才爱叫。太阳一偏西，奶着犊儿的生牛就急着要回村了，你要是不让它回，它就"哞——哞——"地叫个不停，急得团团转，无心再吃草。有一回，我在山洼洼里，睡着了，醒来太阳已经挨近了山顶。我和破老汉吆起牛回村，忽然发现少了一头。山里常有被雨水冲成的暗洞，牛踩上就会掉下去摔坏。破老汉先也一惊，但马上看明白了，说："没麻搭，它想儿，回去了。"我才发现，少了的是一头奶犊儿的生牛。离村老远，就听见饲养场上一声声牛叫了，儿一声，娘一声，似乎一天不见，母子间有说不完的贴心话。牛不老[1]在母亲肚子底下一下一下地撞，吃奶。母牛的目光充满了温柔、慈爱，神态那么满足、平静。我喜欢那头母牛，喜欢那只牛不老。我最喜欢的是一头红犍牛，高高的肩峰，腰长腿壮，单套也能拉

---

1 牛不老：牛犊。

得动大步犁。红犍牛的犄角长得好,又粗又长,向前弯去;几次碰上邻村的牛群,它都把对方的首领顶得败阵而逃。我总是多给它拌些料,犒劳它。但它不是首领。最讨厌的还是那头老黑牛,不仅老奸巨猾,而且专横跋扈,双套它也会气喘吁吁,却占着首领的位置。遇到外"部落"的首领,它倒也勇敢,但不下两个回合,便跑得比平时都快了。那头老生牛就好,虽然比老黑牛还老,却和蔼得很,再小的牛冲它伸伸脖子,它也会耐心地为之舔毛。和牛在一起,也可谓其乐无穷了,不然怎么办呢?方圆十几里内看不见一个人,全是山。偶尔有拦羊的从山梁上走过,冲我呐喊两声。黑色的山羊在陡峭的岩壁上走,如走平地,远远看去像是悬挂着的棋盘;白色的绵羊走在下边,是白棋子。山沟里有泉水,渴了就喝,热了就脱个精光,洗一通。那生活倒是自由自在,就是常常饿肚子。

  破老汉有个弟弟,我就是顶替了他喂牛的。据说那人奸猾,偷牛料;头几年还因为投机倒把坐过县大狱。我倒不觉得那人有多坏,他不过是蒸了白馍跑到几十里外的车站上去卖高价,从中赚出几升玉米、高粱米,白面自家舍不得吃。还说他捉了乌鸦,做熟了当鸡卖,而且白馍里也掺了假。破老汉看不上他弟弟,破老汉佩服的是老老实实的受苦人。

  一阵山歌,破老汉担着两捆柴回来了。"饿了吧?"他问我。"我把你的干粮吃了。"我说。"吃得下那号干粮?"他似乎感到快慰。他"哼哼唉唉"地唱着,带我到山背洼里的一棵大杜梨树下。"咋吃!"他说着爬上树去。他那年已经五十六岁了,看上去还要老,可爬起树来却比我强。他站在树上,把一权权结满了杜梨的树枝撅下来，扔给我。那果实是古铜色的，小指甲盖儿大小，上面有黄色的碎斑点，酸极了，倒牙。老汉坐在树杈上吃，又唱起来："对面价沟里流河水，横山里下来些游击队……"那是《信天游》。老汉大约又想起了当年。他说他给刘志丹抬过棺材，守过灵。别人说他是吹牛。破老汉有时是好吹吹牛。"牵牛牛开花羊跑青，二月里见罢到如今……"还是《信天游》。我冲他喊："不是夜来黑喽[1]才见罢吗？""憨娃娃，你还不赶紧寻个婆姨？操心把'心儿'耽误下！"他反唇相讥。"后沟里的可会迷男人？""咦！亮亮妈，人可好！""这两捆柴，敢是给亮亮妈砍的吧？""谁情愿要，谁扛去。"这话是真的，老汉穷，可不小气。

有一回我半夜起来去喂牛，借着一缕淡淡的月光，摸进草窑。刚要揽草，忽然从草堆里站起两个人来，吓得我头皮发麻，不禁喊了一声，把那两个人也吓得够呛。一个岁数大些的连忙说："别怕，我们是好人。"破老汉提着个马灯跑了来，以为是有了狼。那两个人是瞎子说书的，从绥德来。天黑了，就摸进草窑，睡了。破老汉把他们引回自家窑里，端出剩干粮让他们吃。陕北有句民谣："老乡见老乡，两眼泪汪汪。"老汉和两个瞎子长吁短叹，唠了一宿。

第二天晚上，破老汉操持着，全村人出钱请两个瞎子说了一回书。书说得乱七八糟，李玉和也有，姜太公也有，一会儿

---

[1] 夜来黑喽：昨天晚上。

方圆十几里内只有我和破老汉,只有我们的吆牛声。

是伍子胥一夜白了头，一会儿又是主席语录。窑顶上，院墙上，磨盘上，坐得全是人，都听得入神。可说的是什么，谁也含糊。人们听的是那么个调调儿。陕北的说书实际是唱，弹着三弦儿，哀哀怨怨地唱，如泣如诉，像是村前汩汩而流的清平河水。河水上跳动着月光。满山的高粱、谷子被晚风吹得沙沙响。时不时传来一阵响亮的驴叫。破老汉搂着留小儿坐在人堆里，小声跟着唱。亮亮妈带着亮亮坐在窑顶上，穿得齐齐整整。留小儿在老汉怀里睡着了，她本想是听完了书再去饲养场上爆玉米花的，手里攥着那个小手绢包儿。山村里难得热闹那么一回。

我倒宁愿去看牛顶架，那实在也是一项有益的娱乐，给人一种力量的感受，一种拼搏的激励。我对牛打架颇有研究。二十头牛（主要是那十几头犍牛、公牛）都排了座次，当然不是以姓氏笔画为序，但究竟根据什么，我一开始也糊涂。我喂的那头最壮的红犍牛却敬畏破老汉喂的那头老黑牛。红犍牛正是年轻力壮的时候，肩峰上的肌肉像一座小山，走起路来步履生风；而老黑牛却已显出龙钟老态，也瘦，只剩了一副高大的骨架。然而，老黑牛却是首领。遇上有哪头母牛发了情，老黑牛便几乎不吃不喝地看定在那母牛身旁，绝不允许其他同性接近。我几次怂恿红犍牛向它挑战，然而只要老黑牛晃晃犄角，红犍牛便慌忙躲开。我实在憎恨老黑牛的狂妄、专横，又为红犍牛的怯懦而生气。后来我才知道，牛的排座次是根据每年一度的角斗，谁夺了魁，便在这一年中被尊崇为首领，享有"三宫六院"的特权，即便它在这一年中变得病弱或衰老，其他的牛也仍为它当年的威风所震慑，不敢贸然不恭。习惯势力到处在起作用。可是，一开春就不同了,闲了一冬,十几头犍牛、公牛都积攒了气力,是重新较量、争魁的时候了。"男子汉"们各自权衡了对手和自己的实力,自然地推举出一头(有时是两头)体魄最大、实力最强的新秀,与前冠军进行决赛。那年春天,我的红犍牛正处在新秀的位置上,开始对老黑牛有所怠慢了。我悄悄促成它们的决斗,把它们引到开阔的河滩上去(否则会有危险)。这事不能让破老汉发觉,否则他会骂。一开始,红犍牛仍有些胆怯,老黑牛尚有余威。但也许是春天的母牛们都显得越发俊俏吧,红犍牛终于受不住异性的吸引或是轻蔑,"哞——哞——"地叫着向老黑牛挑战了。它们拉开了架势,对峙着,用蹄子刨[1]土,瞪红了眼睛,慢慢地接近,接近……猛地扭打到一起。这时候需要的是力量,是勇气。犄角的形状起很大作用,倘是两只粗长而向前弯去的角,便极有利,左右一晃就会顶到对方的虚弱处。然而,红犍牛和老黑牛都长了这样两只角。这就要比机智了。前冠军毕竟老朽了,过于相信自己的势力和威风,新秀却认真、敏捷。红犍牛占据了有利地形(站在高一些的地方比较有利),逼得老黑牛步步退却,只剩招架之功。红犍牛毫不松懈,瞅准机会把头一低,一晃一冲,顶到了对方的脖子。老黑牛转身败走,红犍牛追上去再给老首领的屁股上加一道失败的标记。第一回合就此结束。这样的较量通常是五局三胜制或九局五胜制。新秀连胜几局,元老便自愿到一旁回忆自己当年的矫勇去了。

为了这事,破老汉阴沉着脸给我看。我笑嘻嘻地递过一根

---

[1] 刨(音 páo):(走兽)用脚刨地。

纸烟去。他抽着烟,望着老黑牛屁股上的伤痕,说:"它老了呀!它救过人的命……"

据说,有一年除夕夜里,家家都在窑里喝米酒,吃油馍,破老汉忽然听见牛叫、狼嗥。他想起了一只出生不久的牛不老,赶紧跑到牛棚。好家伙,就见这黑牛把一只狼顶在墙旮旯里。黑牛的脸被狼抓得流着血,但它一动不动,把犄角牢牢地插进了狼的肚子。老汉打死了那只狼,卖了狼皮,全村人抽了一回纸烟。

"不,不是这。"破老汉说,"那一年村里的牛死的死,杀的杀(他没说是哪年),快光了。全凭好歹留下来的这头黑牛和那头老生牛,村里的牛才又多起来。全靠了它,要不全村人倒运吧!"破老汉摸摸老黑牛的犄角。他对它分外敬重。"这牛死了,可不敢吃它的肉,得埋了它。"破老汉说。

可是,老黑牛最终还是被人拖到河滩上杀了。那年冬天,老黑牛不小心踩上了山坡上的暗洞,摔断了腿。牛被杀的时候要流泪,是真的。只有破老汉和我没有吃它的肉。那天村里处处飘着肉香。老汉呆坐在老黑牛空荡荡的槽前,只是一个劲儿抽烟。

我至今还记得这么件事:有天夜里,我几次起来给牛添草,都发现老黑牛站着,不卧下。别的牛都累得早早地卧下睡了,只有它喘着粗气,站着。我以为它病了,走进牛棚,摸摸它的耳朵,这才发现,在它肚皮底下卧着一只牛不老。小牛犊正睡得香,响着均匀的鼾声。牛棚很窄,各有各的"床位",如果老黑牛卧下,就会把小牛犊压坏。我把小牛犊赶开(它睡的是"自由床位"),老黑牛"扑通"一声卧倒了。它看着我,我看着它。它一定是感激我了,它不知道谁应该感激它。

那年冬天,我的腿忽然用不上劲儿了,回到北京不久,两条腿都开始萎缩。

住在医院里的时候,一个从陕北回京探亲的同学来看我,带来了乡亲们捎给我的东西:小米、绿豆、红枣、芝麻……我认出了一个小手绢包儿,我知道那里头准是玉米花。

那个同学最后从兜里摸出一张十斤的粮票,说是破老汉让他捎给我的。粮票很破,渍透了油污,背面中间用一条白纸相连。

"我对他说这是陕西省通用的,在北京不能用。破老汉不信,说:'咦!你们北京就那么高级?我卖了十斤好小米换来的,咋啦不能用?!'我只好带给你。破老汉说你治病时会用得上。"

唔,我记得他儿子的病是怎么耽误了的,他以为北京也和那儿一样。

十年过去了。前年留小儿来了趟北京,她真的自个儿攒够了盘缠!她说这两年农村的生活好多了,能吃饱,一年还能吃好多回肉。她说,黑肉[1]真的还是比白肉[2]好吃些。

"清平河水还流吗?"我糊里巴涂地这样问。

"流哩嘛!"留小儿"咯咯"地笑。

"我那头红犍牛还活着吗?"

"在哩!老下了。"

---

1 黑肉:瘦肉或精肉。
2 白肉:肥肉。

我想象不出我那头浑身是劲儿的红犍牛老了会是什么样,大概跟老黑牛差不多吧,既专横又慈爱……

留小儿给她爷爷买了把新二胡。自己想买台缝纫机,可是没买到。

"你爷爷还爱唱吗?"

"整天价瞎唱。"

"还唱《走西口》吗?"

"唱。"

"《揽工调》呢?"

"什么都唱。"

"不是愁了才唱吗?"

"咦?!谁说?"

关于民歌产生的原因,还是请音乐家和美学家们去研究吧。我只是常常记起牛群在土地上舔食那些渗出的盐的情景,于是就又想起破老汉那悠悠的山歌:"崖畔上开花崖畔上红,受苦人过得好光景……"如今,"好光景"已不仅仅是"受苦人"的一种盼望了。老汉唱的本也不是崖畔上那一缕残阳的红光,而是长在崖畔上的一种野花,叫山丹丹,红的,年年开。

哦,我的白老汉,我的牛群,我的遥远的清平湾……

1982 年

夏天的玫瑰

傍晚，老头儿跟每天一样，从城里回来。他终于买来了那只青铜的公牛。本来今天应该很高兴，可是他刚才又碰上了那个年轻的父亲。老头儿后悔没再跟那个年轻的父亲说说。

濛濛的细雨，零零碎碎地从早晨一直下到了傍晚。这会儿，起了一点风，有些凉了。快要到秋天了。

"算了，还是少管别人的闲事吧，饶着管了，别人还不高兴……"一路上，老头儿不断地劝着自己。他竭力想忘掉那个倒霉的孩子。

他扛着那根烫满了小窟窿眼儿的竹竿，弓着腰，蹒跚地走着。路上几乎没有什么人。开阔的田野、错落的农舍和工厂的楼房、路边的水车，还有远处黑色的林带，都蒙在无边的细雨中。他回家去。竹竿上只剩了一只小风车儿，静静地转着，像一团红色的雾。他就靠卖这小风车儿为生。

雨中的黄昏，很静。郊外的土路又细又长。

远处的村落里，大喇叭唱着。"夏天最后一朵玫瑰，还在孤独地开放……"是一支洋歌儿。

老头儿在竹竿的顶端罩了一把雨伞。每逢雨天他就这样。那只纸叠的小风车儿在灰暗的雨伞下面默默地转着，就像那支歌。

他抱着那只刚买来的铜牛，拄着一支木拐，慢慢地走着。那铜牛不轻。他不时停下脚步，用衣袖擦去溅在牛身上的雨点。他每天都要到城里去卖小风车儿，每天都这个时候回来。牛身上布满了粗糙的气孔、绿锈和凹凸不平的铸痕，老头儿总觉得那是些伤疤。他早就想买这只牛，牛的高高隆起的肩峰一直吸引着他。吸引他的还有牛的四条结实的腿和牛的向前冲去的姿势。今天总算把它买回来了，老头儿很高兴。可他一觉得高兴，就又想起了那个孩子。

那孩子可真倒霉，刚生下来就这么倒霉！"百分之九十五的可能是残废。"好几个大夫都这么说，那个老大夫也这么说。唉，可怎么好……老头儿想着，看了看天。

可孩子还什么都不懂呢，不知道这下子可遭了瘟哪，将来才倒了血霉呢。老头儿想着，又后悔自己没再跟那对年轻的父母多说说了。

不远处，是一条铁路。穿着雨衣的检路工在高高的路基上走着，不时传来铁锤敲打路轨的叮当声。老头儿站住。他知道，在那铁轨的遥远的尽头，是他的故乡……

"她准是也老了，她老了准也还是挺漂亮的。"他望着高高的路基，在心里对自己说。近几年来，他常常想，他也许该回到故乡去了。

老头儿又走了一会儿，然后在路边的土埂上坐下来，把铜牛放在并拢的双腿上。他走得有点儿累了,挂拐杖的那条胳膊又开始发酸、发疼。他拍拍牛的结实的脊背,对自己说:"别像个老傻瓜似的胡思乱想了。""也别净替八竿子打不着的人瞎操心了。"他又劝自己忘掉那个不幸的孩子。他出神地看着那只青铜的公牛,真佩服它有那么一身漂亮的肌肉。老头儿从蓝布提兜里掏出水壶,喝了一口;不是水,是酒。

小风车儿像一团红色的雾,在他白发苍苍的头顶上。空旷的田野上空,光是飘着雨。

"……所有她可爱的伴侣,都已凋谢死亡,再也没有一朵鲜花,陪伴在她的身旁……"隐隐约约还可以听到村子里的喇叭声。放广播的准是个年轻人。

这歌倒是像唱着老头儿的身世。

他就靠卖这种纸叠的小玩意儿为生,干不了别的了。老了,而且两条腿的下半截都是假的,用钢箍箍在大腿上的。刚箍上的时候很疼,现在早就习惯了。晚上,他在灯下把一张张红红绿绿的电光纸裁开,叠成一个个四角的小风车儿,再用大头针把它们钉到白天捡回来的冰棍棍儿上去。他喜欢喝酒,喜欢一边做着小风车儿一边喝酒。风车儿做好了,够第二天卖的了,他把它们都插到竹竿上,还要再喝一点酒。他一边呷摸着酒,一边欣赏着那些小风车儿,吹吹这个,吹吹那个,看看它们是不是都转得很好。喝完酒,他爬上床,卸下假腿,睡一会儿。天不亮,他就起来,做一点吃的,动身到城里去卖小风车儿了。二十多年,天天如此。二十多年前,在他还有一条好腿的时候,他还在建筑队当过小工,后来不行了。好些现在已经当了父母的人都玩过他做的小风车儿。

人们都知道这个卖风车儿的老头儿，知道他的腿是假的，木头做的。人们都知道他的歌谣。"跑呀跑，转呀转，小风车儿，变呀变。"是他胡诌出来的。他很会招引孩子，——得把小风车儿卖出去。

"老爷爷，变成了什么呀？""噢嗬，老爷爷可是什么也变不成啦。"他摸摸每一个孩子的头。"小风车儿变成了什么呀？""你们看那里头有什么呀？"一团团红红绿绿的雾。"是一只小兔子吗？""不，是个新郎官儿！"老头儿捏捏小姑娘的脸蛋儿。"是云彩！""云彩里有你的新娘子！"老头儿笑了，拍拍男孩子的肩膀……这是他最高兴的时候，仿佛自己也回到了童年。可这时候，他又要想起故乡，想起心中的那片乐土，想起一些令人心碎的往事。他希望这些孩子可别有哪一个将来要得"脉管炎"，这些欢笑着的小脸儿可别有一天要变得悲伤。孩子们散去了，举着小风车儿飞跑，一团团云，一团团雾……他默默地为孩子们祈祷。他独自回家去。他没有孩子。他的腿，一条是在二十岁的时候锯掉的，另一条是在三十多岁，都是因为"脉管炎"。

雨悄声地飘洒着，沙沙沙地落在田野上、土路上和老头儿的雨伞上。他的背驼得很厉害，蓝布褂子的背部让太阳晒得发了白。他的头发也全是白的。竹竿上那只红色的小风车儿显得很鲜艳。老头儿一直看着那只青铜的公牛。吸引他的还有那对犄角，像一张弓，尖利的两端向前弯去，向前直冲。"真横！"老头儿握住牛的犄角，"老虎又怎么着？老虎也未必禁得住它这一下子。"老头儿还记得他那两条小腿，稍一用劲，那两条粗壮的小腿就全是见棱见角的疙瘩肉。他记得,在老家时他扛起过二百斤重的麻袋,后来他又记得好像是三百斤,或者是差一点不到四百斤。他又摸摸牛的四条健壮的腿。"真壮!"他赞叹地摇摇头,"妈的,这家伙!"

老头儿总爱自己跟自己叨咕点什么。夜里睡不着觉的时候,他常常叨咕着一句话:"她也老了,她准是也跟我一样,老了。"他就干脆不睡了,爬起来,再喝几口酒。谁也不知道他说的是什么人。人们说,人老了有时候就变得古怪,尤其是一辈子没结过婚的人。他喝着酒,又去吹吹那些小风车儿,想着一些往事。许多年前,他到这远离故乡的地方来治病,锯掉了一条腿,他就再也没有回故乡去⋯⋯

"⋯⋯当那爱人的金色指环,失去闪烁的光芒,当那珍贵的友情枯萎⋯⋯"

老头儿在土埂上坐了很久,撅起来的后衣襟被雨水打湿了。天可真是要冷了,他打了个寒噤。黄昏时分的光亮度变得很快,一会儿比一会儿暗。小风车儿在灰蒙的暮色中闪着一点红光。老头儿又想起了那个孩子。唉,干吗非让一个注定要倒霉的人到这世上来不可呢?世上可不缺倒霉的人!他想。"那对小夫妻不听我的,依我说就别再抢救那孩子了。当然啦,谁舍得自个儿的孩子呢?可舍不得他,是为了让他来受罪吗?让人看不起?"他叨叨咕咕地跟自己说着。他站起来,回家去。不过,他真正的家在很远很远的地方,在那条铁路的尽头。

老傻瓜,谁又会听你的呢?人们要么不把这当成什么大事,要么倒说你是悲观主义。王八蛋主义!你要是说"为了别给社会增加负担",有些人倒会同意,可是,"社会负担"这句话对残废人来说是多大的负担呀!最好是别给社会增加负担,也别让一个人总是觉着自己是个负担。人来一世可不是为了当别人的负担的。有些事是避免不了的。半路残废的事就没办法。可有些能避免的事干吗也不去避免呢?老说什么人道不人道,让一个孩子来倒几十年霉就是人道?人们也不知都怎么了,就顾不上为那个孩子的一辈子多想想。我可不觉着那是乐观主义。王八蛋主义。我说那是造孽……可话又说回来了,老傻瓜,谁听你的呢?老头儿一路走一路想,又觉着还不如忘了这件事的好。

他让自己不去想这些事,又欣赏起他的铜牛来。还有这牛尾巴,甩得多有劲!他用手指尖捏捏牛尾巴,仿佛能觉出它的弹性。他想买这只牛已经很久了。有一天,他在城里卖小风车儿的时候,忽然发现了这只青铜的公牛。它站在橱窗里,梗着脖子,四只蹄子紧紧地抠在地上,身体的重心全移到了高高隆起的厚实的肩峰上,低着头,两只犄角像是两把挥舞着的尖刀。老头儿愣住了,被牛的骄蛮的姿态吸引住了。牛身上每一块绷紧的肌肉都流露出勃勃的生气和力量,每一条胀鼓的血管都充满了固执和自信,每一根鲜明的骨头都显示着野性的凶猛。使人想到一只被它顶死的老虎,想到它被老虎咬伤的地方淌着黏稠的鲜血,想到它冲向对手时发出的暴怒的咆哮,想到它踏在老虎尸体上时那傲视一切的眼神。它晃着那对刀一样的犄角,喷着粗气,在荒野上飞奔狂跳……商店的台阶很高,老头儿开始往上爬。他望着那只牛,沉静了多年的血液又在身体里动荡、奔突。老头儿忽然明白了,他常常在梦中看见而醒来又变得模糊的那个形象,

老头儿愣住了,被牛的骄蛮的姿态吸引住了。

正是这样一只牛……

有三十多年了，老头儿经常重复地做着一个梦：他的腿没有了，独自在一片陌生的荒野上爬，想要爬回家去。可是他不知道家在哪儿，应该往哪边爬，他从未见过这片无边际的荒野。他爬着，忽然看见前面有一堆眼睛在盯着他。那是狼！一群狞笑着的狼！他慌忙往后退，转过一个墙角，屏住呼吸往另一个方向爬。可前面又有两只佯睡的老虎，正眯缝着眼睛瞄着他！他又赶紧往左爬，擦着地皮，一点一点往前挪，爬过一间豪华的大厅，爬进一条幽暗的楼道。又有一堆纠缠在一起的毒蛇向他抬起头，吐着芯子！幸好右边是河滩，他躲在一块礁石后面。那不是礁石，是一群大鳄鱼！没处逃了，无路可走了。他猛地来了一股劲儿，叫喊着在荒野上东奔西突，用头去撞那些狰狞的猛兽。他看见了自己强壮、庞大的身影在荒野上蹦跳、咆哮……醒了，他正用头撞着床边的桌子，拳头打得墙上掉了一块皮，流着血……

就是这样一只牛！尖利的犄角、高耸的肩峰、粗壮的腿，一身漂亮的肌肉，向前冲的骄蛮的姿态。"多少钱？"老头儿问。售货员告诉他，他吓了一跳。老头儿买不起，但老头儿决心要买，多卖点小风车儿就行了，少喝点酒就行了。这以后，他天天夜里梦见那只青铜的公牛，梦见它在荒野上横冲直撞，冲散了狼群，撞倒了老虎，踏烂了毒蛇和鳄鱼，牛的青铜的盔甲闪着威严的光，洪亮的叫声像是吹响的铜号……老头儿像个初恋的情人似的，天天到那家商店去，爬上高高的台阶，去看那只牛。人多的时候，他就站在人群后面，从缝隙里看；人少的时候，他就让售货员把牛端下来。每看一回，他感动一回，每一回都有新发现。

他觉得牛身上那些凹凸不平的伤疤也是漂亮的。"可它还是这么使劲儿地顶。"他说。售货员纳闷儿地看看他。"多少钱?"他又问。售货员又告诉他一遍。老头儿逐日计算着自己攒下的钱,想象着把牛摆在自己的床头,夜晚就不会孤独。

天黑了,雨仍然没停。看不见那只小风车儿,也看不见老头儿的白发。夜和雨不知把人们都藏到哪儿去了,这世界上似乎只有老头儿蹒跚、沉重的脚步声。他的胳膊又在隐隐地疼,最近他的胳膊时常这样疼。"可别又是那种病,妈的!"老头儿骂着。雨似乎更大了,他把牛盖在自己的衣襟下,贴在胸口上。他终于把它买回来了,觉得心里踏实、安稳,觉得心里有劲儿、高兴。要不要给它报个户口呢?老头儿想,笑了。老头儿往家走。

远远地看见了一片灯光。他走到了三岔路口。一条路是通向他的小屋的,另一条通向那所产院。老头儿又想起了那个倒霉的孩子。"他们还在抢救他呢。"老头儿说。他又在路边的土埂上坐下,犹豫着该不该再去跟那对年轻的父母说说,"不是把什么样的人救活都是人道,你们得为孩子的一辈子想想……"

"……我不愿看你继续痛苦、孤独地留在枝头上……我把你那芬芳的花瓣,轻轻散布在花坛上……"

老头儿也快会唱这支歌了。

那个一生下来就有百分之九十五的可能要成为残废的孩子呀!干吗一定要把他救活呢?当然,还有另外百分之五。可这是赌博,是对比太悬殊的赌博!是拿一个人的一辈子在赌博!为什么呀?为了满足父母的感情,就不怕把一个注定要受尽折磨的人带到世上来?!

老头儿站起来,朝那所产院走去。他想去求求那对年轻的父母:让那个倒霉的孩子安静地去吧,那才是人道。他想,王八蛋主义!

可我干吗还活着呢?在去医院的路上他想。

我不一样,我能顶得住,那个孩子可不见得行,老头儿想。

再说,我也有时候快顶不住了,他又想。

何必让一个人平白无故地来顶住那么多倒霉的事儿呢?说说轻巧。

过去,我是怕给我的亲人们弄得难受,我才活着,老头儿想。

我是半路残废的,要是一个活生生的人一残废就去死,活着的人可怎么想?小时候,我们村儿里有个人就那么寻了死,活着的人都叹气……

主要是,大伙儿对我都不错,我不能做对不起他们的事,让他们说我没良心,他想。

有些事不那么简单,不好说……

可这孩子的事挺明白。他还什么都不懂呢,让他去吧,那是爱他。给他做件好看的衣裳……

老头儿走了很久才到了产院。他看见那个年轻的父亲站在走廊上。

"孩子怎么样了?"老头儿问。

"他不用再受折磨了。"年轻的父亲说。

"他好了?"

"他去了。不抢救了,他安静地去了。"

"……"

"谢谢您,您说得对。"

那支歌叫:夏天最后一朵玫瑰。老头儿想。

老头儿从心里感谢这个年轻的父亲,可老头儿的心突然又像是被撕碎了,他看见年轻父亲的眼里闪着泪光。老头儿眼里也一样,他也喜欢孩子,是孩子都喜欢。他觉得没有人比他更懂得这个年轻父亲的心。他坐在年轻父亲的身边。

他们都不说话,望着落雨的天空。雨丝在路灯下闪光,密密地编织着爱的轻纱,或是爱的罗网。

老头儿忽然想起了那只青铜的公牛。他把牛放在年轻父亲的腿上。

"你看,这家伙多精神。"

年轻的父亲点点头。

"是挺壮的。"

"横劲儿!嗯?给你吧。"

"不,我不要。"

"拿着。"

"我不要。"

"拿着!"

"够贵的吧?哪儿买的?"

"不贵,没多少钱。"

"你看它,多大劲!老虎也不是个儿。你看这犄角,这脊背,这腿……他母亲怎么样啦?"

"她老是唱那支歌。"

"夏天最后一朵玫瑰,还在孤独地开放,所有她可爱的伴侣,都已凋谢死亡……"

"别让她老唱这么难受的歌。"老头儿说。

"您去跟她说说,行吗?"

"她还有你。你呢?你也还有她。"

"您去跟她说说吧。"

老头儿走进病房。他对那个年轻的母亲说:"早年我们村儿里有两口子,第二回生了个挺好看的孩子……"他说了好些过去他家乡的事。"快把身子养好,赶明儿你们再生一个。我给他做个四角儿都不一样色儿的风车儿,用好纸。"他不知道还应该说点什么。

后来,老头儿独自回家去了。他在铁路高高的路基下面走。铁路伸向他遥远的故乡。他想,他也许应该回去了。假如她需要他,他就留下来;假如她已经把他忘记,他就再回来卖他的小风车儿。反正卖小风车儿也是件挺高兴的事,总能跟孩子们在一起,而且,靠卖风车儿自己养活自己,就不是社会的负担……

一列客车隆隆地开过,车窗里的灯光照亮了那只小风车儿。小风车儿在夜风里转着,像一团红色的雾,像一朵玫瑰。

1983 年

奶奶的星星

世界给我的第一个记忆是：我躺在奶奶怀里，拼命地哭，打着迸儿，也不知道是为了什么，哭得好伤心。窗外的山墙上剥落了一块灰皮，形状像个难看的老头儿。奶奶搂着我，拍着我，"噢——噢——"地哼着。我倒更觉得委屈起来。"你听！"奶奶忽然说，"你快听，听见了吗……"我愣愣地听，不哭了，听见了一种美妙的声音，飘飘的、缓缓的……是鸽哨儿？是秋风？是落叶滑过屋檐？或者，只是奶奶在轻轻地哼唱？直到现在我还是说不清。"噢噢——睡觉吧，麻猴儿来了我打它……"那是奶奶的催眠曲。屋顶上有一片晃动的光影，是水盆里的水反射的阳光。光影也那么飘飘的、缓缓的，变幻成和平的梦境，我在奶奶怀里安稳地睡熟……

我是奶奶带大的。不知有多少人当着我的面对奶奶说过："奶奶带起来的，长大了也忘不了奶奶。"那时候我懂些事了，趴在奶奶膝头，用小眼睛瞪那些说话的人，心想：瞧你那讨厌样儿吧！翻译成孩子还不能掌握的语言就是：这话用你说吗？

奶奶愈紧地把我搂在怀里，笑笑："等不到那会儿哟！"仿佛已经满足了的样子。

"等不到哪会儿呀?"我问。

"等不到你孝敬奶奶一把铁蚕豆。"

我笑个没完。我知道她不是真那么想。不过我总想不好,等我挣了钱给她买什么。爸爸、大伯、叔叔给她买什么,她都是说:"用不着花那么多钱买这个。"奶奶最喜欢的是我给她踩腰、踩背。一到晚上,她常常腰疼、背疼,就叫我站到她身上去,来来回回地踩。她趴在床上"哎哟哎哟"的,还一个劲儿夸我:"小脚丫踩上去,软软乎乎的,真好受。"我可是最不耐烦干这个,她的腰和背可真是够漫长的。"行了吧?"我问。"再踩两趟。"我大跨步地打了个来回:"行了吧?""唉,行了。"我赶快下地,穿鞋,逃跑……

于是我说:"长大了我还给您踩腰。"

"哟,那还不把我踩死?"

过了一会儿我又问:"您干吗等不到那会儿呀?"

"老了,还不死?"

"死了就怎么了?"

"那你就再也找不着奶奶了。"

我不嚷了,也不问了,老老实实依偎在奶奶怀里。那又是世界给我的第一个可怕的印象。

一个冬天的下午,一觉醒来,不见了奶奶。我扒着窗台喊她,窗外是风和雪。"奶奶出门儿了,去看姨奶奶。"我不信,奶奶去姨奶奶家总是带着我的。我整整哭喊了一个下午,妈妈、爸爸、邻居们谁也哄不住,直到晚上奶奶出我意料地回来。这事大概没人记得住了，也没人知道我那时想到了什么。小时候，奶奶吓唬我的最好办法，就是说："再不听话，奶奶就死了！"

夏夜，满天星斗。奶奶讲的故事与众不同，她不是说地上死一个人，天上就熄灭了一颗星星，而是说，地上死一个人，天上就又多了一个星星。

"怎么呢？"

"人死了，就变成一个星星。"

"干吗变成星星呀？"

"给走夜道儿的人照个亮儿……"

我们坐在庭院里，草茉莉都开了，各种颜色的小喇叭，掐一朵放在嘴上吹，有时候能吹响。奶奶用大芭蕉扇给我轰蚊子。凉凉的风，蓝蓝的天，闪闪的星星，永远留在我的记忆里。

那时候我还不懂得问，是不是每个人死了都可以变成星星，都能给活着的人把路照亮。

奶奶已经死了好多年。她带大的孙子忘不了她。尽管我现在想起她讲的故事，知道那是神话，但到夏天的晚上，我却时常还像孩子那样，仰着脸，揣摸哪一颗星星是奶奶的……我慢慢去想奶奶讲的那个神话，我慢慢相信，每一个活过的人，都能给后人的路途上添些光亮，也许是一颗巨星，也许是一把火炬，也许只是一支含泪的烛光……

奶奶是小脚儿。奶奶洗脚的时候总避开人。她避不开我，我是"奶奶的影儿"。

"这有什么可看的！快着，先跟你妈玩儿去。"

我蹲在奶奶的脚盆前不走。那双脚真是难看,好像只有一个大脚趾和一个脚后跟。

"您疼吗?"

"疼的时候早过去啦。"

"这会儿还疼吗?"

"一碰着,就疼。"

我本来想摸摸她的脚,这下不敢了。我伸一个指头,拨弄拨弄盆里的水。

"你看受罪不!"

我心疼地点点头。

"赶明儿奶奶一喊你,你就回来,奶奶追不上你。嗯?"

我一个劲儿点头,看着她那两只脚,心里真害怕。我又看看奶奶的脸,她倒没有疼的样子。

"等我妈老了,脚也这样儿了吧?"

一句话把奶奶问得哭笑不得。妈妈在外屋也忍不住地笑,过来把我拉开了。奶奶还在里屋念叨:"唉,你妈赶上了好时候,你们都赶上了好时候……"

晚上睡在奶奶身旁,我还想着这件事,想象着一个老妖婆(就像《白雪公主》里的那个老妖婆,鼻子有钩,脸是蓝的),用一条又长又结实的布使劲勒奶奶的脚。

"您妈是个老妖婆!"我把头扎在奶奶的脖子下,说。

"这孩子,胡说什么哪?"奶奶一愣,摸摸我的头,怀疑我是在说梦话。

"那她干吗把您的脚弄成那样儿呀?"

奶奶笑了，叹口气："我妈那还是为我好呢。"

"好屁！"我说。平时我要是这么说话，奶奶准得生气，这回没有。

"要不能到了你们老史家来？"奶奶又叹气。

"我不姓屎！我姓方！"我喊起来。"方"是奶奶的姓。

奶奶也笑，里屋的妈妈和爸爸也笑。但不知为什么，他们都不像往常那样笑得开心。

"到你们老史家来，跟着背黑锅。我妈还当是到了你们老史家，能享多大福呢……"奶奶总是把"福"读成"斧"的音。

老史家是怎么回事呢？奶奶干吗总是那么讨厌老史家呢？反正我不姓屎，我想。

月光照在窗纸上，一个个长方格，还有海棠树的影子。街上传来吆喝声，听不清是卖什么的，总拖着长长的尾音。我看见奶奶一眨不眨地睁着眼睛想事。

"奶奶。"

"嗯？睡吧。"奶奶把手伸给我。

奶奶想什么呢？她说过，她小时候也有一双能蹦能跳的脚。拉着奶奶的手睡觉，总能睡得香甜。我梦见奶奶也梳着两个小"抓鬏儿"，踢踢踏踏地跳皮筋儿，就像我们院里的惠芬三姐，两个"抓鬏儿"，两只大脚片子……

惠芬三姐长得特别好看。我还只是个小孩子的时候，就觉得她好看了。她跳皮筋的时候我总蹲在一边看，奶奶叫我也叫不动。但惠芬三姐不怎么爱理我。她不太爱理人。只有她们缺一个人抻皮筋的时候,她才想起我。我总盼着她们缺一个人。她也不爱笑,刚跳得有点高兴了,她妈就又喊她去洗菜,去和面,去把她那群弟弟妹妹的衣裳洗洗。她一声不吭地收起皮筋,一声不吭地去干那些活儿。奶奶总是夸她,夸她的时候,她也还是一声不吭。

惠芬三姐最小的弟弟叫八子,和我同岁。他们家有八个孩子,差不多一个比一个小一岁。他们家住南屋,我们家住西屋。

院子中间,十字砖路隔开四块土地,种了一棵梨树和三棵海棠树。春天,满院子都是白花;花落了,满地都是花瓣。树下也都种的花:西番莲、草茉莉、珍珠梅、美人蕉、夜来香……全院的人都种,也不分你我。也许因为我那时还很小,总记得那些花都很高。我和八子常在花丛里钻来钻去。晚上,那更是捉迷藏的好地方,往茂密的花丛中一蹲,学猫叫。奶奶总愿意把我们拢到一块儿,听她说谜语:"青石板,板石青,青石板上……""咳,是星星!"奶奶就会那么几个谜语。八子不耐烦了,又去找纸叠"子弹";我们又钻进花丛。"别崩着眼睛!唉……"奶奶坐在门前喊。"没有,我们崩猫呢!"八子说。有一只外头来的大黑猫,是我们的假想敌。"猫也别崩,好好的猫,你们别害巴它!"奶奶还在喊。我们什么都听不见了,从前院追到后院,又嚷又叫,黑猫蹿上房,逃跑了。

八子特别会玩。弹球儿他总能赢,一赢就是大半兜,好的不多,净是大麻壳、水泡子。他还会织逮蜻蜓的网,一逮就是一大把,每个手指缝夹两只。他还敢一个人到城墙根儿去逮蛐蛐儿,或者爬到房顶上去摘海棠。奶奶就又喊:"八子,八子!什么时候见你老实会儿！看别摔了腰！"八子爱到我们家来，悄悄地，不让他妈知道。奶奶总把好吃的分给我们俩——糖，一人两块，或者是饼干，一人两三块。八子家生活困难，平时吃不到这些东西。八子妈总是抱怨，"有多少东西，也不够我们家那几个'小饿狼儿'吃的。"我和八子趴在奶奶的床上，把糖嘬得咂咂地响，用红的、蓝的玻璃纸看太阳，看树，看在院里晾衣服的惠芬三姐。我们俩得意地嘻嘻哈哈笑。"八子！别又在那儿闹！"惠芬三姐说话总绷着脸，像个大人。八子嘴里含着糖，不敢搭茬儿。"没闹，"奶奶说，"八子难得不在房上。"其实奶奶最喜欢八子，说他忠厚。

上小学的时候，我和八子一班。记得我们入队的时候，八子家还给他做不上一件白衬衫，奶奶就把我的两件白衬衫分一件给八子穿。八子高兴得脸都发红，他长那么大一直是捡哥哥姐姐的旧衣服穿。临去参加入队仪式的早晨，奶奶又把八子叫来，给我们俩每人一块蛋糕和两个鸡蛋。八子妈又给了我们每人一块补花的新手绢，是她自己做的。八子妈没日没夜地做补花，挣点钱贴补家用。

奶奶后来也做补花，是八子妈给介绍的。一开始，八子妈不信奶奶真要做，总拖着，奶奶就总问她。

"八子妈，您给我说了吗？"

"您真要做是怎的？"八子妈肩上挂着一绺绺各种颜色的丝线。

"真做。"

"行，等我给您去说。"

过了好些日子，八子妈还是没去说。奶奶就又催她。

"您抽空儿给我说说去呀？"

"您还真要做呀？"

"真做。"

"您可真是的，儿子儿媳妇都工作，一月一百好几十块，总共四口人，受这份儿累干吗？"

"我不是缺钱用……"奶奶说。

奶奶确实不是为挣那几个钱。奶奶有奶奶的考虑，那时我还不懂。

小时候，我一天到晚都是跟着奶奶。妈妈工作的地方很远，尤其是冬天，她要到天挺黑挺黑的时候才能回来。爸爸在里屋看书、看报，把报纸弄得窸窸窣窣地响。奶奶坐在火炉边给妈妈包馄饨。我在一旁跟着添乱，捏一个小面饼贴在炉壁上，什么时候掉下来就熟了。我把面粉弄得满身全是。

"让你别弄了，看把白面糟蹋的！"奶奶掸掸我身上的面粉，给我把袄袖挽上。

"那您给我包一个'小耗子'！"

"这是馄饨，包饺子时候才能包'小耗子'。"

可奶奶还是擀了一个饺子皮，包了一个"小耗子"。和饺子差不多，只是两边捏出了好多褶儿，不怎么像耗子。

"再包一只'猫'！"

又包一只"猫"。有两只耳朵，还有点像。

"看到时候煮不到一块儿去，就说是你捣乱。"

"行,就说是我包的!"

奶奶气笑了:"你要会包了,你妈还美。"

"唉,你们都赶上了好时候。"我拉长声音学着往常奶奶的语调,"看你妈这会儿有多美!"

奶奶常那么说。奶奶最羡慕妈妈的是,有一双大脚,有文化,能出去工作。有时候,来了好几个妈妈的同事,她们叽叽嘎嘎地笑,说个没完,说单位里的事。我听不懂,靠在奶奶身上直想睡觉。奶奶也未必听得懂,可奶奶特别爱听,坐在一个不碍事的地方,支棱着耳朵,一声不响。妈妈她们大声笑起来。奶奶脸上也现出迷茫的笑容,并不太清楚她们笑的是什么。"妈,咱们包饺子吧。"妈妈对奶奶说。奶奶吓了一跳,忙出去看火,火差点就要灭了;奶奶听得把什么都忘了。客人们走后,奶奶的情绪一下子低落了,说:"你们刷碗、添火吧,我累了。"妈妈让奶奶躺会儿。奶奶不躺,坐在那儿发呆。好半天,奶奶又是那句话:"唉,你们都赶上了好时候。"爸爸、妈妈都悄悄的。只有我敢在这时候接奶奶的茬儿:"看你妈多美,大脚片子,又有文化,单位里一大伙子人,说说笑笑多痛快。""可不是嘛。我就是没上过学。我有个表妹……""知道,知道。"我又把话茬儿接过去:"你有个表妹,上过学,后来跑出去干了大事。""可不真的?"奶奶倒像个孩子那样争辩。"您表妹也吃食堂?"我这一问把爸爸、妈妈全逗乐了。奶奶有些尴尬:"六七岁讨人嫌。"奶奶骂我只会这一句。不知为什么,奶奶特别羡慕别人吃食堂,说起她羡慕或崇拜的人来,最后总要说明一句:"人家也吃食堂。"

后来,1958年,街道上也办了食堂。奶奶把家里的好多坛坛罐罐都贡献了出去。她愿意早早地到食堂门口去等着开饭。中午，爸爸、妈妈都不回来，她叫我放了学到食堂去找她。卖饭的窗口开了，她第一个递上饭票去："要一个西红柿，一个……嗯……"她把"一个"咬得特别清楚，但却不自然；她有些不好意思，但又很骄傲似的。现在回想起来，她大概是觉得自己和那些能出去工作的人相仿了，可她毕竟又没出去工作过。

是在我上小学二年级的时候，那些日子，奶奶晚上总去开会，总不让我跟着。"又不是去看戏！"奶奶说，脾气变得很急躁。

我跟着奶奶看过不少老戏。奶奶做补花挣了钱，就请别人看戏，请八子妈，请姨奶奶，也请院里的另一个老太太，自然每次都得请我——她的"影儿"也得占一个座位。奶奶不会看戏，每次看戏之前都得请教那"另一个老太太"。那个老太太懂戏，也并非真懂，用现在的话说也就是个"名人爱好者"。什么梅兰芳、姜妙香、袁世海、张君秋……奶奶和我都是从她那儿得到启蒙的。我坐在剧场的椅子上睡觉，我是为中间的十五分钟休息来的；休息的时候小卖部卖酸梅汤，我使劲说渴，至少可以喝两瓶。奶奶是说："我年轻时候什么戏也没看过。"她大约是为补上这一课来的。平时胡同里几个老头儿、老太太在一块儿聊天，谁都比奶奶懂戏。奶奶什么事都要强。不过只有一回，奶奶和那个老太太是都看懂了，不是戏，是电影《祝福》。看完了，奶奶直哭，那个老太太也直哭。"那时候可不就是那么样儿。"那个老太太说。"可不就那么样儿。"奶奶说。两个人的眼睛都红红的。

我不声不响地跟在奶奶身后走。最惨的不是祥林嫂最后摔倒在雪地上,而是她捐了门槛,高高兴兴地回来的时候。奶奶后来总爱给别人讲《祝福》,还是把"福"念成"斧"的音。不过她再也不愿意看那个电影了。

一天晚上,奶奶又要去开会,早早地换上了出门的衣服,坐在桌边发愣。

妈妈把我叫过来,轻声对奶奶说:"今天让他跟您去吧,回来道儿挺黑的。小孩儿,没关系。"

我高兴地喊起来:"不就是去我们学校吗?我搀您去,那条路我特熟!"

"嘘——喊什么!"妈妈给了我一巴掌。妈妈的表情挺严肃。

我跑去找八子,我们俩早就想晚上去一回学校了。我们学校原来是一座大庙,八子说,晚上那儿的蛐蛐儿准少不了。

学校有好几层院子,有好几棵又粗又高的老柏树,院墙上长满了草,红色的灰皮脱落了很多。天还没黑,伏天儿在老柏树上"伏天儿——伏天儿——"地叫着。奶奶到紧后院去开会,嘱咐我们就在前院玩。这正合我们的心意,好玩的东西全在前院,白天被高年级同学占领的双杠、爬竿儿、沙坑,这会儿全空着。

"八子,真是跟你妈说了?"奶奶又问。

"真说了。"

八子冲我笑。他才不用跟他妈说呢,他常常在外面玩到半夜,他妈顾不上管他。我常常为此羡慕八子。

我们先玩爬竿儿,我爬不过八子。又玩双杠,一人占一头,喊一声"开始!"各自从双杠上蹿过去抓对方,几个来回之后,我总是上气不接下气地被八子抓住。八子身体好，也跑得快。跟八子出去玩，我不用担心挨欺负，八子打架也特别厉害。

八子的功课一般，不像惠芬三姐，惠芬三姐很用功，还是少先队大队委。我也是班里的学习尖子，但我至今记得，一有算术比赛，八子的成绩总比我好。他就是不用功，不按时完成作业，语文总考六十几分。小学毕业时，我考上了一所名牌中学，八子只考上了三流学校。现在想想，八子的天资其实比我强，我纯粹是靠了奶奶的督促，靠爸爸妈妈总能在课后帮我补习。谁管八子呢？他晚上不是帮家里干活儿，就是跑出去疯玩。惠芬三姐是个例外，她不声不响地干活儿，又不声不响地读书。八子妈嫌她晚上读书费电，她就每天早早地起来在院子里用功。1965年，惠芬三姐考上了大学。那时候她戴上了眼镜，更漂亮了，文质彬彬的，有学问的样子。我真羡慕八子有这样一个姐姐。八子却不放在心上，总拿她的"四眼儿"开玩笑。惠芬三姐不屑于理他。八子也不太爱理惠芬三姐。

太阳落了。

"曜——曜曜——"天完全黑下来时，蛐蛐儿果然不少。"曜曜——曜曜曜——"东边也叫，西边也叫。我们顺着声音找，找到了一处墙根儿下。八子对准砖缝滋了一泡尿，一会儿，蛐蛐儿就蹦出来，在月光底下看得很清楚。八子很快就把蛐蛐儿逮住，看看，又扔了。

"老迷嘴，不开牙。"他说。

我们又找，找到一块大石头旁边，蛐蛐儿不叫了。八子示意我别出声，我们蹲在石头边静静地等，大气不出。蛐蛐儿又叫起来,"嚯嚯嚯——"八子笑了。

"哟,我没尿了。"

"我有!"我说。

"嘘!——小点儿声。冲这儿撒,对准了。"

逮到了一只好的。八子从兜里掏出一张纸,卷成纸筒,把蛐蛐儿装进去。

月光真亮,透过老柏树浓黑的枝叶,洒在院子里,斑斑点点。那么大的院子里只有我们俩。教室都是原来大庙的殿堂,这会儿黑森森的,静悄悄的,有点瘆人。星星都出来了。我想起了奶奶。八子逮起蛐蛐儿来入迷,撅着屁股扎在草丛里,顺着墙根儿爬。

我对八子说:"我去看看后院儿有没有蛐蛐儿。"

尽后院的南房里亮着灯。我悄悄地爬上石阶,扒着窗台往里看。一排排的课桌前坐的全是老头儿、老太太。我看见奶奶坐在最后排,两只手放在膝盖上,样子就像个小学生。我冲她招招手。没看见,她听得可真用心。我直想笑。奶奶常说,她要是从小就上学,能知道好多事,说不定她早就参加了革命呢!"我说不定就从你们老史家跑出去了呢。我有个表妹,就是从婆家跑出去的,后来进了共产党……"奶奶老是讲她那个表妹,说她就是因为上过学,知道了好些事,早早地放了脚,跑出去干了大事。我又想笑了:奶奶跑起来是什么样呢?还是用脚后跟跑吗?……

讲台上有个人在讲话。讲台两边还坐着好几个人。有个女的老是给他们倒水喝。

我见过奶奶的那个表妹一回,只见过一回,在一个大楼里。

奶奶紧拉着我的手,在又宽又长的楼道里走,东问西问。后来人家让我们在一间屋子里等着,屋子里有好多沙发,可奶奶不让我坐,她自己也站着。等了老半天,才来了一个女的,奶奶让我管她叫表奶奶……

讲台上的那个人讲个没完没了。

我还从来没有这么远远地望着过奶奶。她直了直腰,两只手也没敢离开膝头。这下您知道上学的滋味儿了吧?我又在心里笑。奶奶每天晚上都抱着那本扫盲课本念,有一课是《国歌》,她老是把"吼声"念成"孔声"。"又是孔声!"连我都能提醒她了。她挺难为情,声音变小,慢慢又大起来,念到"吼声"的时候声音又变小,停好一阵,大概是在心里重复……

就在这时候,我忽然听清了讲台上那个人讲的话:"你们过去都是地主、富农,都是靠剥削农民生活,过的都是好逸恶劳,光吃不做的剥削阶级生活……"

什么?再听。

"……地、富、反、坏、右,你们是占的前两位。今后呢?你们还是要认真改造自己……"

我赶紧离开窗台,站在台阶下不知该干什么,脑袋里嗡嗡的。地主?奶奶也是地主?

八子来了:"嘿!看,六个!"

我应了一声,赶紧往前院走。

"后院儿有吗?你怎么啦?"

"后院儿没有,咱们还上前院儿吧。"

"前院儿都没啦!"

"那，咱们玩儿爬竿儿去吧。"我拉着八子紧往前院走，我怕他也听见……

奶奶拿回来一个白色的卡片。爸爸、妈妈围在奶奶身边看，样子倒像是很高兴。奶奶直擦眼泪。

"这回就行了，您就甭难受了。"爸爸说。

"就是说，您跟大伙儿都一样了，也有选举权了。"妈妈说。

我趴在床上不说话。这是怎么回事呀？我又不敢问。

"跟了你们老史家，唉……"奶奶又是那句话，说话的声音也有些颤抖，"解放前我也没过过一天舒心日子呀，比老妈子能强多少……"

"您可不能这么想。"妈妈说，"您过的日子再不舒心，也是衣来伸手，饭来张口呀！工人、农民呢？人家过的什么日子？"

奶奶的脸腾地红了，慌忙点头："我知道，我知道。我就那么一说。人家过得牛马不如，这我都知道。"

过了一会儿，奶奶又对爸爸说："你还记得给老史家扛活的刘四吗？后来得肺病死了，剩下刘四媳妇带着仨孩子……那时候我也是自个儿带着你们仨。我就跟你大哥说过，真要是分了家，咱们这份儿由我做主，我就把那一亩多地给了刘四媳妇……"

"您可也别总说这事儿。"妈妈又说，"那是因为您有，不在乎那一亩多。"

奶奶愣了一会儿，说："可不也是，让我都给，我准不干。还不是剥削思想？"

"行了，"爸爸弹弹那张白卡片说，"这回您就过舒心日子吧。"

奶奶把白卡片用一条新毛巾包起来，说："打解了放，没什么人告诉我，我也是爱这新社会。我可不想再受你们老史家的气……哟，这孩子八成儿着凉了吧？我说不带他去……"奶奶才发现我蔫蔫地趴在床上，忙打住话头，哄我去睡觉。

奶奶摸摸我的头："不烧。准是玩儿累了。"

奶奶给我打来洗脚水，又摸摸我的头："明儿奶奶给你包饺子，扁豆馅儿的，爱吃吗？"奶奶也好像高兴起来了。

直到半夜我还没睡着。我听见奶奶总翻身，大概也没睡着。我不敢动，我怕奶奶知道我在想什么。窗外，海棠树的叶子轻轻地摇晃，露出几颗星星。奶奶怎么会是地主呢？我想起过去奶奶给我讲《半夜鸡叫》的时候……"周扒皮就靠剥削人过日子。"奶奶说。"什么叫剥削呀？"我问。"就是光吃饭不干活儿。""那我是吗？""你不是，你还小。""那您是吗？"……真的，奶奶那时就不说话了，是爸爸把话接了过去："奶奶不是做补花吗？奶奶老了，我们工作养活奶奶。"……唉，我心里乱七八糟的，一宿都没有睡安稳。海棠树的叶子不动了，仍然看得见那几颗星星……

有好几年，我心里总像藏着个偷来的赃物。听忆苦报告的时候，我又紧张又羞愧。看小说看到地主欺压农民的时候，我心里一阵阵发慌、发闷。我也不再敢唱那支歌——"汗水流在地主火热的田野里，妈妈却吃着野菜和谷糠……"过队日时，大家一起合唱，我的声音也小了。我不是不想唱，可我总想起奶奶，一想起奶奶，声音就不由得变小了。奶奶要不是地主多好啊！

我是解放后出生的，但还赶上了一些旧北京的"尾巴"。大人们都说我记事早。那时候，从早到晚，走街串巷做小买卖的和耍手艺的不断。

一清早，就有挎着笸箩卖烧饼馃子的，挎着小一点的笸箩卖烂糊芸豆的，挑着挑儿卖老豆腐的。卖烂糊芸豆的还有一块布，你要是多花一分钱，他就把芸豆包在布里，给你捏成一个小芸豆饼。奶奶有时候给我买一小碗芸豆，但绝不让捏成饼，说他那块布"一点儿都不干净"。我就是想要一个芸豆饼，于是哭、闹。奶奶找来一块干净布，自己给我捏。我还是哭，还是闹，说那根本不是芸豆饼，跟卖的一点儿都不一样。奶奶就说："再不听话，你长大了也去卖芸豆！那个卖芸豆的老头儿就是从小不听话，长大了没出息，去卖芸豆。"

那时候，我们家住在东直门北小街附近。北小街再往北就出了城，很荒凉，破城墙、护城河边长满了荒草，地坛附近全是乱坟岗子，再走就是农村了。总有些赶大车的、拉排子车的从城外来，从北小街走过。马蹄子踩在地上咕唧咕唧的。在我的印象里，北小街永远是满地泥泞、满地马粪。马的鼻子里喷着白气，赶车的人穿得很破、很脏，"哦——哦——"地喊着。我心里挺怕。奶奶拉着我的手站在路边，就又对我说："看你听话不听话，那些赶大车的就是从小不听话，长大了就得去给人家赶大车。"

奶奶总这么说。中午，修理雨伞旱伞的在街上吆喝，我又闹着不睡午觉，我愿意看那个人用猪血把一条条的高丽纸粘到伞上云。一会儿，磨剪子磨刀的又在外面吹喇叭，"呜哇——"，我又想看那个喇叭。奶奶就又是那些话，要么是"不听话就得去磨刀"，要么是"那个修理雨伞的就是因为不听话，才那么没出息"……

自从知道了奶奶是地主（后来我又入了少先队），想起这些事，我心里就对自己说：奶奶可不是看不起劳动人民吗？

可是还有另外一些事，让我没法儿解释。也是我很小很小时候的事。门口来了一个买破烂的女人，敲着一个像瓶子盖似的小鼓儿，背着一个柳条筐，筐里还站着一个比我还小的女孩儿。奶奶拿了几件破衣服交给那个女的。"您要多少？"那女的问，翻来覆去地查看那几件破衣服。"这衣裳可还不算破。"奶奶说。"还不破？您瞧这袖子，这肩膀儿！顶多值……"那女的笑笑，说了个价儿。"那可不卖。"奶奶要收回那几件衣服。那女的抓着衣服不撒手："那您说个价儿。"奶奶又说了个价儿。"唉，您指着它发财哪？行啦，算我亏本儿！"那女的把衣服扔到筐里，然后慢慢地掏钱。奶奶摸摸筐里那个小女孩儿的脸蛋儿，奶奶就喜欢女孩子。"多大啦？"奶奶问那女的。"两生儿。""几个？""仨，仨丫头！""她爸做什么？""没了。"那女的把钱递到奶奶手里。奶奶忽然不言声儿了，愣怔地看着那娘儿俩。她们穿的衣服一点不比筐里的衣服好。那女的背起筐来要走，奶奶又把她叫住。奶奶回屋里拿了两件我穿小了的衣服来，给那个女的："这可不破，我们这孩子穿着小点儿了。""您要多少？""不是，"奶奶说，"您要不嫌，就给您这小闺女儿穿吧。""哎哟，那敢情……"那女的把衣服在小女孩儿身上比比，笑着："大妈您瞧，还真挺合适的……"我心里真高兴，又呱嗒呱嗒跑回屋去，把我的好几件衣服都抱来。奶奶的眼圈直发红。那女的已经走了。为这事，奶奶总对爸爸妈妈夸我，说："这孩子大了心眼儿错不了。"

也许这又像妈妈说的，是因为我们有吧？可是我总觉得，奶奶的心肠绝不像个地主。周扒皮会那样吗？

不过，奶奶还是像个地主。住在北小街的时候，逢年过节，奶奶总把爷爷的旧照片摆在桌上，照片前摆两盘点心。我没有见过爷爷，妈妈说她也没见过。照片上的那个男人穿一身缎子衣服，还戴个瓜皮帽，真像黄世仁，也像穆仁智。我想吃块点心，奶奶不让，说那是给爷爷的。

"这个人长得真难看。"我说。

"咳，不许瞎说！"奶奶把我从照片前拉开。

我还是远远地望着那照片："他怎么长得那样儿呀？"

"他是你爷爷。"

"他是我爸爸的爸爸？"

"嗯。"

"他是您的什么呀？"

奶奶又被逗笑了："去问你妈，你爸爸是你妈的什么。"

我跑去问，回来告诉奶奶："是爱人。"

奶奶不言语，像是想着别的事……

奶奶那会儿不是在思念"失去的天堂"吧？上四年级的时候，我开始懂得了"阶级敌人总是思念他们那已经失去的天堂"，就这么想。不过自从我上了小学以后，奶奶已经不再供爷爷的照片了。

唉，奶奶是地主，这个念头总折磨着我。睡觉的时候，我不再把头扎在奶奶脖子底下了。奶奶以为我是长大了，不好意思再那样了。只有我自己知道是为什么。而且我心里也明白：我还是跟奶奶好——这想法更折磨人。星星还是那些星星，在树叶间闪亮。奶奶会死吗？想到这儿，我还是害怕……

经常有个老头儿到我们家里来。奶奶让我管他叫表爷爷。一身农村人的打扮，说是从河北老家来。我很少叫他"表爷爷"，心里只管他叫"馋老头儿"。他一来就盘腿往床上一坐，喝茶、抽烟，满地上吐黏痰。奶奶就得去给他买肉、打酒。有一次爸爸小声对妈妈说话，让我听见了："要说地主，他才真是地地道道的地主呢。"怪不得他这么讨厌呢，我想。

"馋老头儿"夹一块肉、喝一口酒，谁也不让，好像他就应该到这儿来吃，来喝。

奶奶坐在他对面，陪他说话。

依我看，这"馋老头儿"说的全是反动话。

"老嫂子，您猜怎么着？"他说，"现在难得喝这么口好酒了。有钱你也不敢这么买着喝。"

"是你劳动挣来的钱，你就甭怕。"奶奶说。

"那倒也是。您猜怎么着？村儿里对我还真不错，瞧我这岁数，让我喂牲口。活动活动，身子骨儿倒结实了。"

"你可得好好儿的。"

"那是。再者说了，你不好好给人家干也得行啊？"他喝得满脸发红，嗞儿咋地响。

"给人家干？"奶奶不满意地斜了他一眼，"你这是给自个儿干。过去人家才是给你干哪！"

"说的是，说的是。"那"馋老头儿"连连点头，低头光是吃，不言语了。

"你的帽子摘了吗？"半天，奶奶又问。

"摘了，头年就摘了。"

什么帽子？摘什么帽子？那时我还不懂。

"老嫂子，您猜怎么着？我还真是心服口服。可不是吗？一样爹妈生的，肉长的，凭什么你就光吃不干呢？……"他好像再找不出什么词儿来表白了，又说，"我可不像史五爷那么混横儿不说理。"

"史五爷怎么着？"

"还戴着呢。老话儿说了，得人心者得天下，共产党就是得了人心。你史五爷逞能，有你的好儿？"

我越听越糊涂，这家伙到底是不是地主？也许他是装的？可又不像。不过我还是讨厌他，老是满地吐黏痰。还有，一来就吃肉、喝酒，电影里的地主就那样。奶奶还老给他喝。唉，可不是吗？奶奶也是地主呀！……

有好几年，对这件事我心里总是惶惶的。我希望那是假的，但愿是那个晚上我听错了。我去想奶奶做过的事，说过的话，一会儿觉得奶奶真是有点像地主，一会儿又觉得一点也不像。我几次想问妈妈，又怕妈妈真说是。我真想找个人说说。我跟八子说了。八子听了一愣，然后直笑："你别瞎说了，奶奶要是地主我死了去！"八子也管我奶奶叫奶奶。"真的，我亲耳听见的。"我说。"准保是你听错了。""也许是。"我说，心里轻松了许多。八子又说："解放前才有地主呢，现在哪儿有哇？"我的心又一阵子紧："说的就是解放前。""反正我敢说，奶奶不是！"八子又拍拍自己的胸脯："要是，我死去！"八子说得那么肯定，我觉得周围的空气都明澈了许多。那是个夏天的中午，院子里静悄悄的。海棠已经有红的了,梨还是青的,树荫下好凉快。八子揉着一团儿面筋。我们常用面筋去粘树上落的蜻蜓。把面筋放在竹竿的顶端,把竹竿慢慢升高,接近正在"做梦"的蜻蜓,"扑噜噜",蜻蜓使劲扇动翅膀,但已经被粘住,跑不了啦……奶奶不会是地主,奶奶还总让我教她唱《社会主义好》呢。奶奶不会是地主,妈妈从单位里借来一张桌子,奶奶总是把热锅什么的放在我们家自己的桌子上,说"可别把公家的桌子烫坏了",她怎么会是地主呢?……

1966年,我快十六岁了,早已经过了入团的年龄。可我却总入不上。爸爸、妈妈才跟我讲了奶奶的事。

"你知道奶奶的成分是什么吗?"

我心里"轰"的一阵紧张,不吭声。

"你大概已经知道了吧?"

我说不出话来。

奶奶的娘家并不是地主,是个做小买卖的——开一个卖棉花兼弹棉花的小店,总共一间半门脸儿。奶奶从小长得漂亮,父母指望能靠她发财,立志要把她嫁到富贵人家去。那时代,在一个小县城,要想做成富贵人家的贤妻良母,需要长得漂亮,需要把脚裹得特别小,需要会做各种针线活儿,需要会看公婆和男人的眼色……惟独不需要念书识字,"女子无才便是德"。所以奶奶不能像她的弟弟、妹妹那样去上学,也注定了要有一双小脚儿,要学会恭谦、驯顺、忍气吞声。为什么呢?只是因为奶奶长得好,只是因为她的父母希望攀一门阔亲戚。

父母的愿望竟真实现了。十七岁,奶奶嫁到了老史家。史家是全县的首富,全县将近一半的土地都姓史。不过史家要的仅仅是一个漂亮而且贤惠的儿媳妇,奶奶的父母照样开着那一间半门脸儿的小棉花店。奶奶的父母惟有想到女儿是走了运,才觉得多年的希望没有全落空。

奶奶可真是"走了运",上有公公、婆婆,下有一大群小叔子、小姑子;公婆之上还活着一对老公公、老婆婆。奶奶既是儿媳妇,又是孙子媳妇。伺候了这个伺候那个,给这个磕了头给那个鞠躬,听完了这个的申斥再去给那个赔不是,似乎老史家主要是缺一个老妈子,缺一个挨骂的,缺一个出气筒,才把奶奶娶过来的。只有奶奶的婆婆还算通些情理,因为她也是那么熬过来的,而且还没熬完。

"你看过《家》吗?"爸爸问我。

我点点头。

"就是那样。那种大家庭都是那样儿。奶奶的地位比使唤丫头也差不多。"

奶奶病了,但是在那个大家庭,专为孙子媳妇做些可口的饭菜,等于是造反。奶奶的父母给奶奶送来些点心,但是得交到老公公那儿去。老地主还稀罕几块点心?但这是规矩。

我听奶奶说起过这件事,奶奶根本没见到那几块点心,奶奶的婆婆说了一句:"人家娘家送来的,她又病着……"于是也遭了一顿训斥。

"你还记得《家》里瑞珏是怎么死的吗?"

我又点点头。

"奶奶生第一个孩子的时候就是那样。老公公、老婆婆不让找大夫，更甭说去医院，他们舍不得花那份儿钱……"

在伯父前头，我还应该有个姑姑的。我记起来了，奶奶常念叨她那个闺女，"模样儿可俊了，要不是你们老史家，那孩子何至于死呀！"奶奶喜欢女孩子，就是因为她没个闺女。一看见别人的闺女，她就眼热，就想起自己那个死了的女孩子。所以奶奶对妈妈特别好，把妈妈当亲闺女看。

"不是因为别的，因为那是规矩。"爸爸说，"就像你老太爷，出门儿几十里，一泡屎也要憋回来拉到自家的地里。因为那是规矩。那个社会，可笑和可恨的规矩太多了。"

奶奶生了三个儿子：伯父、父亲、叔叔。叔叔还不到一岁，爷爷就死了。爷爷一死，奶奶在那个大家庭里就更没有地位了，没有权也没有钱。想给自己做件衣服，还得打着三个儿子的旗号去跟公公要。算计来算计去，要是能从给三个儿子做衣服的钱里省出一点来，自己才能做件汗衫。大概惟因奶奶生了三个儿子，都是史家之后，奶奶才仍然能在老史家吃饭吧。

奶奶还不如让老史家给轰出去呢，我想，那样奶奶现在也就不是地主了。

其实奶奶给他们干的活儿也足够换来一天三顿饭了。无论什么时候，奶奶总得伺候得公公、婆婆、小叔子、小姑子以及儿子们都吃了饭，她自己才能吃。老妈子也不过如此了，老妈子也是永远吃剩饭。

奶奶真想离开那个家。奶奶的表妹就是不堪忍受那种日子，跑出去参加了共产党。可是奶奶的表妹上过学，碰巧知道了有共产党，奶奶知道什么呢？她想跑也不知道往哪儿跑。再说她也不敢跑，连改嫁她都不愿意，她要守节，她受的就是那种教育。奶奶从二十几岁守寡到今天。

她只盼着儿子们都长大。伯父稍大一点，奶奶壮着胆子提出了分家的要求，但立刻遭到公公的痛骂。小姑子、小叔子也旁敲侧击："嫂子，您要是想改嫁也行，家不能分！"对奶奶来说，这话是最大的侮辱了。奶奶只有自己偷偷地掉眼泪。再说，离开老史家，三个儿子怎么上学呢？上不起。也许是受了她那个表妹的影响，奶奶执意要三个儿子都上学，而且都要上到大学。吝啬而且迂腐的老地主，连屎都要拉到自家地里，自然不忍心把钱送到学校去，奶奶豁出去了，吵、闹，骂他们欺负孤儿寡母。奶奶竟然变得那么勇敢！可不是，奶奶还怕什么呢？她全部的心愿就是她的三个儿子。她不愿意三个儿子将来跟自己似的，更不愿意三个儿子将来跟老史家的人似的。她只知道上学好，她的表妹好，她的表妹之所以好，就是因为上过学。她那时候不知道别的……

我的心一阵阵发疼。我想起奶奶夜里睁着眼睛想事的样子；想起她的叹气声；想起了她的脚；想起她捧着爸爸给她买的扫盲课本，在灯下一字一顿地念，总是把"吼声"念成"孔声"……

"她干吗算地主？"

"她吃了剥削饭。"

"她给老史家干的活儿就不算啦？"我那时真小。

"那是历史，历史造成的。"爸爸说。

唉，历史！"那现在呢？"

"早就不算地主了。奶奶改造得好，早就摘了地主帽子。再说，奶奶干吗不爱新社会呢？她这一辈子，真正有了自由，真正过了舒心的日子，倒是在解放后。现在奶奶和大伙儿都一样了……"

我松了一大口气，在心里骂了一句最难听的话，骂那个"老史家"。

奶奶知道爸爸、妈妈把她的事告诉了我，见了我还有些难为情，又说要给我包扁豆馅饺子，小心地注意着我的反应。

我心里又高兴又难过，不知道说什么好，只说："包吧。"语气倒像是很勉强。

奶奶转悠过来转悠过去，不说话，偷偷地观察着我的表情。我一看她，她就又把目光躲开。我很想开句玩笑，打破这尴尬的气氛，又想不出逗乐的话。

直到晚上睡觉的时候，我又把头扎在奶奶的脖子底下。

"这么大了还……没臊！"奶奶说。

我觉出她也松了一口气。奶奶的观察力实在是末流的，她难道没有注意到，我有好几年没把头扎在她脖子下了吗？

奶奶活了七十三岁，真正舒心的日子只有那么几年，就是从摘了地主帽子到"文化大革命"开始之前的那七八年。那些年，她整天都很忙，整天都很高兴。她要给全家人做饭，做补花，还要负责全院的清洁卫生。奶奶是全院的卫生负责人。我还记得别人把写了她名字的小红纸条贴在院门上时，她是多么不好意思，又是多么掩饰不住地高兴。为这事她得罪了八子妈，八子家的卫生总是搞不好。

奶奶买了一把长把笤帚，扫起院子来不用弯腰。她的腰和背还是老酸疼。早晨，人们纷纷出门上班的时候，奶奶去扫院门前的街道，和所有过往的街坊们打招呼。她愿意被人们看见。说她爱虚荣也行，说她是显摆也对，她把门前扫得很干净。然后她就冲八子和我喊："可别再糟蹋啦，啊？奶奶刚扫完！"确实是喊给别人听的，但那声音中也确实流露着舒心的骄傲。

奶奶坚持做补花。有时候活儿催得紧，她一直要做到半夜去，急得她就像小学生完不成作业那样。全家人谁也帮不上忙，跟着着急。有一次妈妈说："我看您就辞了这活儿吧。""敢情你们都有工作！"奶奶喊。奶奶从没有对妈妈喊过，吓得全家都不敢言语。奶奶盼望能进补花厂，但她知道没什么可能，她的岁数太大了，人家不会要。她总埋怨八子爸不让八子妈进补花厂。"趁她还年轻，你就让她去得了。要不赶明儿后悔一辈子！"奶奶对八子爸说。八子爸笑笑："是我不让她去吗？""去不了，"八子妈赶紧说，"这几个'劳神精'谁管？"奶奶又说八子爸："让你要这么多！""是我生的吗？"八子爸抽着烟笑。"不要脸！"八子妈骂。

活儿不紧的时候，和八子妈，还有其他几个妇女一块儿做补花，是奶奶最高兴的时候。她们互相称"老刘""老魏""老林"。奶奶是"老方"。奶奶非常喜欢这种称呼，在家里也"老刘""老魏"地念叨，是因为新奇，更透着自豪和满足。"我们老姐儿几个有说有笑的，也不觉着累。"奶奶说。"老了老了，没承想还赶上了好时候。"奶奶说。"唉，你们生的是时候呀！我还有几天儿？"奶奶也常流露出遗憾。

星星。星星。星星。星星……

哪一颗星星是奶奶的呢？

我知道，奶奶是真心爱这新社会的。

那些星星都是死去的人变的，是为了给活着的人把夜路照亮……

"文化大革命"一开始，奶奶又戴上了一顶"帽子"，不叫地主，叫"摘帽地主"。其实和地主一样，占"黑五类"之首。所不同的是，"摘帽地主"更狡猾些。一个地主，竟然能够"摘帽"，显见其伪装是何等的高明，其用心是何等的险恶，对社会主义的威胁是何等的不可低估。而且这也成了"刘邓路线"的罪行之一。

奶奶先是不能再做补花了。社会主义的工作怎么能给一个地主呢？后来，也不能再当院里的卫生负责人了。权力当然更重要。

奶奶倒没有哭，她吓傻了。爸爸、妈妈也吓傻了。好多人都吓傻了。好多吓傻了的人也都在做着傻事，做傻事时的样子也都足以把别人吓傻。

先是惠芬三姐从学校里回来，用了半天时间，把院子里的花全刨了。接着是北屋宋家几个闺女把自己家的硬木大立柜抬到院当中，用斧子给劈了。爸爸也偷偷地烧了几本书。奶奶整天躲在屋子里，掀开一角窗帘往外看；也不怎么做饭，顿顿下挂面。传说垃圾站发现了好几根金条。街道积极分子们怀疑是我们院里的人扔出去的，一是因为我们院离垃圾站近，二是因为我们院里除了八子家成分好,其余的都是"黑九类"。

惠芬三姐当了红卫兵,一身军装,扎一条武装带,长辫子剪了,剪成了短发。说实在的,我觉得她更漂亮了。

我在学校里也想参加红卫兵,可是我出身不是"红五类",不行。我跟着几个"红五类"的同学去抄过一个老教授的家,只是把几个花瓶给摔碎,没别的可抄。后来有个同学提议给老教授把头发剪成"阴阳头"。剪没剪我就不知道了,来了几个高中同学,把非"红五类"出身的人全从抄家队伍中清除出去了。我和另几个被清除出来的同学在街上惶然地走着,走进食品店买了几颗话梅吃,然后各自回家。

院里很乱,惠芬三姐带了好几个大学的红卫兵,挨家挨户地搜查。像是全院大扫除,各家的东西都摆到了院子里。我们家里也都空了,爸爸、妈妈和奶奶坐在凳子上低声说着什么,很恐怖、很警觉的样子。

"真是没想到。"妈妈说。

"平时看着可是挺老实的人。"奶奶说。

"您可别再这么说了,老实人会藏这些东西?"

"谁呀?藏了什么?"我问。

原来是惠芬三姐带着人从那个最懂戏的老太太家抄出了两箱子绸缎、一盒子金银首饰,还有一本书,书上有蒋介石的像。

"在哪儿呢?"

"已经送走了,连东西带人都送走了。"

我隔着窗户往外看。又来了几个红卫兵,惠芬三姐正和一个挺高挺魁梧的男的说话,嗓门儿很大。她过去可从来不大声说话的。她还说了一句"×他妈的",从表情上看好像她并没有那么说。也许是我听错了?我们学校的那些女生也都那么说了。我觉得我们男生那么说说还可以……

妈妈让我回学校去住。我上中学的时候住校。妈妈说:"这一阵子先不要回家,有什么事我去找你。"妈妈给了我三十块钱、六十斤粮票,看来够两个月的伙食费了。

晚上,我蹬上我那辆破自行车回学校。我兜里第一次掖了那么多钱、那么多粮票。路上冷冷清清的。已经是秋天了。自行车轧在干黄的落叶上嚓嚓地响。路灯的光线很昏暗,影子从车轮下伸出来,变长,变长,又消失了。我好像一时忘记了奶奶,只想着回到学校里该怎么办。那条路很长,全是落叶……

一天,妈妈到学校来找我,对我说,要是想回家就到她的单位去,她在那儿找了一间房;奶奶已经回老家了。

"什么时候?"

"前天。"

"怎么啦?"

"没怎么。我们怕出事,和你爸爸商量,不如先让奶奶到老家去。"

我倒是松了一口气。那些天听说了好几起打死人的事了。不过坦白地说,我松了一口气的原因还有一个:奶奶不在了,别人也许就不会知道我是跟着奶奶长大的了。我生怕班里的红卫兵知道了这一点,算我是地主出身。

"过些时候,我就去看你奶奶,再给她送些东西去。"妈妈说,声音有些抖。

忘记是为了什么了，我又回了一趟家（可能是为了拿一件什么东西）。院里已经面目全非了。花没了；地上刨得乱七八糟的，没人管；每棵树上都钉上了一块语录牌；搬来了好几家新街坊。八子家也搬走了，听说搬到胡同东头的一个大院子里去了。那儿原来住着个资本家，被轰走了，空下来不少好房。

我走进屋里，才又想到，奶奶走了。屋里的东西归置得很整齐，只是落满了灰尘。奶奶不在了。奶奶在的时候从来没有灰尘。那个小线笸箩还在床上，里面是一绺绺彩色的丝线，是奶奶做补花用的。我一直默默地坐着。天黑了。是阴天，没有星星。奶奶这会儿在哪儿呢？干什么呢？屋里没有别人，我哭了。我想起小时候，别人对奶奶说："奶奶带起来的，长大了也忘不了奶奶。"奶奶笑笑说："等不到那会儿哟！"……海棠树的叶子落光了，没有星星。世界好像变了个样子。每个人的童年都有一个严肃的结尾，大约都是突然面对了一个严峻的事实，再不能睡一宿觉就把它忘掉，事后你发现，童年不复存在了。

接着是轰轰烈烈的两三年。我时常想起奶奶。但史无前例的事太多，听也听不过来，想也想不过来。不断地把人打倒，人倒不断地明白了许多事情。打人也是为革命，骂人也是为革命，光吃不干也是为革命，横行霸道、仗势欺人，乃至行凶放火也是为革命。只要说是为革命，干什么就都有理。理随即也就不值钱。

接着是上山下乡。抡镢头的为革命而抡镢头；养妾选美的为革命而养妾选美；饥寒交迫的为革命而饥寒交迫；挥霍无度的为革命而无度地挥霍。革命又是为了什么呢？

我在延安插队的时候，妈妈来信说奶奶回来了，奶奶岁数太大了，农村里没她干的活儿，公社给了证明，说奶奶改造得好，态度非常老实。奶奶又在北京落下了户口。

1972年我也转回了北京。那年奶奶七十岁，头发全白了。爸爸、妈妈又都到云南干校去了，又剩了我跟奶奶。或者说是，奶奶跟着我。我已经二十出头了。我懂得了什么是历史。很多事情并非是因为人怎么坏，而是因为人类还没有弄明白那些事情为什么是坏。譬如说奶奶，她还不明白地主为什么坏，就注定是地主了。也可以说这是命运，但革命不正是为了把全人类都从那种厄运中解放出来吗？

但那还是1972年。

我回到北京的时候是半夜。在车站坐了半宿，到家的时候天还不亮。我推推院门，院门开了。我推推屋门，门上有锁。我一愣。院里的人还都没起，很静，谁家屋里传出响亮的鼾声。奶奶这么早上哪儿了呢？还是那四棵树，一棵梨树，三棵海棠，但树叶都被虫子咬得斑斑驳驳的。院里盖起了好几间小厨房，歪七扭八，灰压压的。

北屋门一响，宋家老头儿出来了："哟，你回来啦？你奶奶这几天净念叨你呢。"

"我奶奶这么早上哪儿了？"

"你没瞧见？就在外头扫街哪。"

我跑出院门。远远的晨雾中，有一个人影，用的是长把笤帚，是奶奶。后来我才知道，奶奶这么早来扫街，是为了躲过人多的时候,怕让人看见。她现在是以一个地主的身份在扫街,在改造,不像当年那样是卫生负责人。

奶奶见了我可是立刻就哭了。

我把奶奶搀进屋,劝她,安慰她。我才不说"这是群众运动,您应当理解"呢!她怎么会理解呢?多少大人物不是都不理解吗?只是当我说到"群众的眼睛是亮的"的时候,奶奶才不哭了,连连点头,说街坊邻居对她都不错,街道积极分子对她也不错,居委会主任还偷偷劝她别往心里去,扫起街来也得悠着点儿。奶奶扫街总是超额,甚至加倍。

"还记得八子吗?"奶奶问我。

"当然。"我早就听说八子这几年在街上很出名,外号叫"八爷",一般的流氓小偷都服他。八子没有去插队。

"可不是吗,唉!可是他见了我,还是管我叫奶奶。"奶奶说。这似乎使她非常感动。

奶奶又说:"没人的时候我跟八子说,可得好好的,要不将来后悔一辈子。他倒是低头儿听着。别人说他,他连听都不听呢。"

"他进工厂了?"

"没有。先前他想进工厂,人家说他不去插队,不给他分配。这会儿人家给他分配了,他又嫌工作不好,不去,等着。他可倒也不缺钱花,又抽烟,又喝酒。他还老跟我说:像您这么老实管什么用!"

"惠芬三姐呢?"

"咳,还提惠芬呢!分配在外地,二十七八了,还没个对象。

她那个对象武斗的时候死了,惠芬总还是想着那个人,时常说点子不着边儿的话,说不是那个人她就不结婚……可那个人都死了好几年啦。这都是八子跟我说的。头些日子,我扫街时候碰上了惠芬,她头也不抬。八子说,她不是光不理我,谁她都不理……"

我想起1966年查抄"四旧"的时候了,在院子里,惠芬三姐和一个男大学生说话,那男的又高又魁梧,他会不会就是惠芬三姐的对象呢?

唉!"奶奶,咱们包扁豆馅儿饺子吧!"我说。世上的事都想明白了好像也不符合辩证法。

"行啊!"奶奶高兴起来,"我给你钱,你去买肉馅儿吧。"

妈妈给我写信的时候就说,回了北京好好照顾奶奶,想办法给奶奶弄点好的吃。奶奶一个人老是熬粥、吃馒头、炒白菜什么的;她不愿意去买肉,怕让人看见说她没改造好。

"您管他那些呢!"我说,"肉铺里卖肉就是为让人吃的。革命就是为让所有的人都过好日子!"

"可还有好些人连馒头、炒白菜都吃不上呢。老家的人,好些贫下中农,吃也吃不饱。"奶奶一本正经的神气。

我真得承认:奶奶的觉悟比我高。我开了个玩笑:"您可不能这么说。您说贫下中农现在还吃不饱,那还行?"

奶奶吓坏了,说不出话来。可不?在那些年,这可不是玩笑。

最后这几年,奶奶依旧是很忙。天不亮就去扫街。吃了早饭就去参加街道上办的"专政学习班"。下午又去挖防空洞。

"您这么大岁数,挖什么呀?还不够添乱的呢!"我说。

奶奶听了不高兴:"我能帮着往外撮土。"

"要不我替您去吧。我挖一天够您挖十天的。我替您去干一天,您就歇十天。"

"那可不行。人家让我去是信任我。你可别外头瞎说去。好不容易人家这才让我去了。"

奶奶还是那么事事要强。

最让奶奶难受的是人家不让她去值班。那时候,无论春夏秋冬,不管刮风下雨,北京所有的小胡同里都有人值班。绝大多数是没有工作的老头儿、老太太,都是成分好的,站在胡同口,或拿个小板凳坐在墙角里,监视坏人,维护治安。每个人值两个小时,一班接一班。奶奶看人家值班,很眼热,但她的成分不好。

一天,街道积极分子来找奶奶,说是晚十点到十二点这一班没人了,李老头儿病了,何大妈家里离不开,一时没处找人去,让奶奶值一班。奶奶可忙开了,又找棉袄,又找棉鞋。秋风刮得挺大。

"真要是有坏人,您能管得了什么?他会等着让您给他一拐棍儿?"

"人家这是信任我。"

"就算您用拐棍儿把他的腿钩住了,他也得把您拉个大马趴。"

"我不会喊?"

"我替您去吧。"

"那可不行!"奶奶穿好了棉衣,拿着拐棍儿,提着板凳,披着手电筒，全副武装地出了门。

我出门去看了看。奶奶正和上一班的一个老头儿在聊天。还不到十点。两个人聊得挺热火。风挺大，街上没什么人。那老头儿在抱怨他孙子结婚没有房……

十点刚过，奶奶回来了。

"怎么啦？"

奶奶说："又有人接班了。"脸色挺难看。

"有人了更好。咱们睡觉。"

奶奶不言语，脱棉袄的时候，不小心把手电筒掉地上了，玻璃摔碎了。

"您累了吧？我给您按摩按摩？"

奶奶趴在床上。我给她按摩腰和背。她还是一到晚上就腰酸背疼。我想起小时候给奶奶踩腰，觉得她的腰背是那样漫长。如今她的腰和背却像是山谷和山峰，腰往下塌，背往上凸。

我看见奶奶在擦眼泪。

"算了，什么大不了的事儿！"我说。

"敢情你们都没事儿。我妈算是瞎了眼，让我到了你们老史家来……"

海棠树的叶子又落了，树枝在风中摇。星星真不少，在遥远的宇宙间痴痴地望着我们居住的这颗星球……

那是1975年，奶奶七十三岁。那夜奶奶没有再醒来。我发现的时候，她的身体已经变凉。估计是脑溢血。很可能是脑溢血。

给奶奶穿鞋的时候我哭了。那双小脚儿，似乎只有一个大拇指和一个脚后跟。这双脚走过了多少路啊。这双脚曾经也是

奶奶带起来的,长大了也忘不了奶奶。

能蹦能跳的。如今走到了头。也许她还在走，走进了天国，在宇宙中变成了一颗星星……

现在毕竟不是过去了。现在，在任何场合，我都敢于承认：我是奶奶带大的，我爱她，我忘不了她。而且她实在也是爱这新社会的。一个好的社会，是会被几乎所有的人爱的。奶奶比那些改造好了的国民党战犯更有理由爱这新社会。知道她这一生的人，都不怀疑这一点。

当然，最后这几年，她心里一定非常惶惑。我不能原谅自己的是这样一件事：那时每天晚上，奶奶都在灯下念报纸上的社论。在那个"专政学习班"里，奶奶是学的最好的一个。她一字一顿地念，像当年念扫盲课本时那样。我坐在桌子的另一边看书。显然是有些段落她看不大懂，不时看看我，想找机会让我给她讲一讲。我故意装得很忙，不给她这个机会，心想：您就是学得再好，再虔诚些，人家又能对您怎么样？那正是"反击右倾翻案风"的时候，净是些狗屁不通的社论。奶奶给我倒茶，终于找到了机会。

"你给我讲讲这一段行不？"

"咳，您不懂！"

"你不告诉我，我可不老是不懂。"

"您懂了又怎么样？啊？又怎么样？"

奶奶分明听出了我的话外之音。她默默地坐着，一声不响。第二天晚上，她还是一字一句地自己念报纸，不再问我。我一看她，她的声音就变小，挺难为情似的……

老海棠树还活着，枝叶间，星星在天上。我认定那是奶奶的星星。据说有一种蚂蚁，遇到火就大家抱成一个球，滚过去，总有一些被烧死，也总有一些活过来，继续往前爬。人类的路本来很艰难。前些时候碰上了惠芬三姐，听说因为她"文革"中做了些错事，弄得很苦恼，很多事都受到影响。我就又想起了奶奶的星星。历史，要用许多不幸和错误去铺路，人类才变得比那些蚂蚁更聪明。人类浩荡前行，在这条路上，不是靠的恨，而是靠的爱……

1983 年 11 月 11 日

来到人间

星期六晚上,男的八点多才回到家,在过道里锁车的时候就感到意外:孩子没喊他,也没听见孩子的笑声。

屋里光线很暗,没开大灯,只一盏八瓦的小灯亮在尽里头的写字台上。女的坐在床沿上,见他进来,只把两条腿变了下位置,脸依然冲着电视,披了件旧外套,像是怕冷的样子。床上扔满了玩具。孩子在玩具中间睡着了,没脱衣裳,身上盖了条毛毯。

"没想到又这么晚。"男的说,看了看手表。女的没搭腔。

男的走到床的另一侧,一边解风衣扣一边俯身看看孩子:"怎么这么睡?"

女的还是没回头,说:"饭在厨房里,锅里。"声音齉齉的,掏出手绢擤鼻子。

男的又绕到女的身旁,站着看电视,把胳膊抱在胸前,注意着妻子的脸。电视的光忽明忽暗在她脸上晃,让人弄不清她的表情。电视里在播球赛。他知道她从来不爱看球赛。

"怎么了你?"男的问。

"饭在锅里,凉了热热。"妻子的声音仍旧齉齉的,鼻音很重。

男的愣了一会儿，正转身要去厨房，听见女的长出气，并且像啜泣那样颤抖。

"到底怎么了你？"男的又转回身来问。

"你先吃饭去。"

男的走了几步，伸手去开大灯。

"别开！"女的说。

男的退回到床边，挨着女的坐下，瞪着电视发愣。街上过汽车，荧光屏咔嚓咔嚓地闪。

"到底怎么啦？"

女的不说话，一条腿不住地颠。

"是不是孩子又怎么了？"

"她没说幼儿园好不好？"男的又问。

这下女的忍不住了，"呃——呃——"地哭起来，把头顶在丈夫肩上，浑身不住地抽动。丈夫茫然地坐着，抓紧妻子冰凉的手。

这孩子一来到世上，面前就摆好了一条残酷的路。先天性软骨组织发育不全。一种可怕的病。能让人的身体长不高，四肢长不长，手脚也长不大，光留下与正常人一样的头脑和愿望。一条布满了痛苦和艰辛的路，在等一个无辜的小姑娘去走。也许要走六十年、七十年，或者还要长，重要的是没有人知道这种病到什么时候才有办法治。

孩子不知道这些。和别的孩子一样，她睁开眼睛，看见一个五光十色的世界。小拳头紧攥着，蹬蹬腿，踹踹脚，想来这个世界上试试似的。饿了，或者尿了，她也哭。吃饱了，高兴了，她也笑。买只红气球挂在床栏杆上，太阳把气球照得透明闪亮，她皱着眉头不眨眼地看。和别的孩子完全一样。

"你说她是吗?"年轻的母亲说,不愿意说出那个病名。人们一般管那种病叫"侏儒症"。

年轻的父亲捅捅那只气球。一片红光飘来飘去,孩子的眼睛跟着转,笑了。还在褪褓里,这孩子就会笑。

妻子斜靠在被垛上,两手垫在脑后,眨巴着眼睛看对面的墙,像是那儿有一道题。丈夫趴在椅背上,交叉起两手顶着下巴,好像另一道题写在妻子的脚上。对面阳台上有个人在给盆花浇水,一边唱着京戏,遇着高音就巧妙地变个调子。孩子什么都不管,看着那只红气球,咿咿呀呀地说着自己的歌,仿佛知道童年不会太长,得抓紧懂事前的这段好时光。

"要不再到别的医院去看看?"母亲说。

父亲好一会儿没有出声,把目光从妻子的脚上转向窗外的天上。

"我看她不像。"母亲又说。

父亲猛地站起来:"那就走!"

两口子急急忙忙把孩子裹好,抱起来,出了门,就像这回准有什么好结果。

"我们团有个编剧,"一边下楼梯女的一边说,"头一回化验说是肝炎,还很厉害,没过几天又到另一个医院去化验,结果各项指标都正常。咱们上哪儿?"

街上永远有那么多人,那么多车,简直不知道是为什么。男的站在马路边想了想,说:"这回咱们不去太大的医院了。"

女的没有哭太久。"把灯开开吧。"她说。

男的把大灯拉开。

"把电视关了吧。"

男的把电视关掉。

女的开始收拾床上的玩具,一样一样收进一只小木箱。然后给孩子脱衣服。"啾啾,把衣服脱了睡。"不管你心里愿不愿意承认,孩子现在四岁了,个子就是比其他同岁的孩子矮,胳膊腿也明显的短。孩子一岁多的时候,这种病的特征开始显露,再不用跑医院检查了,剩下的是怎么接受这个事实。"啾啾,妈妈在这儿,脱了衣服好好睡。"孩子在梦里睁开眼看了看妈妈,又看见了爸爸,困得又闭上眼睛,呼吸中带着抽噎。

两个人一直看着孩子睡熟了,呼吸平稳了。

"嗯……"男的说,是问话,看着女的。

"下了班我去接她,"女的说,"一进幼儿园就见她一个人靠窗台站着,光是看着别的孩子在院儿里玩儿。一见我来,她就跑过来,拽着我要回家。两个阿姨在聊天。我问阿姨她怎么样。阿姨说还好,不过才两个礼拜,谁知道时间长了怎么样呢?对了,你先吃饭吧。"

"等会儿。"

"出幼儿园没多远,她就跟我说,她的被子和枕头都丢在幼儿园了,让我回去拿。我说不用,星期一还要来呢。她一下子就哭起来,蹲在地上说什么也不走了,非让我把她的被子和枕头都拿回来不可。我说,'你不是想上幼儿园吗?'她光是哭。我说,'你怎么又不想上了呢?'她光是哭。要不我去把饭给你拿来?"

"不用,不着急。"男的等着她往下说。

"她用胳膊钩住路边的一棵小树，就是不走。小胳膊钩也钩不住，就用两只胳膊这么抱着。我拉她也拉不动，就打了她一下。"女的用手抹眼泪，伤心地摇头。

男的焦急地等着她往下说。

"我还从来没打过她。我不知道我今天是怎么了。我从来没打过她一下。"

"我知道，我知道。这也没什么。"

"我打了她一巴掌。"女的仰起脸，把一缕头发拢到耳后，声音放得平缓些，"她就一个人哭着往幼儿园走，走到幼儿园门口又不敢进去，自己靠墙边儿站着，把脸扭过去不朝我这边看。好半天，还是我先过去跟她说对不起，问她为什么不想再上幼儿园了。她说，'你把被子和枕头拿回来，我再告诉你。'你看她。"

男的想：糟糕的就是她还这么聪明。

"我本来想说，你告诉我，我就去把被子和枕头拿回来。"

"千万别这么说。"

"就是。我知道不能骗她。"女的说，"她又让了一步，说，'你要是拿不动，明天让爸爸来拿。'"

"你答应了？"

"没。我知道咱们不能骗她。"

男的叹了口气："嗯，后来呢？"

"这会儿天就快黑了。我狠了狠心，猛地抱起她来就走。你猜她怎么？也不哭了，也不喊了，使劲闭着嘴，一直到家，一句话都不说。我跟她说什么她也不理我。你说她这脾气。"

"就是，这孩子又聪明又有个性。"男的说。

女的到厨房去拿来个面包,给男的。

"不用。等会儿再吃。"男的把面包搁在桌上,"她到底跟你说为什么了没有?"

"回到家她还是不理我,自己坐在床上摆弄那只塑料狗。我把饭做好摆在桌子上,她连看也不看。我把所有的玩具都给她拿出来,好,她连那只塑料狗也甩到一边去。我坐在床上,想跟她一块儿玩儿,她干脆一个人跑到厕所里去,把厕所的门插上。过了一会儿,我贴着厕所的门听,听见她在厕所里小声哭。我扒着门缝跟她说,'是不是别的小朋友说你什么了?'她立刻"哇——"的一声大哭起来,一边哭一边说,说别的孩子管她叫大头,叫她大脑壳,还管她叫丑八怪,还有。我说,'你告诉阿姨了没有?'她说她才不去告诉阿姨呢,她说她知道阿姨光喜欢别的孩子。"

女的又抽泣起来。男的不说话。

"我怀疑是阿姨那么叫过她,孩子们怎么想得起来那么叫她?"

"你先别这么瞎怀疑。"男的说,"先冷静点儿。"

"我要去找阿姨谈谈,找她们园长!"

"谈谈不是不可以,必要的时候甚至……不过这都不是最要紧的。"

"我让她把门开开,她说不,除非我答应明天把她的被子和枕头都拿回来。我说好吧。"

"你这么说了?"

"我没骗她!我明天就去把她的东西都拿回来!不让她去了。让她自己在家里玩儿。要不就把原来看她的那个老太太再请来,多少钱都行,五十,六十也行!"

"你再好好想想。"

"我早想了!"

"问题不在钱上,问题是她不能总在家里!"

"我也没说在钱上。得得得!我不听你说!"

"咱们别又吵。你想想,孩子总有一天……"

"你要说什么我都知道!我养她,养她一辈子。你不养算了,我一个人养!"

"你又不冷静。"男的说,站起来朝厨房走去。

女的追到过道里说:"就你那德行冷静!"然后又回到屋里,坐在沙发上,呆愣着坐了好一会儿,眼泪又止不住地流。

死应该是一件轻松的事。生才是严峻的。一个人快要死了,无论如何我们可以安慰他:"放心吧!伙计,不管怎么说,你把你的路走完了,走得还不坏。"对一个刚来到世上的孩子呢?你能安慰他什么?你能知道这个娇嫩的肉体和天真的心灵,将来会碰上什么吗?你顶多可以跟他说:"行了伙计,既然来了,就得开始了。"

对所有的人来说,也都是这样。没人知道什么时候会碰上什么。生活中随时可能出现倒运的事。

丈夫很有才气,得了硕士学位,现在是工程师,身高一米八三。妻子是话剧演员,当然漂亮,身高一米六八。有一套一居室的房子,有厨房、厕所、煤气、暖气。女的还在香港有个叔叔,送给他们彩电、冰箱、录音机。然后,这个孩子来了,上帝像是生怕世上有一个平平安安的家庭。

妻子生这孩子的时候就不太顺利。孩子先是窒息、抽风，之后又得了肺炎，一直在医院里抢救。母亲也出了点毛病，住在另一间病房里。母女俩还没见过面。有一天大夫告诉父亲，"发现您这孩子有一种先天性的疾病。""嗯？什么病？""软骨组织发育不全。""我不懂，对病我一点儿都不懂。""这病，怎么说呢？不好治，而且……""会死吗？"年轻的父亲有些慌。"那倒不会，这病没有生命危险。"接着，大夫把那种病的后果告诉了他。

年轻的父亲跑到医院的小花园里坐着。夏天的中午，小花园里没什么人，晒蔫了的洋槐树下有一条长椅，水泥路面上浮着一层颤抖的热气。他坐了一个多小时，才渐渐明白发生了什么。一个矮人儿，只有一米一二高，头很大，躯干也像成年人的一样，只是四肢短，手指像脚趾一样又粗又短。他记得自己小时候就嘲弄过那样的人，追在人家身后喊"大个儿"，没人教过他，也没有人制止他。他已经把这事忘了很多年了。这些年他忙这忙那，忙着考大学，忙着考研究生，不知不觉已经做了父亲。现在他清晰地记起来，那个矮人怎样装作没听见他的话，怎样急匆匆地走，想要摆脱他。现在他才想到，他曾给过一个心灵怎样的折磨。那颗心上已经磨出了老茧，已经不反抗了，只是逃避。他将有一个那样的女儿。

"不对！"他的一个老同学跟他说，"糟糕的不是你有一个那样的女儿，是有一个灵魂要平白无故地来世上受折磨！"

"这我想过。不过，所有的人不都是一样吗？譬如说我现在。"

"不一样。当然，人世间的痛苦你都可能碰上。可她呢？她是生来就注定了，痛苦要跟她一辈子。"

"她也许能因此成为一个很有作为的人呢？"

"战争能造就不少英雄，但是为了造就英雄就发动一场战争，有这回事吗？"

"那当然不。"他说。

"人是不得不成为英雄的。"

"这我同意。"

"大夫怎么说？"

"大夫说，她的肺炎很厉害，救得活救不活还不敢说。"

"这是暗示。"

"我知道是暗示。"

"你也可以给大夫一个暗示。"

"这我得跟我爱人商量。"

"她会同意吗？"

"我想不会。"

"你得说服她。"

"她肯定不听。"

正如父亲所预料的那样，年轻的母亲一听便大哭起来："不！不！我就要她！什么模样我也要！"

男的把饭菜热好，端进屋里。女的在看当天的晚报。

"你不再吃点儿？"

"什么叫再吃点儿？我也一点儿没吃呢！"

男的听出，她已经冷静下来了。男的又跑去拿了一个碗和一双筷子，盛好饭放在茶几上，自己在另一个沙发上坐下。

"你怎么买着鱼了？哪儿买的？"

她没回答，把自己的饭拨一半到男的碗里。

"什么鱼？是鲤鱼吗？"男的拨弄着碗里的鱼，很快地朝女的脸上扫一眼。

过了一会儿，男的又说："我看像鲤鱼。"

"不是。"女的勉强回答。

"不是鲤鱼？"男的故意装出惊讶的样子。

"我看她现在还太小。"女的说。

男的在嘴里费劲儿地捯着鱼刺，考虑怎么回答她。

"再过一年，啊？怎么样？明年再让她去。"

"还不是一样吗？反正早晚有这么一天，她得知道她长得丑。"

"我答应了她，你没见她多高兴呢，立刻不哭了，一个人在床上玩儿，让我跟她一块儿玩儿。我到厨房去，她跑到厨房来问我，'你说我丑吗？'"

"你怎么说？"

女的张了张嘴，没说出话来，低头吃饭。

"你准又说她不丑。我跟你说不能骗她！"

"等她再大点儿，到五岁，再告诉她，可能会好一点儿。"

"干吗不到六岁？干吗不到七岁？大点儿也长不好！别说五岁。头一回知道自己是畸形人，和所有的人都不一样，别说五岁，五十岁也受不了。岁数越大也许越糟糕。"

"那怎么办？"

"没别的办法。得让她知道,让她及早在心里接受这个事实。"

男的又想起自己小时候嘲弄过的那个矮人。是接受这个事实,可不能是习惯、麻木和自卑,男的在心里对自己说,得让她保留生来的自尊。

"我怕她受不了。"女的说。

"谁受得了?谁他妈的也受不了!"男的喊,使劲把饭碗蹾在茶几上。

妻子吓坏了。丈夫在屋里走了两个来回,赶紧把攥紧的拳头松开,提醒自己:要冷静。

"要是世界上只有你、我和她,咱们就永远不让她知道。"男的说。

"不过,"男的又说,"即便那样也不行,她自己早晚也会发现,你就长得比她漂亮。"

"还不如让我是她,让她是我。"母亲说。

"别瞎说了。"

"真的,我真的愿意。"

"我知道,"父亲抓住母亲的手,"我知道。不过不可能。即便可能又怎么样呢?她也会像你现在这样,你也会像她这样。这事轮上谁,谁也受不了。"

"要是她是我,我是她,我就受得了。"

"咱们别说废话了好不好?"男的说。

"就让她再过一年再去吧。"女的坐到床上,看着熟睡的孩子。

男的不说话。

"我已经答应她了,我不能骗她。"

父亲还是不说话。

母亲看着梦中的孩子:"咱们还不如不生她。还不如那时候不让她活。"

孩子能满床上爬了,满床上爬着追那只气球。气球在她眼前飘,她总是抓不住,捉不着。气球飘到桌子上,飘上玻璃窗,飘上屋顶,又飘下来。孩子嘎嘎地笑,尖声地叫,一心一意地追。她挺聪明,等到气球滚到她跟前,一下子扑上去,抱着气球坐在床上笑,举起来给爸爸妈妈看。忽然"砰!"的一声。孩子吓愣了,抬起头来看看桌子上,看看屋顶上,看爸爸,看妈妈,"哇!——"地哭开了。

孩子那惶然四顾的样子,给了父母很深刻的印象。还有那一声哭,使人想起一个在人丛中走丢了的孩子,发现左右没有了父母,都是些陌生的人。

夫妻俩越来越多地想到孩子的将来。

"你说她能长到一米四吗?女孩子只要能长到一米四,也就还可以。"女的跟好多人这么说过,有的人不言语,有的人说"也许差不多"。年轻的母亲叹气,心里什么都明白:要真能长到一米四,还算什么有病呢?……

孩子又得了一场大病,肾炎。真是个多灾多难的小姑娘。母亲请了假在家里,抱她去打针,按时给她喂药,大夫说不能让她吃盐。父亲的工作放不下,每天尽量早地跑回家。孩子明显地没有精神,不爱笑,总睡。

"今天好点儿吗?"

"打针的时候恨不能把嗓子哭破了。从注射室出来,她使劲把脑袋往门框上碰。这脾气长大了可怎么办？"

窗外正下着雪。从三层楼的窗口望出去，家家户户的灰房子上，都有一个白色的屋顶。雪花静静地飘落。他们知道自己要比孩子先离开世界，知道这孩子无论碰上什么事都将是一个"难"字，一个"苦"字，不知道她能不能应付得了。

"她真还不如不来。"母亲说。

"当初不如听那个大夫的话。"父亲说。

"其实，那时候她等于还没有生命。"他又说。

"什么？"

"人是在开始懂事了，才算有了生命。"

"我没懂你的意思。"

"那时候如果听了大夫的话，其实她一点儿都不知道痛苦。跟没生她一样。"

女的想了一会儿，说："真的，是这么回事。"

"当时我就跟你说过。"男的说。

"你根本没这么说。"

"我说了。你根本一句都听不进去。"

"我光想，她长得再丑我也一样会爱她。"

"我说你应该替她想想。我还说，这不光是我们受得了受不了的事。你根本听不进去。"

女的想着过去的事和以后的事。

"咱们可以再生一个正常的。"男的忽然说。

"像咱们这种情况，也允许再生一个。"男的又说。

妻子把脸埋在手里，痛苦地摇头。

"我问过大夫了,行。"丈夫说,"这病不是遗传,咱们生这样的孩子,其实非常偶然。"

妻子抬起头,认真地听。

"是否正常,可以在怀孕期间检查出来。"

一直到晚上快睡觉的时候,女的才又说起这件事。

"不,我不想再要了。我怕那样咱们会偏心。我就要她一个。咱们别再要了。"

"咱们不会不偏心?"丈夫说。

"肯定会。不是偏那个就是偏这个。"

孩子睡在两个人中间。雪早停了,一缕月光照在床上。两个人都看着睡在中间的孩子。

"还有几个加号?"

"三个。还是跟原来一样。尿还是发红。"

"其实她现在也还什么都不懂。"男的说。

"这是命。"女的一下子没懂他的意思。

"我是说,她现在也可以一点儿痛苦都没有,跟没生她一样。"

"什么?你说什么?"妻子恐怖地看着丈夫。

一团云彩又挡住了月亮,屋里完全黑暗。没有声音。两个人都知道对方没有睡。过了很久,丈夫感觉到床在颤动。妻子在哭。

男人在夜里才哭。男人睡着了的时候才把握不住自己。妻子把他推醒。那时月光又落在地上。他立刻很清醒:无论什么事,也不管对不对,做不到就是做不到。因为爱这孩子,所以不想让她受以后这几十年的痛苦,但正是因为爱又做不到。就像算命,不管算得准不准,反正你不会相信。或者不管你信不信,你还得活下去,该干什么还得干什么。

母亲该给孩子喂药了,父亲穿着单薄的衣服下地去拿暖壶。

现在孩子懂事了,生命真正开始了。夫妻俩一直害怕着这一天,没料到竟来得这么早。她有了记忆,知道了歧视,懂得气愤和痛苦了。她还不知道这仅仅是个开始。她想逃避,还不知道这是逃不开的。

"这不过是第一回。"男的说,半坐半躺在床上。他又想起那个被他嘲弄过的人。

女的躺在被窝里,睁着眼睛看天花板。孩子睡在她身边。街上传来洒水车当当当的铃声。

"这回还不是最难办的呢。"男的又说,"不过咱们得跟她说实话。"

"怎么说?"

"怎么说倒是小事。"

"那你说,你跟她说。"

"我当然可以说。不过,你答应了她不去幼儿园,她会说是你不让她去的。"

"你跟她说。然后我紧跟着就说,你说得对。"

"也行。不过怎么说呢?"

"你就说,所有的孩子都得上幼儿园。"

"不是,主要不在这儿。上幼儿园好办,硬把她送去她也得去。"

"那你说怎么说?"

"得让她知道,她确实是长得不好看。"

"我看说这个还早。她还太小。"

"就得现在说！大了就更难办。"

"她脾气倔极了，她能干脆不理你。"

"那也得说。"

"还是你自己跟她说吧。她要是闹脾气，我好哄她。"

"就怕这样！就怕我什么都跟她说了，你再来说好听的，说不是那么回事，'你长得不丑，你长得漂亮，你跟别的孩子一样，大伙都会喜欢你。'怕就怕这个！比不说还坏！"

"我不是这么哄。我没说这么哄。"

"那你怎么哄？我问你，你怎么哄？"

女的坐起来，披上衣服，胳膊交叉着抱在胸前，皱着眉头不说话。

楼上传来嚓啦嚓啦的拖鞋声，一会儿又嚓啦嚓啦地走回来。

男的赶紧又把攥紧的拳头松开，说："但是她可以在其他方面不比别人差。你得这么说，她能在很多方面超过别人，做得比别人强。"

第二天是星期日，孩子很早就醒了，赖在被窝儿里不起来，看着春天的太阳照进屋里，太阳光越来越多，自己躺在床上唱。

母亲做好了早点，进屋来说："快起床吧，小懒丫头，吃完饭带你去公园。"

"真的？"

"真的。"

"爸爸！是真的吗？"爸爸还在厨房里。

她跳出被窝儿，抱住妈妈的脖子，在床上蹦，在妈妈的脸上亲。这孩子会来事儿。

"妈妈!我穿哪件毛衣呀?"

"妈妈!我穿什么裤子呀?"

"我的新皮鞋呢?爸爸!你给我买的新皮鞋放在哪儿啦?"

年轻的父母在过道里擦肩而过,互相看了一眼,表情都很严肃,甚至是紧张。

临出门的时候,孩子忽然有些担心:"妈妈,我不去幼儿园了吧?"

"不去。不去幼儿园。"

丈夫扽了一下妻子的衣襟。孩子一蹦一蹦地跑到楼道里去了。

"我知道,我知道。"妻子赶忙解释,"可是现在没法儿说。"

"那你也别那么说呀,'不去!''不去!'说得那么肯定。"

两个人都叹气,急忙出来。孩子站在楼梯上喊他们。

公园里有了春天的模样,柳条绿了,湖面上有了游船。孩子一进公园就跑起来,跑跑停停,转回身喊她的父母。

"快来呀你们!草!草!"

草也绿了。孩子蹲在地上看,用手摸摸。

"有的草是绿的,爸爸,有的草是黄的。"孩子说。

"草跟草不一样。"父亲说。孩子已经跑开了。

到了儿童运动场,孩子不进去,只是扒着栅栏朝里面看,一声不响。

"你不想去滑滑梯吗?"母亲问她。

"你看,里面有那么多小朋友在玩儿。"父亲说。

孩子猛地跑开,故意蹦跳着,在地上捡石子,好像是说她自己也可以玩得很开心。她会掩饰自己的愿望了。

"这样下去她会离群,"父亲对母亲说,"她会慢慢变得孤僻。"那个极力想摆脱他的矮人,又浮现在他眼前,这几年他不断地想起那件事。

"船!船!妈妈,咱们划船吗?"孩子又跑回来,抱住母亲的腿。

"告诉妈妈,你们幼儿园有船吗?"母亲说。

孩子一愣。

妻子看一眼丈夫,丈夫点点头,鼓励她。

"妈妈,我想划船。"

"那你得答应妈妈一件事,明天去幼儿园。"

"嘘!——"丈夫做了个不满意的表情。

"嗯?"妻子有些慌张。

"别这么说,别这么许愿似的。"丈夫小声说。

孩子拉着母亲的手默默地走,专心地望着湖面上的船。

"爸爸带你划船去,走!"父亲拉过孩子的手。

孩子有些犹豫,把手缩回来,望望妈妈。湖面上那些划船的人真让人羡慕。

"走,咱们划船去,妈妈也去!"母亲说。

在船上,孩子一直不说话。船桨有时打起水花,孩子忍不住笑起来,尖声叫,但很快又静下来,像个大人似的,心事重重地看着船边荡漾的湖水。

"你看她。"母亲悄声说。

"嘘!——"父亲说,"哎,那个愁眉苦脸的,看咱们的船快不快！"

孩子故意不看他们，装听不见。划船原来是这么没意思。这样，明天就得上幼儿园去了。

"行了，你瞧她这脾气吧。"

"嘘！——"

整个上午，孩子再没有真正笑过。父母俩想尽办法让她高兴起来，孩子却想回家了。

"咱们吃点儿饭吧，回家去没有饭吃呀？"父亲对孩子说。

在饭馆里等饭的时候，父亲给孩子讲了个故事："从前我认识一个小个子的人，很矮，只有筷子这么高……"

孩子笑起来："真的？那他用什么吃饭呢？"

"别笑，还没人敢笑话他。别看他个子矮。这个人很了不起，从来不把高个子的人放在眼里，很多事别人干不了，可他能干。"

"他能干什么？"

"嗯……很多，譬如说，他研究出了一种药，这种药矮个子的人吃了就能长高。"

"那他干吗不给自己吃一点？"

"嗯……可是他已经老了。别人吃了这种药都长高了，可是他自己却不会再长高了。所以没人敢笑话他矮，大伙儿都特别尊敬他。"

"这个人从小就上幼儿园。"母亲插嘴说。

丈夫差点没跳起来，狠狠瞪了妻子一眼。

孩子又低下头。过了一会儿，她又喊着要回家了，一个人先跑到饭馆外边去。

"我跟你说了,上幼儿园是小事!"丈夫冲妻子喊,跑出去追孩子。

女的呆呆地坐在饭馆里,想哭又哭不出来。服务员把饭菜端来了。她问多少钱,服务员说交过钱了。等服务员走开,她也走出饭馆。

她看见丈夫和孩子在草坪那边的长椅上,孩子正扯破了嗓子哭。她赶紧跑过去。

"看,妈妈来了。"父亲说,"妈妈给你道歉来了。"

"妈妈,"孩子哭着说,"我不去幼儿园。"

母亲抱着孩子,"嗷嗷,不哭,不哭。"不知再说什么好。

"妈妈骗了你,妈妈要给你说对不起。"丈夫给妻子使眼色。

孩子用脚使劲踢爸爸:"甭说!不用你说!你走!你滚一边云!"

母亲还是说不出话来,光流眼泪。

"他还说,"孩子哭着对妈妈说,"还说我就是大脑袋,就是——长得——难看,他还说。"

"那怕什么?那没关系。"母亲抹掉眼泪,尽量让声音平缓、柔和,"大脑袋怕什么?矮个子也没关系,你能在其他地方比别人强,比别人更有用。"

"不!不!!"孩子喊起来,"我不是!我不是!爸爸——才——是呢!"她从母亲怀里挣脱出来,一个人哭着往前走去。

丈夫拍拍妻子的背:"这会儿你别再哭,有一个就够了。"

"我知道。我没哭。"

两个人跟在孩子后面追上去。

到家以后，孩子又把自己关在厕所里。

女的在厨房里洗菜、切菜。男的淘米。男的隔一会儿到阳台上去一回，从窗户缝往厕所里看看。

"干什么呢？"母亲问。

"靠墙站着，把鞋给脱了。"

母亲去敲厕所的门："快开门，妈妈要上厕所。"没有回答。"把鞋穿上，要不该着凉了。"

过了一会儿，父亲又到阳台上去，回来说："把袜子也脱了。"

"她这脾气可怎么办？"

"我看倒好。她得有点儿脾气。得让她有点儿脾气。"

妻子靠在丈夫怀里，觉得身上一点劲儿都没有了。"得让她把鞋穿上，要不该着凉了。"

"不会。放心，不会。"丈夫说，"得让她保持住这种硬劲儿。没办法。无论将来她遇见什么，她不能太软了，得有股硬劲儿。"

天渐渐黑了。夫妻俩站在厨房通向阳台的门旁，听着孩子的动静。

过了很久，厕所的门轻轻响了一下。

孩子站在厨房门前的过道里，看见爸爸搂着妈妈，外面是万家灯火，还有深蓝色的天空和闪闪的星星……

1985年

孩子站在厨房门前的过道里,看见爸爸搂着妈妈,
外面是万家灯火,还有深蓝色的天空和闪闪的星星……

命若琴弦

莽莽苍苍的群山之中走着两个瞎子,一老一少,一前一后。两顶发了黑的草帽起伏攒动,匆匆忙忙,像是随着一条不安静的河水在漂流。无所谓从哪儿来,也无所谓到哪儿去,每人带一把三弦琴,说书为生。

方圆几百上千里的这片大山中,层峦叠嶂,沟壑纵横,人烟稀疏,走一天才能见一片开阔地,有几个村落。荒草丛中随时会飞起一对山鸡,跳出一只野兔、狐狸或者其他小野兽。山谷中常有鹞鹰盘旋。

寂静的群山没有一点阴影,太阳正热得凶。

"把三弦子抓在手里。"老瞎子喊,在山间震起回声。

"抓在手里呢。"小瞎子回答。

"操心身上的汗把三弦子弄湿了。弄湿了晚上弹你的肋条?"

"抓在手里呢。"

老少二人都赤着上身,各自拎了一条木棍探路,缠在腰间的粗布小褂已经被汗水洇湿了一大片。蹚起来的黄土干得呛人。这正是说书的旺季。天长,村子里的人吃罢晚饭都不待在家里;

有的人晚饭也不在家里吃,捧上碗到路边去,或者到场院里。老瞎子想赶着多说书,整个热季领着小瞎子一个村子一个村子紧走,一晚上一晚上紧说。老瞎子一天比一天紧张、激动,心里算定:弹断一千根琴弦的日子就在这个夏天了,说不定就在前面的野羊坳。

暴躁了一整天的太阳这会儿正平静下来,光线开始变得深沉。远远近近的蝉鸣也舒缓了许多。

"小子!你不能走快点儿吗?"老瞎子在前面喊,不回头也不放慢脚步。

小瞎子紧跑几步,吊在屁股上的一只大挎包丁零哐啷地响,离老瞎子仍有几丈远。

"野鸽子都往窝里飞啦。"

"什么?"小瞎子又紧走几步。

"我说野鸽子都回窝了,你还不快走!"

"噢。"

"你又鼓捣我那电匣子呢。"

"嘻——鬼动来。"

"那耳机子快让你鼓捣坏了。"

"鬼动来!"

老瞎子暗笑:你小子才活了几天?"蚂蚁打架我也听得着。"老瞎子说。

小瞎子不争辩了,悄悄把耳机子塞到挎包里去,跟在师父身后闷闷地走路。无尽无休的无聊的路。

走了一阵子,小瞎子听见有只獾在地里啃庄稼,就使劲学狗叫，那只獾连滚带爬地逃走了，他觉得有点儿开心，轻声哼了几句小调儿，哥哥呀妹妹的。师父不让他养狗，怕受村子里的狗欺负，也怕欺负了别人家的狗，误了生意。又走了一会儿，小瞎子又听见不远处有条蛇在游动，弯腰摸了块石头砍过去，"哗啦啦"一阵高粱叶子响。老瞎子有点儿可怜他了，停下来等他。

"除了獾就是蛇。"小瞎子赶忙说，担心师父骂他。

"有了庄稼地了，不远了。"老瞎子把一个水壶递给徒弟。

"干咱们这营生的，一辈子就是走。"老瞎子又说，"累不？"

小瞎子不回答，知道师父最讨厌他说累。

"我师父才冤呢。就是你师爷，才冤呢，东奔西走一辈子，到了没弹够一千根琴弦。"

小瞎子听出师父这会儿心绪好，就问："师父，什么是绿色的长乙（椅）？"

"什么？噢，八成是一把椅子吧。"

"曲折的油狼（游廊）呢？"

"油狼？什么油狼？"

"曲折的油狼。"

"不知道。"

"匣子里说的。"

"你就爱瞎听那些玩意儿。听那些玩意儿有什么用？天底下的好东西多啦，跟咱们有什么关系？"

"我就没听您说过，什么跟咱们有关系。"小瞎子把"有"字说得重。

"琴！三弦子！你爹让你跟了我来，是为让你弹好三弦子，学会说书。"

小瞎子故意把水喝得咕噜噜响。

再上路时小瞎子走在前头。

大山的阴影在沟谷里铺开来。地势也渐渐的平缓,开阔。

接近村子的时候,老瞎子喊住小瞎子,在背阴的山脚下找到一个小泉眼。细细的泉水从石缝里往外冒,淌下来,积成脸盆大的小洼,周围的野草长得茂盛,水流出去几十米便被干渴的土地吸干。

"过来洗洗吧,洗洗你那身臭汗味儿。"

小瞎子拨开野草在水洼边蹲下,心里还在猜想着"曲折的油狼"。

"把浑身都洗洗。你那样儿准像个小叫花子。"

"那您不就是个老叫花子了?"小瞎子把手按在水里,嘻嘻地笑。

老瞎子也笑,双手捧起水往脸上泼:"可咱们不是叫花子,咱们有手艺。"

"这地方咱们好像来过。"小瞎子侧耳听着四周的动静。

"可你的心思总不在学艺上。你这小子心太野。老人的话你从来不着耳朵听。"

"咱们准是来过这儿。"

"别打岔!你那三弦子弹得还差着远呢。咱这命就在这几根琴弦上,我师父当年就这么跟我说。"

泉水清凉凉的。小瞎子又哥哥呀妹妹地哼起来。

老瞎子挺来气:"我说什么你听见了吗?"

"咱这命就在这几根琴弦上,您师父我师爷说的。我都听过八百遍了。您师父还给您留下一张药方,您得弹断一千根琴弦才能去抓那服药,吃了药您就能看见东西了。我听您说过一千遍了。"

"你不信?"

小瞎子不正面回答,说:"干吗非得弹断一千根琴弦才能去抓那服药呢?"

"那是药引子。机灵鬼儿,吃药得有药引子!"

"一千根断了的琴弦还不好弄?"小瞎子忍不住哧哧地笑。

"笑什么笑!你以为你懂得多少事?得真正是一根一根弹断了的才成。"

小瞎子不敢吱声了,听出师父又要动气。每回都是这样,师父容不得对这件事有怀疑。

老瞎子也没再作声,显得有些激动,双手搭在膝盖上,两颗骨头一样的眼珠对着苍天,像是一根一根地回忆着那些弹断的琴弦。盼了多少年了呀,老瞎子想,盼了五十年了!五十年中翻了多少架山,走了多少里路哇,挨了多少回晒,挨了多少回冻,心里受了多少委屈呀。一晚上一晚上地弹,心里总记着,得真正是一根一根尽心尽力地弹断的才成。现在快盼到了,绝出不了这个夏天了。老瞎子知道自己又没什么能要命的病,活过这个夏天一点儿不成问题。"我比我师父可运气多了,"他说,"我师父到了儿没能睁开眼睛看一回。"

"咳!我知道这地方是哪儿了!"小瞎子忽然喊起来。

老瞎子这才动了动,抓起自己的琴来摇了摇,叠好的纸片碰在蛇皮上发出细微的响声，那张药方就在琴槽里。

"师父，这儿不是野羊岭吗？"小瞎子问。

老瞎子没搭理他，听出这小子又不安稳了。

"前头就是野羊坳，是不是，师父？"

"小子，过来给我擦擦背。"老瞎子说，把弓一样的脊背弯给他。

"是不是野羊坳，师父？"

"是！干什么？你别又闹猫似的。"

小瞎子的心扑通扑通跳，老老实实地给师父擦背。老瞎子觉出他擦得很有劲。

"野羊坳怎么了？你别又叫驴似的会闻味儿。"

小瞎子心虚，不吭声，不让自己显出兴奋。

"又想什么呢？别当我不知道你那点儿心思。"

"又怎么了，我？"

"怎么了你？上回你在这儿疯得不够？那妮子是什么好货！"老瞎子心想，也许不该再带他到野羊坳来。可是野羊坳是个大村子，年年在这儿生意都好，能说上半个多月。老瞎子恨不能立刻弹断最后几根琴弦。

小瞎子嘴上嘟嘟囔囔的，心却飘飘的，想着野羊坳里那个尖声细气的小妮子。

"听我一句话，不害你。"老瞎子说，"那号事靠不住。"

"什么事？"

"少跟我贫嘴。你明白我说的什么事。"

"我就没听您说过，什么事靠得住。"小瞎子又偷偷地笑。

老瞎子没理他,骨头一样的眼珠又对着苍天。那儿,太阳正变成一汪血。

两面脊背和山是一样的黄褐色。一座已经老了,嶙峋瘦骨像是山根下裸露的基石。另一座正年轻。老瞎子七十岁,小瞎子才十七。

小瞎子十四岁上父亲把他送到老瞎子这儿来,为的是让他学说书,这辈子好有个本事,将来可以独自在世上活下去。

老瞎子说书已经说了五十多年。这一片偏僻荒凉的大山里的人们都知道他:头发一天天变白,背一天天变驼,年年月月背一把三弦琴满世界走,逢上有愿意出钱的地方就拨动琴弦唱一晚上,给寂寞的山村带来欢乐。开头常是这么几句:"自从盘古分天地,三皇五帝到如今,有道君王安天下,无道君王害黎民。轻轻弹响三弦琴,慢慢稍停把歌论,歌有三千七百本,不知哪本动人心。"于是听书的众人喊起来,老的要听董永卖身葬父,小的要听武二郎夜走蜈蚣岭,女人们想听秦香莲。这是老瞎子最知足的一刻,身上的疲劳和心里的孤寂全忘却,不慌不忙地喝几口水,待众人的吵嚷声鼎沸,便把琴弦一阵紧拨,唱道:"今日不把别人唱,单表公子小罗成。"或者:"茶也喝来烟也吸,唱一回哭倒长城的孟姜女。"满场立刻鸦雀无声,老瞎子也全心沉到自己所说的书中去。

他会的老书数不尽。他还有一个电匣子,据说是花了大价钱从一个山外人手里买来,为的是学些新词儿,编些新曲儿。其实山里人倒不太在乎他说什么唱什么。人人都称赞他那三弦子弹得讲究,轻轻漫漫的,飘飘洒洒的,疯疯狂放的,那里头有天上的日月,有地上的生灵。老瞎子的嗓子能学出世上所有的声音,男人、女人,刮风下雨,兽啼禽鸣。不知道他脑子里能呈现出什么景象,他一落生就瞎了眼睛,从没见过这个世界。

小瞎子可以算见过世界,但只有三年,那时还不懂事。他对说书和弹琴并无多少兴趣,父亲把他送来的时候费尽了唇舌,好说歹说连哄带骗,最后不如说是那个电匣子把他留住。他抱着电匣子听得入神,甚至没发觉父亲什么时候离去。

这只神奇的匣子永远令他着迷,遥远的地方和稀奇古怪的事物使他幻想不绝,凭着三年朦胧的记忆,补充着万物的色彩和形象,譬如海,匣子里说蓝天就像大海,他记得蓝天,于是想象出海;匣子里说海是无边无际的水,他记得锅里的水,于是想象出满天排开的水锅。再譬如漂亮的姑娘,匣子里说就像盛开的花朵,他实在不相信会是那样。母亲的灵柩被抬到远山上去的时候,路上正开遍着野花,他永远记得却永远不愿意去想。但他愿意想姑娘,越来越愿意想,尤其是野羊坳的那个尖声细气的小妮子,总让他心里荡起波澜。直到有一回匣子里唱道"姑娘的眼睛就像太阳",这下他才找到了一个贴切的形象,想起母亲在红透的夕阳中向他走来的样子,其实人人都是根据自己的所知猜测着无穷的未知,以自己的感情勾画出世界。每个人的世界就都不同。

也总有一些东西小瞎子无从想象,譬如"曲折的油狼"。

这天晚上,小瞎子跟着师父在野羊坳说书,又听见那小妮子站在离他不远处尖声细气地说笑。书正说到紧要处——"罗成回马再交战,大胆苏烈又兴兵。苏烈大刀如流水,罗成长枪似腾云,好似海中龙吊宝,犹如深山虎争林。又战七日并七夜,罗成清茶无点唇……"老瞎子把琴弹得如雨骤风疾,字字句句唱得铿锵。小瞎子却心猿意马,手底下早乱了套数……

野羊岭上有一座小庙,离野羊坳村二里地,师徒二人就在这里住下。石头砌的院墙已经残断不全,几间小殿堂也歪斜欲倾百孔千疮,惟正中一间尚可遮蔽风雨,大约是因为这一间中毕竟还供奉着神灵。三尊泥像早脱尽了尘世的彩饰,还一身黄土本色返璞归真了,认不出是佛是道。院里院外、房顶墙头都长满荒藤野草,蓊蓊郁郁倒有生气。老瞎子每回到野羊坳说书都住这儿,不出房钱又不惹是非。小瞎子是第二次住在这儿。

散了书已经不早,老瞎子在正殿里安顿行李,小瞎子在侧殿的檐下生火烧水。去年砌下的灶稍加修整就可以用。小瞎子撅着屁股吹火,柴草不干,呛得他满院里转着圈咳嗽。

老瞎子在正殿里数叨他:"我看你能干好什么。"

"柴湿嘛。"

"我没说这事。我说的是你的琴,今儿晚上的琴你弹成了什么?"

小瞎子不敢接这话茬儿,吸足了几口气又跪到灶火前去,鼓着腮帮子一通儿猛吹。"你要是不想干这行,就趁早给你爹捎信把你领回去。老这么闹猫闹狗的可不行,要闹回家闹去。"

小瞎子咳嗽着从灶火边跳开,几步蹿到院子另一头,呼哧呼哧大喘气,嘴里一边骂。

"说什么呢?"

"我骂这火。"

"有你那么吹火的?"

"那怎么吹?"

"怎么吹?哼,"老瞎子顿了顿,又说,"你就当这灶火是那妮子的脸!"

小瞎子又不敢搭腔了,跪到灶火前去再吹,心想:真的,不知道兰秀儿的脸什么样。那个尖声细气的小妮子叫兰秀儿。

"那要是妮子的脸,我看你不用教也会吹。"老瞎子说。

小瞎子笑起来,越笑越咳嗽。

"笑什么笑!"

"您吹过妮子脸?"

老瞎子一时语塞。小瞎子笑得坐在地上。"日他妈。"老瞎子骂道,笑笑,然后变了脸色,再不言语。

灶膛里腾的一声,火旺起来。小瞎子再去添柴,一心想着兰秀儿。才散了书的那会儿,兰秀儿挤到他跟前来小声说:"哎,上回你答应我什么来?"师父就在旁边,他没敢吭声。人群挤来挤去,一会儿又把兰秀儿挤到他身边。"噫,上回吃了人家的煮鸡蛋倒白吃了?"兰秀儿说,声音比上回大。这时候师父正忙着跟几个老汉拉话,他赶紧说:"嘘!——我记着呢。"兰秀儿又把声音压低:"你答应给我听电匣子你还没给我听。""嘘!——我记着呢。"幸亏那会儿人声嘈杂。

正殿里好半天没有动静。之后,琴声响了,老瞎子又上好了一根新弦。他本来应该高兴的,来野羊坳头一晚上就又弹断了一根琴弦。可是那琴声却低沉、零乱。

248

小瞎子渐渐听出琴声不对，在院里喊："水开了，师父。"

没有回答。琴声一阵紧似一阵了。

小瞎子端了一盆热水进来，放在师父跟前，故意嘻嘻笑着说："您今儿晚还想弹断一根是怎么着？"

老瞎子没听见，这会儿他自己的往事都在心中，琴声烦躁不安，像是年年旷野里的风雨，像是日夜山谷中的溪流，像是奔奔忙忙不知所归的脚步声。小瞎子有点儿害怕了：师父很久不这样了，师父一这样就要犯病，头疼、心口疼、浑身疼，会几个月爬不起炕来。

"师父，您先洗脚吧。"

琴声不停。

"师父，您该洗脚了。"小瞎子的声音发抖。

琴声不停。

"师父！"

琴声戛然而止，老瞎子叹了口气。小瞎子松了口气。

老瞎子洗脚，小瞎子乖乖地坐在他身边。

"睡去吧，"老瞎子说，"今儿个够累的了。"

"您呢？"

"你先睡，我得好好泡泡脚。人上了岁数毛病多。"老瞎子故意说得轻松。

"我等您一块儿睡。"

山深夜静。有了一点风，墙头的草叶子响。夜猫子在远处哀哀地叫。听得见野羊坳里偶尔有几声狗吠，又引得孩子哭。月亮升起来，白光透过残损的窗棂进了殿堂，照见两个瞎子和三尊神像。

"等我干吗?时候不早了。"

"你甭担心我,我怎么也不怎么。"老瞎子又说。

"听见没有,小子?"

小瞎子到底年轻,已经睡着。老瞎子推推他让他躺好,他嘴里嘟囔了几句倒头睡去。老瞎子给他盖被时,从那身日渐发育的筋肉上觉出,这孩子到了要想那些事的年龄,非得有一段苦日子过不可了。唉,这事谁也替不了谁。

老瞎子再把琴抱在怀里,摩挲着根根绷紧的琴弦,心里使劲念叨:又断了一根了,又断了一根了。再摇摇琴槽,有轻微的纸和蛇皮的摩擦声。惟独这事能为他排忧解烦。一辈子的愿望。

小瞎子做了一个好梦,醒来吓了一跳,鸡已经叫了。他一骨碌爬起来听听,师父正睡得香,心说还好。他摸到那个大挎包,悄悄地掏出电匣子,蹑手蹑脚出了门。

往野羊坳方向走了一会儿,他才觉出不对头,鸡叫声渐渐停歇,野羊坳里还是静静的没有人声。他愣了一会儿,鸡才叫头遍吗?灵机一动扭开电匣子。电匣子里也是静悄悄。现在是半夜。他半夜里听过匣子,什么都没有。这匣子对他来说还是个表,只要扭开一听,便知道是几点钟,什么时候有什么节目都是一定的。

小瞎子回到庙里,老瞎子正翻身。

"干吗哪?"

"撒尿去了。"小瞎子说。

一上午，师父逼着他练琴。直到晌午饭后，小瞎子才瞅机会溜出庙来，溜进野羊坳。鸡也在树荫下打盹儿，猪也在墙根下说着梦话，太阳又热得凶，村子里很安静。

小瞎子踩着磨盘，扒着兰秀儿家的墙头轻声喊："兰秀儿——兰秀儿——"

屋里传出雷似的鼾声。

他犹豫了片刻，把声音稍稍抬高："兰秀儿！兰秀儿！——"

狗叫起来。屋里的鼾声停了，一个闷声闷气的声音问："谁呀？"

小瞎子不敢回答，把脑袋从墙头上缩下来。

屋里吧唧了一阵嘴，又响起鼾声。

他叹口气，从磨盘上下来，怏怏地往回走。忽听见身后嘎吱一声院门响，随即一阵细碎的脚步声向他跑来。

"猜是谁？"尖声细气。小瞎子的眼睛被一双柔软的小手捂上了——这才多余呢。兰秀儿不到十五岁，认真说还是个孩子。

"兰秀儿！"

"电匣子拿来没？"

小瞎子掀开衣襟，匣子挂在腰上。"嘘！——别在这儿，找个没人的地方听去。"

"咋啦？"

"回头招好些人。"

"咋啦？"

"那么多人听，费电。"

两个人东拐西弯，来到山背后那眼小泉边。小瞎子忽然想起件事，问兰秀儿："你见过曲折的油狼吗？"

"啥?"

"曲折的油狼。"

"曲折的油狼?"

"知道吗?"

"你知道?"

"当然。还有绿色的长椅。就是一把椅子。"

"椅子谁不知道。"

"那曲折的油狼呢?"

兰秀儿摇摇头,有点儿崇拜小瞎子了。小瞎子这才郑重其事地扭开电匣子,一支欢快的乐曲在山沟里飘荡。

这地方又凉快又没有人来打扰。

"这是《步步高》。"小瞎子说,跟着哼。

一会儿又换了支曲子,叫《旱天雷》,小瞎子还能跟着哼。兰秀儿觉得很惭愧。

"这曲子也叫《和尚思妻》。"

兰秀儿笑起来:"瞎骗人!"

"你不信?"

"不信。"

"爱信不信。这匣子里说的古怪事多啦。"小瞎子玩着凉凉的泉水,想了一会儿,"你知道什么叫接吻吗?"

"你说什么叫?"

这回轮到小瞎子笑,光笑不答。兰秀儿明白准不是好话,红着脸不再问。

音乐播完了,一个女人说,"现在是讲卫生节目。"

"啥?"兰秀儿没听清。

"讲卫生。"

"是什么?"

"嗯——你头发上有虱子吗?"

"去——别动!"

小瞎子赶忙缩回手来,赶忙解释:"要有就是不讲卫生。"

"我才没有。"兰秀儿抓抓头,觉得有些刺痒。"嚏——瞧你自个儿吧!"兰秀儿一把扳过小瞎子的头,"看我捉几个大的。"

这时候听见老瞎子在半山上喊:"小子,还不给我回来!该做饭了,吃罢饭还得去说书!"他已经站在那儿听了好一会儿了。

野羊坳里已经昏暗,羊叫、驴叫、狗叫、孩子们叫,处处起了炊烟。野羊岭上还有一线残阳,小庙正在那淡薄的光中,没有声响。

小瞎子又撅着屁股烧火。老瞎子坐在一旁淘米,凭着听觉他能把米中的沙子拣出来。

"今天的柴挺干。"小瞎子说。

"嗯。"

"还是焖饭?"

"嗯。"

小瞎子这会儿精神百倍,很想找些话说,但是知道师父的气还没消,心说还是少找骂。

两个人默默地干着自己的事,又默默地一块儿把饭做熟。

岭上也没了阳光。

小瞎子盛了一碗小米饭，先给师父："您吃吧。"声音怯怯的，无比驯顺。

老瞎子终于开了腔："小子，你听我一句行不？"

"嗯。"小瞎子往嘴里扒拉饭，回答得含糊。

"你要是不愿意听，我就不说。"

"谁说不愿意听了？我说'嗯'！"

"我是过来人，总比你知道得多。"

小瞎子闷头扒拉饭。

"我经过那号事。"

"什么事？"

"又跟我贫嘴！"老瞎子把筷子往灶台上一摔。

"兰秀儿光是想听听电匣子。我们光是一块儿听电匣子来。"

"还有呢？"

"没有了。"

"没有了？"

"我还问她见没见过曲折的油狼。"

"我没问你这个！"

"后来，后来，"小瞎子不那么气壮了，"不知怎么一下就说起了虱子……"

"还有呢？"

"没了。真没了！"

两个人又默默地吃饭。老瞎子带了这徒弟好几年，知道这孩子不会撒谎，这孩子最让人放心的地方就是诚实，厚道。

"听我一句话,保准对你没坏处。以后离那妮子远点儿。"

"兰秀儿人不坏。"

"我知道她不坏,可你离她远点儿好。早年你师爷这么跟我说,我也不信……"

"师爷?说兰秀儿?"

"什么兰秀儿,那会儿还没她呢。那会儿还没有你们呢……"老瞎子阴郁的脸又转向暮色浓重的天际,骨头一样白色的眼珠不住地转动,不知道在那儿他能"看"见什么。

许久,小瞎子说:"今儿晚上您多半儿又能弹断一根琴弦。"想让师父高兴些。

这天晚上师徒俩又在野羊坳说书。"上回唱到罗成死,三魂七魄赴幽冥,听歌君子莫嘈嚷,列位听我道下文。罗成阴魂出地府,一阵旋风就起身,旋风一阵来得快,长安不远面前存……"老瞎子的琴声也乱,小瞎子的琴声也乱。小瞎子回忆着那双柔软的小手捂在自己脸上的感觉,还有自己的头被兰秀儿扳过去时的滋味儿。老瞎子想起的事情更多……

夜里老瞎子翻来覆去睡不安稳,多少往事在他耳边喧嚣,在他心头动荡,身体里仿佛有什么东西要爆炸。坏了,要犯病,他想。头昏,胸口憋闷,浑身紧巴巴的难受。他坐起来,对自己叨咕:"可别犯病,一犯病今年就甭想弹够那些琴弦了。"他又摸到琴。要能叮叮当当随心所欲地疯弹一阵儿,心头的忧伤或许就能平息,耳边的往事或许就会消散。可是小瞎子正睡得香甜。

他只好再全力去想那张药方和琴弦:还剩下几根,还只剩最后几根了。那时就可以去抓药了,然后就能看见这个世界——他无数次爬过的山,无数次走过的路,无数次感到过她的温暖和炽热的太阳,无数次梦想着的蓝天、月亮和星星……还有呢?突然间心里一阵空,空得深重。就只为了这些?还有什么?他朦胧中所盼望的东西似乎比这要多得多……

夜风在山里游荡。

猫头鹰又在凄哀地叫。

不过现在他老了,无论如何没几年活头了,失去的已经永远失去了,他像是刚刚意识到这一点。七十年中所受的全部辛苦就为了最后能看一眼世界,这值得吗?他问自己。

小瞎子在梦里笑,在梦里说:"那是一把椅子,兰秀儿……"

老瞎子静静地坐着。静静地坐着的还有那三尊分不清是佛是道的泥像。

鸡叫头遍的时候老瞎子决定,天一亮就带这孩子离开野羊坳。否则这孩子受不了,他自己也受不了。兰秀儿人不坏,可这事会怎么结局,老瞎子比谁都"看"得清楚。鸡叫二遍,老瞎子开始收拾行李。

可是一早起来小瞎子病了,肚子疼,随即又发烧。老瞎子只好把行期推迟。

一连好几天,老瞎子无论是烧火、淘米、捡柴,还是给小瞎子挖药、煎药,心里总在说:"值得,当然值得。"要是不这么反反复复对自己说,身上的力气似乎就全要垮掉。"我非要最后看一眼不可。""要不怎么着?就这么死了去?""再说就只剩下最后几根了。"后面三句都是理由。老瞎子又冷静下来,天天晚上还到野羊坳去说书。

老瞎子现在才弄懂了他师父当年对他说的话——咱的命就在这琴弦上。

这一下小瞎子倒来了福气。每天晚上师父到岭下去了,兰秀儿就猫似的轻轻跳进庙里来听匣子。兰秀儿还带来煮熟的鸡蛋,条件是得让她亲手去拧那匣子的开关。"往哪边拧?""往右。""拧不动。""往右,笨货,不知道哪边是右哇?"咔嗒一下,无论是什么便响起来,无论是什么俩人都爱听。

又过了几天,老瞎子又弹断了三根琴弦。

这一晚,老瞎子在野羊坳里自弹自唱:"不表罗成投胎事,又唱秦王李世民。秦王一听双泪流,可怜爱卿丧残身,你死一身不打紧,缺少扶朝上将军……"

野羊岭上的小庙里这时更热闹。电匣子的音量开得挺大,又是孩子哭,又是大人喊,轰隆隆地又响炮,嘀嘀嗒嗒地又吹号。月光照进正殿,小瞎子躺着啃鸡蛋,兰秀儿坐在他旁边。两个人都听得兴奋,时而大笑,时而稀里糊涂莫名其妙。

"这匣子你师父哪儿买来的?"

"从一个山外头的人手里。"

"你们到山外头去过?"兰秀儿问。

"没。我早晚要去一回就是,坐坐火车。"

"火车?"

"火车你也不知道?笨货。"

"噢,知道知道,冒烟哩是不是?"

过了一会儿兰秀儿又说:"保不准我就得到山外头去。"语调有些恓惶。

"是吗?"小瞎子一挺坐起来,"那你到底瞧瞧曲折的油狼是什么。"

"你说是不是山外头的人都有电匣子？"

"谁知道。我说你听清楚没有？曲、折、的、油、狼，这东西就在山外头。"

"那我得跟他们要一个电匣子。"兰秀儿自言自语地想心事。

"要一个？"小瞎子笑了两声，然后屏住气，然后大笑，"你干吗不要俩？你可真本事大。你知道这匣子几千块钱一个？把你卖了吧，怕也换不来。"

兰秀儿心里正委屈，一把揪住小瞎子的耳朵使劲拧，骂道："好你个死瞎子！"

两个人在殿堂里扭打起来。三尊泥像袖手旁观帮不上忙。两个年轻的正在发育的身体碰撞在一起，纠缠在一起，一个把一个压在身下，一会儿又颠倒过来，骂声变成笑声。匣子在一边唱。

打了好一阵子，两个人都累得住了手，心怦怦跳，面对面躺着喘气，不言声儿，谁却也不愿意再拉开距离。

兰秀儿呼出的气吹在小瞎子脸上，小瞎子感到了诱惑，并且想起那天吹火时师父说的话，就往兰秀儿脸上吹气。兰秀儿并不躲。

"嘿，"小瞎子小声说，"你知道接吻是什么了吗？"

"是什么？"兰秀儿的声音也小。

小瞎子对着兰秀儿的耳朵告诉她。兰秀儿不说话。老瞎子回来之前，他们试着亲了嘴儿，滋味儿真不坏……

就是这天晚上，老瞎子弹断了最后两根琴弦。两根弦一齐断了。他没料到。他几乎是连跑带爬地上了野羊岭，回到小庙里。

小瞎子吓了一跳："怎么了，师父？"

老瞎子喘吁吁地坐在那儿，说不出话。

小瞎子有些犯嘀咕：莫非是他和兰秀儿干的事让师父知道了？

老瞎子这才相信：一切都是值得的。一辈子的辛苦都是值得的。能看一回，好好看一回，怎么都是值得的。

"小子，明天我就去抓药。"

"明天？"

"明天。"

"又断了一根了？"

"两根。两根都断了。"

老瞎子把那两根弦卸下来，放在手里揉搓了一会儿，然后把它们并到另外的九百九十八根中去，绑成一捆。

"明天就走？"

"天一亮就动身。"

小瞎子心里一阵发凉。老瞎子开始剥琴槽上的蛇皮。

"可我的病还没好利索。"小瞎子小声叨咕。

"噢，我想过了，你就先留在这儿，我用不了十天就回来。"

小瞎子喜出望外。

"你一个人行不？"

"行！"小瞎子紧忙说。

老瞎子早忘了兰秀儿的事："吃的、喝的、烧的全有。你要是病好利索了，也该学着自个儿去说回书。行吗？"

"行。"小瞎子觉得有点儿对不住师父。

蛇皮剥开了，老瞎子从琴槽中取出一张叠得方方正正的纸条。他想起这药方放进琴槽时，自己才二十岁，便觉得浑身上下都好像冷。

小瞎子也把那药方放在手里摸了一会儿,也有了几分肃穆。

"你师爷一辈子才冤呢。"

"他弹断了多少根?"

"他本来能弹够一千根,可他记成了八百。要不然他能弹断一千根。"

天不亮老瞎子就上路了。他说最多十天就回来,谁也没想到他竟去了那么久。

老瞎子回到野羊坳时已经是冬天。

漫天大雪,灰暗的天空连接着白色的群山。没有声息,处处也没有生气,空旷而沉寂,所以老瞎子那顶发了黑的草帽就尤其攒动得显著。他蹒蹒跚跚地爬上野羊岭。庙院中衰草瑟瑟,蹿出一只狐狸,仓惶逃远。

村里人告诉他,小瞎子已经走了些日子。

"我告诉他我回来。"

"不知道他干吗就走了。"

"他没说去哪儿?留下什么话没?"

"他说让您甭找他。"

"什么时候走的?"

人们想了好久,都说是在兰秀儿嫁到山外去的那天。

老瞎子心里便一切全都明白。

众人劝老瞎子留下来,这么冰天雪地的上哪儿去?不如在野羊坳说一冬书。老瞎子指指他的琴,人们见琴柄上空荡荡已经没了琴弦。老瞎子面容也憔悴，呼吸也孱弱，嗓音也沙哑了，完全变了个人。他说得去找他的徒弟。

若不是还想着他的徒弟，老瞎子就回不到野羊坳。那张他保存了五十年的药方原来是一张无字的白纸。他不信，请了多少个识字而又诚实的人帮他看，人人都说那果真就是一张无字的白纸。老瞎子在药铺前的台阶上坐了一会儿，他以为是一会儿，其实已经几天几夜，骨头一样的眼珠在询问苍天，脸色也变成骨头一样的苍白。有人以为他是疯了，安慰他，劝他。老瞎子苦笑：七十岁了再疯还有什么意思？他只是再不想动弹，吸引着他活下去、走下去、唱下去的东西骤然间消失干净。就像一根不能拉紧的琴弦，再难弹出赏心悦耳的曲子。老瞎子的心弦断了。现在发现那目的原来是空的。老瞎子在一个小客店里住了很久，觉得身体里的一切都在熄灭。他整天躺在炕上，不弹也不唱，一天天迅速地衰老。直到花光了身上所有的钱，直到忽然想起了他的徒弟，他知道自己死期将至，可那孩子在等他回去。

茫茫雪野，皑皑群山，天地之间攒动着一个黑点。走近时，老瞎子的身影弯得如一座桥。他去找他的徒弟。他知道那孩子目前的心情、处境。

他想自己先得振作起来，但是不行，前面明明没有了目标。

他一路走，便怀恋起过去的日子，才知道以往那些奔奔忙忙兴致勃勃地翻山、赶路、弹琴，乃至心焦、忧虑都是多么欢乐！那时有个东西把心弦扯紧，虽然那东西原是虚设。老瞎子想起他师父临终时的情景。他师父把那张自己没用上的药方封进他的琴槽。"您别死，再活几年，您就能睁眼看一回了。"说这话时他还是个孩子。他师父久久不言语,最后说:"记住,人的命就像这琴弦,拉紧了才能弹好,弹好了就够了。"……不错,那意思就是说:目的本来没有。老瞎子知道怎么对自己的徒弟说了。可是他又想:能把一切都告诉小瞎子吗?老瞎子又试着振作起来,可还是不行,总摆脱不掉那张无字的白纸……

在深山里,老瞎子找到了小瞎子。

小瞎子正跌倒在雪地里,一动不动,想那么等死。老瞎子懂得那绝不是装出来的悲哀。老瞎子把他拖进一个山洞,他已无力反抗。

老瞎子捡了些柴,点起一堆火。

小瞎子渐渐有了哭声。老瞎子放了心,任他尽情尽意地哭。只要还能哭就还有救,只要还能哭就有哭够的时候。

小瞎子哭了几天几夜,老瞎子就那么一声不吭地守候着。火光和哭声惊动了野兔子、山鸡、野羊、狐狸和鹞鹰……

终于小瞎子说话了:"干吗咱们是瞎子!"

"就因为咱们是瞎子。"老瞎子回答。

终于小瞎子又说:"我想睁开眼看看,师父,我想睁开眼看看!哪怕就看一回。"

"你真那么想吗?"

"真想,真想!——"

老瞎子把篝火拨得更旺些。

雪停了。铅灰色的天空中,太阳像一面闪光的小镜子。鹞鹰在平稳地滑翔。

"那就弹你的琴弦,"老瞎子说,"一根一根尽力地弹吧。"

"师父,您的药抓来了?"小瞎子如梦方醒。

"记住,得真正是弹断的才成。"

"您已经看见了吗?师父,您现在看得见了?"

小瞎子挣扎着起来,伸手去摸师父的眼窝。老瞎子把他的手抓住。

"记住,得弹断一千二百根。"

"一千二?"

"把你的琴给我,我把这药方给你封在琴槽里。"老瞎子现在才弄懂了他师父当年对他说的话——咱的命就在这琴弦上。

目的虽是虚设的,可非得有不行,不然琴弦怎么拉紧?拉不紧就弹不响。

"怎么是一千二,师父?"

"是一千二,我没弹够,我记成了一千。"老瞎子想:这孩子再怎么弹吧,还能弹断一千二百根?永远扯紧欢跳的琴弦,不必去看那张无字的白纸⋯⋯

这地方偏僻荒凉,群山不断。荒草丛中随时会飞起一对山鸡,跳出一只野兔、狐狸,或者其他小野兽。山谷中鹞鹰在盘旋。

现在让我们回到开始:

莽莽苍苍的群山之中走着两个瞎子,一老一少,一前一后,两顶发了黑的草帽起伏攒动,匆匆忙忙,像是随着一条不安静的河水在漂流。无所谓从哪儿来、到哪儿去,也无所谓谁是谁⋯⋯

1985 年 4 月 20 日

长篇小说

葵林故事（上）[1]

121

当C无边的梦想变成了一种具体的噩梦，那时，以及在那样的情绪里，我经由诗人的消息听见了葵林里的故事。

诗人L成为消息，在这个叫作地球的地方流传。有一年，他在葵花盛开的季节走进了北方的葵林。

北方，漫山遍野的向日葵林里散布着很多黄土小屋，荆笆和黄土砌成的墙，荆笆和黄土铺盖的顶。那是养蜂人住的。黄土小路蛇似的钻在葵林里，东弯西拐条条相连，蜂飞蝶舞，走一阵子便能看见一间那样的小屋，或者有养蜂人住着，或者养蜂人已经离开，空空的土屋里剩一张草垫和一只水缸。养蜂人赶着车拉着他们的蜂箱，在那季节里追随着葵花的香风迁徙，哪儿的葵花开得旺盛开得灿烂开得漂亮，他们就到哪儿去，在那儿的小土屋里住些日子。几十只也许上百只蜂箱布置在小屋四周，

---

[1] 选自长篇小说《务虚笔记》十三章第121—131节。

数万只蜂儿齐唱,震耳欲聋,使养蜂人直到冬天耳朵里仍然是起起落落的蜂鸣,上瘾似的梦里也闻见葵花的香风。

诗人L在这个叫作地球的地方到处流浪,每时每地都幻想他的恋人忽然出现在他眼前。有一天他走进了北方无边无际的向日葵林,从日出走到日落,在葵花熏人欲醉的香风中迷了方向。天黑时他走到一个养蜂老人的小土屋,在那儿住了一宿。

养蜂老人问:"你这是要到哪儿去呢?"

诗人L说:"没一定,随便哪儿。"

老人笑笑,说:"我不信。"

老人拿来干粮和新鲜的葵花蜜让诗人充饥,不再多问。

L贪馋地吃着,说:"我不是要到哪儿去,我是哪儿都要去。"

老人微笑着摇头,闭目听着门外他的蜂群陆续归巢。

L说:"真的,要是我不能走遍地球,那不可能是因为别的,只是因为我来不及。"

老人说:"我可不管什么地球不地球。我是问你,心里想着要去找什么?"

诗人不语,看着养蜂的老人。

老人暗笑,吹熄了灯,不再问。

月光似水,虫鸣如唱,夜风吹动葵叶浪涛似的一阵阵地响。

诗人不能入睡,细细地听去,似乎在虫鸣和叶浪声中,葵林中这儿那儿隐隐约约似有一种更为熟悉的声音。

他问老人那是什么声音。

养蜂的老人说:"笑声,要不就是哭声。"

L问:"谁呀?怎么回事?"

养蜂的老人笑道:"年轻人,谈情说爱呢。"

老人说:"葵花叶子又都长得又宽又大了,这会儿,密密层层的葵花叶子后头少说也有一千对儿姑娘小伙儿在赌咒发誓呢。"

养蜂的老人说:"这地方的孩子都是在这葵林里长大的,都是在这茂密的葵林里知晓人事的。"

养蜂的老人说:"这儿的姑娘小伙儿都是在这季节,在这密不透风的葵花叶子后面,头一回真正看见男人和女人的。"

老人说:"蜂儿在这季节里喝醉了似的采蜜,人也一样,姑娘小伙儿都到了时候。"

老人说:"父母认可的,到这儿约会,说不完亲不够,等不及地要看看女人的身子。家里反对的呢,到这儿来幽会,说呀哭呀一对泪人儿,赌咒发誓死不分开。可女人心里明白,这身子也许难免要给了别人,就在这葵花下自己做主先给了自己想要给的男人。"

老人说:"那就是他们的声音。"

老人说:"我在这儿养蜂儿养了一辈子,听的见的多啦。有的后来成了亲,有的到了还是散了,有的呢,唉,死啦。"

养蜂的老人说:"真有那烈性的男人和女人,一个人跑到这儿喝了毒药,不声不响地死了。也有的俩人一块跑到这儿,把旧衣裳都脱了,再亲热一回,里里外外换上成亲的衣裳整整齐齐漂漂亮亮,一瓶毒药俩人分着喝了,死在这密密匝匝的葵花林子里一夏天都没人知道。"

养蜂的老人说:"这一辈子听的见的数不清。有多少性命是在这儿种下的,有多少性命是在这儿丢下的呀,世世代代谁能数得清?"

养蜂老人讲了一宿这葵林中男人和女人的故事。其中一个,似曾相识。

122

当年,葵花林中的一个女人,也是(像 O 曾经对青年 WR)那样说的:"我不会离开这儿,你听见了吗?"她说:"只要葵花还是葵花我就还在这片葵花林里。你要是回来了,要是我爹我娘还是不让你进门,你就到那间小土屋去找我。"

葵花林中的一个男人说:"用不了几年我就回来。那时不管你爹你娘同不同意,我们就成亲,就在那间小土屋里。有你,有我,有那间小土屋就够了。"

葵花林里的女人说:"我就在这儿,哪儿也不去,我就在这葵花林里一直到老,等你。"

葵花林中的男人说:"不会的,用不了那么久,最多三年五年。"

那女人说:"一百年呢,你等吗?头发都白了你还等吗?"

那男人说:"不,我不等,我一回来我就要娶你。最多七年八年。"

"要是我爹我娘不让我在这儿,要是我们搬到城里,我也会常到那小土屋前去看看,看你回来没。"

"我会托人给你捎信来。"

"要是你没法捎信来呢？"

"我总能想办法捎信来的。"

"你的信往哪儿捎呢？"葵花林里的那个女人说，"我们要是搬了家，你回来，就到那间小土屋去找我。在屋里的墙上有我的住址。我搬到哪儿去我都会把我的住址写在小屋的墙上。然后你就给我捎信来，你就在那间小土屋住下等我来，我马上就来，我爹我娘他们不知道那间小屋……"

我想，这小土屋可能就是Z五岁那年跟着母亲去过的那间小土屋。这女人呢，就是Z的叔叔和Z的母亲谈话之间说起的那个女人吧（她有一个纤柔的名字）。那么，这男人就是Z的叔叔了。

123

诗人问："后来呢？他回来了吗？"

养蜂老人说："回来过。"

诗人问："女人呢，还在等他？"

养蜂老人说："女人死啦。"

诗人问："死了？她爹娘逼的？"

养蜂老人说："未必像你想的那么简单。"

养蜂老人说："那姑娘她爹是这地界的大地主，这方圆几百里的葵花地都是他的。"

老人说:"先是姑娘的爹妈不让她跟那么一个不老老实实念书领头闹学潮的人好。那时候他们俩常来这葵林里见面,我碰上过,那男的魁魁伟伟真是配得上那姑娘。后来政府张榜捉拿领头闹事的学生,那男人跑了,一走好几年不知道去了哪儿。再后来,咱们的队伍打赢了,那男人跟着咱们的队伍打过来,打赢了,都说这下好了,真像那古书上说的穷秀才中了状元,这下姑娘她爹还有什么说的?可谁料想,男的这边又不行了。"

L问:"他不要她了?"

老人说:"那倒不是。"

L问:"那,为什么?"

老人说:"阶级立场。阶级立场你懂吗?男的这边的组织上,不让他跟那么个大地主的闺女成亲。"

老人说:"他们就又来这葵花林子里见面。夜里,蜂儿都回窝了不叫了,月亮底下,葵花的影子里,能听见那女人哭。听不见那男人说话但听得见他跟那女人在一起,光听见那女人一宿一宿地说呀说呀,哭呀,那男的什么话都不说。好多日子,夜夜如此。直到后来,组织上说这影响不好,把男的调走了。"

老人说:"那男人走了。那女人就死在这葵花林里,死在那边一间小土屋子里。人们把她的尸首抬出来,就地埋了。我亲眼见了,那姑娘如花似玉可真是配得上那男人。"

诗人问:"以后呢?"

养蜂老人说:"有好些年,那间小土屋子里就闹鬼。"

诗人问:"真的?"

养蜂老人说:"第二年,有个也是养蜂的人住在那儿,半夜里睡得好好的忽然就醒了,听见有女人哭,听见那女人就在小土屋外的葵花林子里哭,像是一边走一边哭,一会儿在这儿一会儿在那儿,可是不离开那小土屋周围。那个养蜂的想爬起来看看,可是动弹不得,心里明明白白的可就是动弹不得。那女人的哭声真真儿的,可那个养蜂的一动也动不了,还听见那女人说'原来你的骨头,没有一点儿男人'。"

"什么,她说什么?"

"她说'原来你的骨头没有一点儿男人'。"

诗人L问:"这是她说的吗?你没有记错?"

老人说:"不是她还有谁?那就是她呀。"

诗人说:"唔,老天!她真是这么说的吗?她还说了什么?"

老人说:"她只说这么一句。'原来你的骨头没有一点儿男人……原来你的骨头没有一点儿男人……'翻来覆去就这么一句话。这话听着蹊跷,像似有些来由,说不定是一句咒语,那个养蜂的听得清清楚楚可是想动弹怎么也动弹不得。直到月亮下去,那女人才走,那女人的哭声没了那个养蜂的才能动弹了。"

养蜂老人说:"那个养蜂的第二天来跟我说,说他不敢住那儿了,要跟我一起住。我不信他说的。第二天夜里我跟他换了地方住。"

诗人问:"怎么样呢?"

老人说:"一点儿不假,真的。"

诗人问:"真的?你不是做梦吧?"

老人说:"我就没打算睡,想看个究竟。"

诗人问:"不是她还活着吧?"

老人说:"不,她死了。她还是死了的好。"

养蜂老人说:"月亮上来时我出去撒了泡尿,四周的葵花林子里只有蛐蛐儿呀蛤蟆呀不住地叫,葵花叶子像平时一样,让风吹得摇晃,发了水似的响。刚回到屋里躺下,可就动弹不得了。我听见她来了,听得真真儿的。她在那屋前哭一阵子,又到那屋后哭一阵子,左左右右总不离开那屋子周围,也不进来,还是那句话,'原来,你的骨头没有一点儿男人','原来你的骨头,没有一点儿男人',呜呜咽咽地就这么一句话颠来倒去地说。那个养蜂的没瞎说,我想爬起来瞧瞧,可说不清怎么的,一点儿也动弹不得。动不得,可我心里清清楚楚的,我估摸那时辰正是当年她和那男人幽会的时候。"

养蜂老人说:"月亮下去天快亮时她才走。我看见月亮光慢慢儿地窄了,从窗户那儿出去了,我听见屋外的风声小了,哭声停了,我觉着身子轻了些,能动弹了。我坐起来,扒着窗户瞧瞧,葵花林子静静儿的像是什么事都没有,天蒙蒙地要亮了。我出来瞅瞅,在她哭过走过的地方瞅瞅,瞅不出有什么特别的。脚印儿都没有,一点儿痕迹都没留下。"

L问:"后来呢?"

老人说:"天亮时那个养蜂的来了,问我怎么样。我说咱俩一块儿去报告吧,互相做个证明。"

老人说:"我们跑到乡政府报告了。来了一个排长,带了一个兵,俩人在那儿住了一宿。"

L问:"怎么样呢?"

老人说:"一个样儿。俩人都带了枪,可是听见那女人的哭声,俩人就都不能动弹,想摸枪,枪就在身上可是人动不了,想喊也喊不出来。"

诗人L问:"他们也听见那句话了吗?"

养蜂的老人说:"一模一样,一字不差还是那句话。天亮了那排长去报告了连长,连长报告了营长,营长报告了团长。当天晚上团长来了,那团长大半不是个凡人,一个人在那儿睡了,卫兵也不要,真也怪了,一宿安安静静的什么事也没有。结果那个倒霉的排长给撤了职。"

124

养蜂老人讲的那个男人,看来并不是Z的叔叔,或者似是而非,似非而是。

因此就我的印象而言,葵花林里的那个男人,也可以是Z的叔叔,也可以不是Z的叔叔。比如说,也可以是F医生的父亲,或者别的什么人。比如说也可以是——不论为了什么事业、什么信仰,不论为了什么缘故,不得不离开了葵花林里的一个女人的其他男人。

如果那个男人,像养蜂老人所说,他回来过,但是不能与葵花林里的那个女人结婚,于是又离开了那块葵花盛开的土地,他很有可能就是Z的叔叔。如果那个女人没死,一直还在这个世界上,在这片无边无际的葵林里,那个男人,就是Z的叔叔。但如果那个女人,像养蜂老人所说,已经死去,在那个男人走后独自跑到葵林里去死了,那个男人就不再是Z的叔叔,而是别的什么人了。

Z的叔叔那次回到故乡,正是漫山遍野的葵花开得最自由最漂亮的时节。那天Z跟着爷爷去看向日葵,在向日葵林里与叔叔不期而遇,Z偎在爷爷怀里感到爷爷从头到脚都抖了一下。叔叔站在几步以外看着爷爷,脸上一丝笑意也没有。叔叔和爷爷谁也不说话,也不动,互相看了很久。后来爷爷把Z放下,叔叔便走过来看看Z,摸摸他的头。叔叔对Z说:"你应该叫我叔叔。"叔叔蹲下来,深深地看着Z的脸:"肯定就是你,我是你的亲叔叔呀。"Z觉得,他这话实际是说给爷爷听的。

爷爷心里明白,叔叔是为谁回来的。爷爷当然知道,但爷爷不敢告诉叔叔,葵花林里的那个纤柔的名字——那个女人,已经是别人的妻子了。

叔叔对Z说:"回去告诉你妈妈,说我回来了,让她到我这儿来好吗?"

Z说:"你这儿是哪儿?你不跟我们一起回家吗?"

叔叔站起身,看着爷爷,看了很久,问了一声"您身体还好吗",就朝葵林深处去了。

Z问爷爷:"叔叔他要去哪儿?"

爷爷不回答,眼泪流进心里。但是爷爷心里有了希望:只要葵花林里的那个女人活着,他就还有机会再见到自己的儿子,不管那女人嫁了谁只要她不离开这儿,儿子他就还会回来。爷爷相信必是会这样,他知道自己的儿子。所以他就又想起Z的父亲,Z的父亲至今不回来,肯定是他想回来但是没法回来,要不就是他真的死了。爷爷的眼泪流进心里。

爷爷在葵林边的土埂上坐下,空空地望着叔叔消失于其中的那片葵林,望着已经升高的太阳,把孙子搂在怀中。

"爷爷,叔叔他去找谁?"

"孩子,你将来长大了,爷爷只要你记住一件事,不要把自己的秘密告诉别人,也不要知道别人的秘密。"

"什么是秘密?"

"这你长大了自然就会懂得。爷爷只要你记住,不要去听别人的任何秘密,要是别人想告诉你什么秘密的事,你不要听。要是别人想对你说什么秘密,说那是秘密不能泄露给其他人,那样的事,你干脆不要知道,你不要让他告诉你,你不要听,如果别人要对你说,你别听,你走开,不听。记得住吗?"

"为什么?"

"你将来会懂的,那是比死还可怕的事。在你没有弄懂之前,记住爷爷的话行吗?千万记住,你的秘密不要对别人说,别人的秘密你也不去听。嗯?能记住吗?"

125

因为,葵花林里的那个女人,是叛徒。

"×××是叛徒。"这样的话我们非常熟悉。比如说,是很多电影里的台词。葵花林里的那个女人就是这样,是叛徒,而且不是冤案。

我们因此想象一个叛徒的故事，即一个革命者不慎被敌人抓住，被严刑拷打，被百般威胁，然后成为叛徒的经过。怎样想象都可以，都不为过，只要她终于屈服，成为叛徒，她就是葵花林里的那个女人。

因为我听说世界上有这样的人，有这样的女人。

至于葵花林里的那个女人成为叛徒的经过，Z的叔叔从来不曾说起。所以需要想象，根据古往今来数不尽的这类故事、这类传说，去想象一种经历。

那个女人是那个男人的初中同学，两个人十三四岁的时候在一所学校里念书，在北方那座县城的中学，同在一个班上。初中毕业后那女人不再上学，Z的叔叔继续读高中，读师范。初中毕业后两个人很少相见。但对于一个日益成为女人的少女来说，对于一个正在长成男人的青年来说，很少的相见足以创造出不尽的梦想了。很少的相见，会使他们记起两小无猜的儿童时代，记起他们在葵花林里跑迷了路互相喊着对方的名字，记起他们一起在月移影动的葵花林里捉蛐蛐儿、手拉着手在骄阳如火的葵花林里逮蝈蝈，记起女孩儿纳罕地看着男孩儿撒尿惊讶他为什么可以那样撒尿，记起他们在密密的葵林深处忽然发现了他们的哥哥，然后又在哥哥的怀里发现了他们的姐姐。很少的相见，但每一次都令他们心惊神荡，看见对方长大了，发现对方身体的奇妙变化，那光景大致很像诗人L的夏天吧。

有一天（当然是有一天），少女在葵花林里走着，青年忽然跳出在她面前，把她吓了一跳。他呢，满脸通红窘得说不清话，很久她才听清，他是说他要借给她一本书，他说她应该看书，说

只要葵花还是葵花我就还在这片葵花林里。

可以不上学但不可以不看书,不应该不关心世界上正在发生着什么。当然,肯定他还说了些别的什么,那情景可以想象,大约又与WR和O很相似,与WR和O在一排排书架间再次互相发现的时刻相似,但周围不是林立的书架和一万本书,只不过换成了万亩葵林和葵花阵阵袭人的香风。

是的,可能会有一只白色的鸟正飞在天空。永恒地飞在这样的时刻。

他不断地借书给她,她不断地把书还来,在密密的葵林里,越走越深。直到天上那只白色的鸟穿云破雾,美丽的翅膀收展起落,掀动云团,挥洒细雨。那时,如果另外的两个孩子碰巧走进葵林,在宽大重叠的葵花叶子下避雨,就会看见并且会饶有兴致地问自己——他们在干吗?他们的姐姐怎么会跑到了他们的哥哥怀中?

经由那些书,男人把女人带进了一种秘密,那种秘密被简单地称作:革命。女人,开始在那间小土屋前为一群男人放哨。当然,她心甘情愿,那秘密所描画的未来让她激动不已,憧憬联翩。她独自在小土屋周围走来走去,停下来细听虫鸣的变化,走到葵林边,拨开葵叶四处眺望,阳光明媚或者雷雨轰鸣或者月走星移,她感到奇妙的生活正滚滚而来因而感到从未有过的骄傲。(我想,几十年后少年诗人去"革命大串联"的时候,必也是这样的心情吧。一代一代,那都是年轻人必要的心情。)以后她又为他们送信,传递消息和情报,便不可避免地参与进那种秘密,知道了也许是她的软弱所不应该知道的事情。但她的软弱并不排斥那秘密中回荡着的浪漫与豪情,她真心地相信自己走进了真理，那真理不仅可以让所有的人幸福，而且也可以使她坚强，使她成为她所羡慕的人，和他所喜欢的人，使她与她所爱的男人命运相联，使她感到她是他的同志、他们的自己人。

这豪情，这坚强，或者还有这浪漫，便在那男人不得不离开北方老家的那个夜晚，使这女人一度机智勇敢地把敌人引向迷途，使男人脱离危险；那大智大勇，令男人惊讶，令敌人钦佩。

那夜晚，Z的叔叔最后看了一眼病重的母亲，与Z的父亲告别，之后，到了葵花林中的那座小土屋，女人正在那儿等他。男人的影子一出现，女人便扑上去。两个影子合为一个影子。寂静的葵林之夜，四处都是蟋蟀的叫声，各种昆虫的歌唱。时间很少了，他们只能互相亲吻，隔着衣服感到对方身体的炽热和颤抖。时间太少了，女人只是说"我等你，我等你回来，一百年我也等"，男人说"用不了那么久，三年五年最多七年八年，我就会回来，我回来我就要娶你"。时间太少了，况且大部分时间都用于亲吻，感受对方丰满或强健的身体，感受坚韧与柔润的身体之间炽热的欲望和颤抖着的向往，所以不见得能说很多话。

女人说："回来，就到这小土屋来找我，要是我搬了家，地址，会写在这墙上。你说一遍。"

男人说："回来，就到这小土屋来找你，要是你搬了家，地址会写在这墙上。"

女人说："要是这小屋没有了，你还是要在这儿等我，地址，我会写在这周围所有的葵花叶子上。你说一遍。"

男人说："要是这小屋没有了，我还是到这儿来等你，你的地址,会写在这周围所有的葵花叶子上。"

女人说:"你回来,要是冬天,要是小屋没有了,葵花还没长起来,我的地址会写在这块土地上。"

男人说:"我回来,要是在冬天,要是小屋没有了葵花也还没长起来,你的地址,就写在这块土地上。"

这时,葵花林中的虫鸣声有些异常。男人和女人轻轻地分开,他们太熟悉这葵花林子的声音了,他们屏住呼吸四目对视,互相指出自远而近的异常变化:仿佛欢腾的世界开始缩小,仿佛乐队的伴奏逐步停止,一个声部一个声部地停下去,寂静在扩大随之欢腾在缩小。他们搂在一起又听了一会儿。毫无疑问,远处的虫鸣正一层层地停下去,一圈圈地停下去,一个寂静的包围正在缩紧。不用说,有人来了。分明是有人来了。不止一个,不止几个,是一群,很显然是敌人来了,从四面而来。

惊慌的男人拉起女人跑。

软弱的女人瞬间明白,这是她应该献身的时候。很久以来她那浪漫的豪情中就写下了"献身"这两个字。

女人挣脱男人,匆忙向他嘱咐几句话,之后转身向另一个方向跑。男人一把没拉住她,她已经跑开了。纤柔的身体刮动得葵花叶子响,她有些怕,伸手安抚一下层层叠叠的葵叶,于是获得灵感,知道了这响声的妙用,这是能够拯救她的男人的响声呀,她便愈加放浪地跑起来,张开双臂,像一只在网中扑打的鸟抑或一条在池塘里乱蹦的鱼,她故意使葵花叶子如风如浪地喧嚣……

她停住脚步听一听,男人似乎远了,敌人似乎近了,在小屋前放哨时的骄傲感于此时成倍地扩大。她怕男人走得还不够远，怕敌人来得还不够近，她站在那儿说起话来，"啊，我是你的，我是你的，我从头到脚都是你的呀……"从来想说而羞于说的话，现在终于说出口，感觉真好，这感觉无比美妙，她继续说下去，"啊吻我，吻遍我吧，我永远都是你的你知道吗，哦，你随便把她怎么样吧那都是你的……"她激动地呻吟，不断地说下去，"啊，我的人呀，你多好，你多好看，你多么壮啊，你要我吧，你把我拿去吧，把我放在你的怀里，放在那儿，别丢了，和我在一起，永远，别丢了，别把我丢了……"没有虫鸣的月光多么难得，没有虫鸣的葵林之夜千古难寻，养蜂的老人说过，那夜出奇地寂静，只有一个女人的话语，清清朗朗，在地上，在天上，一个女人的声音在向日葵的每一片叶子上面。

没有虫鸣，一点儿也没有了。敌人近了，她知道。我相信那时候她未必是一个革命者，在那个时间里她只是一个恋人，一个炽烈的恋人或者：一个，疯狂的诗人。

枪声响起来了，乒乒乓乓四周都响起了枪声，有些子弹呼啸着从她的头顶上飞过，穿透葵叶，折断葵秆，打落葵花……她竟一点儿也没怕，又跑起来，在月光下掀动得葵叶也在呼喊："等等我，你等等我呀，我在这儿你拉我一把呀……噢，你慢点儿吧，我跑不动啦……不不，我不用你背我，不，我不用，我还行……"喊声并不扩大，并不扩大到让远去的男人听见，只喊给来近了的敌人听，为敌人指引一条迷途，指向一个离开她的恋人越来越远的方向。到底是什么方向，没时间去想，她满怀激情地跑，跑在皓月星空之下，跑在绿叶黄花之中，跑在诗里，她肯定来不及去想：这也许真正是离开她的恋人越来越远的方向，从此数十年天各一方……

　　我的想象可能太不实际，过于浪漫。成为叛徒的道路与通向理想的道路一样，五光十色奇诡不羁，可以想象出无穷无尽罄竹难书的样式。但这些故事，结尾都是一样，千篇一律。诗情在那儿注定无所作为，那是一片沙漠，或一眼枯井，如此而已，不给想象力留出任何空间。那儿不再浪漫，那儿真实、坚固，无边的沙砾或者高高的井壁而已。从古至今，对于叛徒，世界没有第二种态度，对叛徒的归宿不给予第二种想象。一个叛徒，如果不死，如果活着，除了被千夫所指万人唾骂之外没有第二种后果。人们一致认为，叛徒比敌人更可怕，更可憎恶，叛变是最可耻最可鄙视的行为。对此，全人类的意见难得地一致。自从我睁开眼睛看见这个世界，我日复一日地看它，一天又一天地走向它，试图接近它，谛听它的深处，但除去对叛徒的看法，迄今我没有发现再有什么事可以使全人类的意见如此统一。在这件事情上，没有持不同意见者，包括叛徒本人。所以，葵林深处那个女人的故事，不可能有第二种继续。就在她激情满怀，在葵林里说着跑着喊着伸开双臂兴风作浪之时，她已经死了。即便她不被敌人杀死，也不被"自己人"除掉，她也已经死了，在未来的时间里她只是一个叛徒，一个可憎可恶可耻的符号，一种使英雄豪杰志士仁人得以显现的背景比照。未来的时间对于她，只是一场漫长的弥留了。

126

　　敌人审问她，严刑拷打她，必然如此。听起来简单，但那不是电影中的模仿，是实实在在无止无休的折磨。无所不用其极的刑法，不让你死只让你受的刑法，让你死去活来，让你天赋的神经仅仅为疼痛而存在。刑法间歇之时，进化了亿万年的血肉细胞尽职尽责地自我修复，可怜的神经却知道那不过是为又一次疼痛做的准备。疼痛和恐惧证明你活着，而活着，只是疼痛只是恐惧，只是疼痛和恐惧交替连成的时间。各种刑法，我不想（也不能）一一罗列，但那些可恶又可怕的东西在人类的史料中都有记载，可以去想象（人类在这方面的想象力肯定超过他们的承受力，因为这想象力是以承受力所不及为快意的），可以想象自己身历其一种或几种，尤其应该想象它的无休无止……

　　也许，敌人还要当众剥光她的衣裳，让她在众人面前一丝不挂，让各种贪婪的眼睛猥亵她青春勃发的骨肉。但这已不值一提，这与其他刑法相比并无特殊之处。猥亵如果不是经由勾引而是经由暴力，其实就只有猥亵者而没有被猥亵者，只有羞辱者而没有被羞辱者。

　　也许，狱卒们在长官的指使下会轮奸她？也许会的。但她无力反抗无法表达自己的意志，在她，已经没有了责任。她甚至没有特殊的恐惧，心已僵死心已麻木，只有皮肉的疼痛，那疼痛不见得比其他刑法更残酷。她不知道他们都是谁，感觉不到他们之间的差别，甚至辨认不出周围的嘈杂到底是什么声音，身体颠簸、颠簸……她感到仿佛是在空茫而冷彻骨髓的大海上漂流……所以对于她，贞操并没有被触动。

暴行千篇一律。罪恶的想象力在其极端，必定千篇一律。

（未来，我想只是在未来她成为叛徒之后，在生命漫长的弥留中，她才知道更为残酷的惩罚是什么。）

在千篇一律的暴行中，只有一件独特的事值得记住：她在昏迷之前感到，有一个人没有走近她，有一个狱卒没有参加进来，有个身影在众人狂暴之际默然离开。她在昏迷之前记住了那双眼睛，那双眼睛先是闭上，然后挤出人群，在扭歪的脸、赤裸的胳膊、腿、流汗的脊背，和狂呼怪叫之间挤开一条缝隙，消失不见。（这使我想到几十年后，少年 Z 双唇紧闭，不声不响地走出山呼海啸般狂热的人群时的情景。）

127

葵花林里的那个女人，她确实有过一段英勇不屈的历史。

在那段时间里，家家户户不大在意地撕去了几页日历，葵花籽多多少少更饱满了一些，气温几乎没有变化，葵花林里蜂飞蝶舞，昆虫们昼夜合唱激情毫不衰减，但她，在那段时间里仿佛度过了几个世纪。

我们可以想象她的煎熬，想象的时候我们顺便把身体在沙发上摆得更舒服些，我们会愤怒，我们会用颤抖的手去点一支烟，我们会仇恨一个黑暗的时代和一种万恶的制度。我们会敬佩那个女人，但，这是有条件的。如果葵籽多多少少饱满了一些之后，那女人走向刑场英勇赴死，那几天的不屈便可流芳百世，令我们感动令我们缅怀。但如果气温几乎没有变化，那个女人终于经受不住折磨经受不住死的恐吓而成为叛徒，那几个世纪般的煎熬便付之东流在历史中不留任何痕迹。历史将不再记起那段时间。历史无暇记住一个人的苦难，因为，多数人的利益和欲望才是历史的主人。

历史不重过程，而重结果。结果是，她终于屈服，终于说出她并不愿意说的秘密，说出了别人让她知道但不让她说的那些秘密。她原以为她会英勇不屈到底，她确实有过那么一段颇富诗情画意的短暂历史，但酷刑并不浪漫，无尽无休的生理折磨会把诗情画意消灭干净。

何况世界还备有一份过于刁钻的逻辑：如果所有人都能英勇不屈，残暴就没有意义了；残暴之所以还存在，就因为人是怕苦怕疼怕死的。听说，什么也不怕的英雄是有的，我常常在钦佩他们的同时胆战心寒。在残暴和怯弱并存的时间，英雄才有其意义。"英雄"这两个字要保留住一种意义，保留的方法是：再创造出两个字——叛徒。

她成了叛徒。或者说，成了叛徒的一个女人恰好是她，是葵花林里的那个女人。这使另外的人，譬如我，为自己庆幸。那些酷刑，在其灭亡之后使我愤怒，在其畅行时更多地让我庆幸——感谢命运，那个忍受酷刑和那个忍受不住酷刑的人，**刚好都不是我**。

几十年中很多危险的时刻，我记得我都是在那样的庆幸中走过来的。比如在那个8月我的奶奶被送回老家的时候，比如再早一些,当少年 WR 不得不离开母亲离开家乡独自去远方的时候,我就已经见过我阴云密布的心在不住地庆幸,在小心翼翼地祈祷厄运不要降临于我。

128

葵花林里的女人成了叛徒,这不是冤案这是事实。

一种可能是,面对死的威胁,她没能有效地抵制生的欲望。她还没来得及找到——不,不是找到,是得到——她还未及得到一条途径,能够使她抵挡以至放弃生的欲望。这途径不是找到的,没有人专门去找它,这途径只能得到。有三种境界能够得到它:一是厌世;她没有,这很简单,没有就是没有,不能使她有。二是激情,凭借激情;比如说在那个没有虫鸣的葵林之夜,在敌人的枪声中她毫无惧色,要是敌人的子弹射中了她,她便可能大义凛然地死去,但是那机会错过了,在葵籽更为饱满了的那些日子里,敌人留给她很多时间来面对死亡。三是坚强的意志,把理想和意志组成的美德看得比生命更重要;她不行,不行就是不行,有的人行有的人不行,葵花林里的这个女人恰恰不行,她也许将来能行,但当时她不行。她贪生怕死。虽然每个人都有生的欲望和生的权利,但在葵林故事里,在葵林故事并不结束的时间和空间里,贪生怕死注定是贬义的、可耻的,是无可争辩的罪行。

贪生怕死——今天,至少我们可以想一想它的原因了。

也许是因为她还想着她的恋人,想着他会回来,想着要把她的地址写在小土屋的墙上,想着如果他回来,在葵花林里找不到她,他会怎样……想着他终于有一天回来了,她要把自己交到他的怀里,她还没有闻够那个男人的气味儿,没看够那张英武的脸,没有体会够与他在一起的快乐和愁苦,没有尝够与那个结实的体魄贴近时的神魂飞荡……

当然也可能非常简单,仅仅因为她对虚无或对另一种存在充满恐惧,对死,有着无法抵挡的惧怕。

再有一种可能是,她无能权衡利弊,无能在两难中比较得失。比如说,敌人把她的亲人也抓了来(我们听说过很多很多这类"株连"的事),把她的母亲和妹妹抓了来,威胁她,如果她不屈服,她的母亲和妹妹也要有她一样的遭遇。那时候她没能够想到人民、更多的人的长远利益、社会的进步和人类的方向,就像她没有得到拒绝生的方法一样,她也没有找到在无辜的人民和无辜的亲人之间做出取舍的方法,没有找到在两个生命的苦难与千万人的利益之间做出选择的逻辑。看着母亲,看着妹妹,两个活生生的性命,真实的鲜血和号叫,她的理智明显不够。或者是智力,人的智力于此时注定不够。我常想,如果是我,如果我是她呢我怎么办?怎么选择?我能想到的惟一出路是死,我去死,不如自己先去死,一死了之,把后果推给虚无,把上帝的难题还给上帝。但是,如果万恶的敌人不让你先死呢?你不能一死了之呢?你必须做出选择呢?我至今找不到答案。两个亲人两个鲜活的性命真真切切在她眼前,她选择了让她们活下去让她们免受折磨……为她们,葵花林里的那个女人说出了秘密。

当然还可以有很多种设想，无比的浪漫，但无比的浪漫必要与无比的现实相结合。

129

Z的叔叔第一次回到老家，差不多可以算是没有见到他当年的恋人。他走进葵花林，找到了当年那间小土屋。小屋很破败了，像是多年没有人用过的样子。在那小土屋的墙上，没有她的地址，没有她留下的话，没有她的一点点痕迹。一切都与当年一样：太阳，土地，蜂飞蝶舞，无处不在的葵花的香风，和片刻不息的虫鸣。好像他不曾离开，从未离开过。蜜蜂还是那些蜜蜂？蝴蝶也还是那些蝴蝶？无从分辨。它们没有各自的姓名，它们匆匆地或翩翩然出现，又匆匆地或翩翩然消失，完全是它们祖辈的形象和声音。葵花，照旧地发芽、长大、开花，黄色的灿烂的花瓣，绿色的层叠的叶子，世世代代数不尽的葵花可有什么不同吗？太阳和土地生养它们，毁灭它们，再生养它们……它们是太阳的功能？是土地的相貌？还是它们自己呢？虫鸣声听久了，便与寂静相同，让人不安，害怕自己被淹没在这轰隆隆的寂静里再也无法挣脱。太阳渐渐西沉，葵林里没有别人来，看样子不会有谁来了。仿佛掉进了一本童话书，童话中一个永恒的情节，一个定格的画面。小时候我看过一本童话书，五彩的图画美丽而快乐，我不愿意把书合起来，害怕会使它们备受孤寂之苦。Z的叔叔试着叫了一声那个纤柔的名字，近旁的虫鸣停下来，再叫两声,更远一点儿的虫鸣也停下来。有了一点儿变化,让人松一口气。他便更大声些,叫那纤柔的名字,虫鸣声一层一层地停下去,一圈一圈地停下去。

晚风吹动葵叶,忽然他看见一个字,一张葵叶的背面好像有一个字。他才想起与她的另一项约定,因为小土屋并未拆除,他忽略了那一项约定。

他走过去把那张葵叶翻转,是个"我"字。再翻转一张,是个"不"字。再翻转一张,是"等"字。继续翻找,是:"叛""再""是""你""徒""要"。没了。再没了。

他把有字的叶子都摘下来,铺在地上,试图摆成一句话。但是,这九个字,可以摆成好几句话:

1. 我是叛徒,你不要再等。
2. 你是叛徒,我不要再等。
3. 我不是叛徒,你要再等。
4. 你不是叛徒,我要再等。

就不能摆成别的话吗?

太阳沉进葵林,天黑了。

他摸着那些叶子,怀疑它们是不是真的。

至少,在月光下,那些叶子还可以再摆成两句话:

5. 你我是叛徒,不要再等。
6. 你我不是叛徒,要再等。

130

养蜂老人告诉Z的叔叔，那女人昨天——或三天前，或一个月前，总之在Z的叔叔回来之前，在符合一个浪漫故事所需要的时刻——已同另一个男人成亲。

葵花林里的女人从狱里出来，到那小土屋去，独自一人在那儿住了三年。葵林，在三年里一如在千百年里，春华秋实周而复始，产生的葵籽和蜂蜜销往各地，甚至远渡重洋。她一天天地等待Z的叔叔回来，等候他的音讯。她越来越焦躁不安，有多少话要对他说呀，简直等不及，设想着如何去找他。当然没处去找，不知他在何方。她向收购蜂蜜的商贩们打听，听商贩们说外面到处都在打仗，烽火连天。没人知道他在哪个战场。

焦躁平息一些，她开始给男人写信。据养蜂的老人说：一个年轻的女人，在葵花的香风中默默游荡，在葵林的月色里，在蜂飞蝶舞和深远辽阔的虫鸣中，随处坐下来给远方的男人写信。据养蜂的老人说：在向日葵被砍倒的季节里，在收尽了葵花的裸土上，一个女人默默游荡，她随时趴下来，趴在土地上，给不知在何方的那个男人写信。用眼泪，而后用誓言，用回忆和祈盼，给那男人写信。她相信不管他在哪个战场上，他必定活着，必定会回来，那时候再把这些信给他看吧。

这样，她平平安安地过了一年。据养蜂的老人说：敌人认为她已经没用了，自己人呢所谓自己人呢，相信她大概是疯癫了，战争正打得火热胜利就在眼前，顾不上去理会一个疯子。于是她过得倒也太平。春天，又一代葵籽埋进土里，她才冷静下来，葵籽发芽、长大、开花，黄色的灿烂的花瓣，绿色的层叠的叶子，这女人才真正冷静了。她忽然醒悟，男人不管在哪个战场上，他必定活着，他必定回来，但必定，他不会再要她了，他不会再爱一个叛徒。她是叛徒，贪生怕死罪恶滔天。她就是这样的叛徒，毫无疑问，铁案如山。这时她才看清自己的未来，看清了叛徒的未来，和未来的长久。据养蜂的老人说：此后那女人，她不再到处游荡，白天和黑夜都钻在那间小土屋里，一无声息。就像无法挣脱葵林里轰隆隆的寂静，她无法挣脱叛徒的声名，无法证明叛徒应该有第二种下场，只能证明：那个男人会回来，但不会再要她。

就在我的生命还无影无踪的时候，1949年，我的生命还未曾孕育的时候，这世界上已经有一个女人开始明白：未来，只是一场漫长的弥留。

革命的枪炮声越来越近，捷报频传，收购葵籽和蜂蜜的商贩们把胜利的消息四处传扬。夏天的暴雨之后，女人从那小土屋里出来，据养蜂的老人说，只有这时候她出来，认真地在葵林里捡蘑菇。据养蜂老人说：这葵林里有一种毒蘑菇，不用问，她必是在找那东西，她还能找什么呢？据养蜂老人说：见有人来了，不管是谁来了，她就躲起来，躲在层叠的葵叶后面，或是失魂落魄地跑回小土屋。

她躲起来看外面的人间，这时候她抑或我，才看到了比拷打、羞辱、轮奸更为残酷的惩罚：歧视与孤独。

最残酷的惩罚，不是来自野兽而是来自人。歧视不是来自敌人，而是来自亲人。孤独，不是在空茫而寒冷的大海上只身漂流，而是在人群密聚的地方，在美好生活展开的地方——没有你的位置。也许这仍然不是最残酷的惩罚,最残酷的惩罚是:悔恨,但已不能改变(就像时间不可逆转)。使一个怕死的人屈服的惩罚不是最残酷的惩罚,使一个怕死的人想寻死的惩罚才是最残酷的惩罚。

她在雨后的葵林里寻找那种有毒的蘑菇。据养蜂的老人说,就在这时候,另一个男人来了。老人说:这男人一直注意着这女人,三年里他常常出现在小土屋周围,出现在她所到之处,如影随形,躲在她看不见的地方注视她。他希望看到她冷静下来,打定主意要等她终于去找那毒蘑菇时才走近她。现在他走近她,抓住她的手,烫人的目光投向她,像是要把她烫活过来。

在写作之夜,诗人L或者Z的叔叔问:"他是谁?"

我想,他可能就是没有参加轮奸的那个狱卒。

写作之夜,养蜂的老人说:"对,就是那个狱卒,除了他还能是谁呢?"

诗人L或者Z的叔叔,问:"他要干什么?"

养蜂的老人说:"他要娶她。"

诗人L或者Z的叔叔,问:"他爱她?"

养蜂的老人问:"什么是爱?你说,什么是爱?"

养蜂的老人说:"他想和她在一起,就这样。他想娶她。"

葵花林里的女人想了一宿。一切都将永远一样:月夜、烛光、四季来风、百里虫鸣。那虫鸣声听久了,便与寂静相同,让人恐怖,感到自己埋葬在这隆隆不息的寂静里了,永远无法挣脱,要淹死在这葵林里面了。她试着叫了一声Z的叔叔的名字,近处的虫鸣停止,再叫一声,远些的虫鸣也停止,连续地叫那名字,虫鸣一层层一圈圈地停下去。但是，如果停下来，一旦不叫他了，虫鸣声又一层层一圈圈地响开来，依旧无边的喧嚣与寂静。无法挣脱。毫无希望。她想了一宿，接受了那个狱卒的求婚。

131

Z 五岁那年，叔叔站在葵林边，望着那女人的家。

鸡啼犬吠，土屋柴门，农舍后面的天缓缓地褪色，亮起来。他看见一个男人从那家门里出来，在院子里喂牛，一把把铡碎的嫩草撒进食槽，老黄牛摇头晃脑，男人坐在食槽边抽烟，那男人想必就是她的丈夫。屋后的烟囱里冒出炊烟，向葵林飘来，让另一个男人也闻到了家的味道。

Z 的叔叔向葵林里退几步。

那个有家的男人走回屋里去，过了一会儿端了一大碗粥出来，蹲在屋门前吸溜吸溜地喝。一只狗和几只鸡走来看他喝，侧视期盼但一无所得。这时太阳猛地跳出远山，葵花都向那儿扭过脸去，葵叶上的露水纷纷闪耀。

Z 的叔叔蹲下，然后坐在葵花下湿润的土地上。

那个有家的男人喝饱了粥，把大碗放在窗台上，冲屋里说了一声什么，就去解开牛，扛起犁，吆喝着把牛赶出柴门，吆喝着一路如同歌唱，走进玫瑰色的早霞。

Z 的叔叔站起来，走几步，站到葵林边。

狗冲着他这边连声地嚷起来，农舍的门开了。

他想：躲，还是不躲？他想：不躲，看她怎样？

所以，那女人一出屋门就看见了他。

她看见葵林边站着一个男人，尚未看清他就已经知道他是谁了。还能是谁呢？其实她早听见他来了。夜里，在另一个男人连绵不断的鼾声中，她已经分辨出他的脚步声了。那时她已经听见，一个熟悉的脚步声穿过葵林，穿过月色，穿过露水和葵花的香风，向她走来。

他看见她的肚子不同寻常地隆起来，就要为别人生儿育女了。

他不躲避，目光直直地射向她，不出声。

她也不躲避，用自己的眼睛把他的目光全接过来，也不言语。

他想：看你说什么，怎么说。

她差不多也是这样想，想听见他的声音，听见他说话，想听他说什么，怎么说。

她想：要是你问我为什么不等你，那么你还要我吗？要是你还肯要我，我现在也敢跟你走。

她想：要是你骂我是叛徒，那你就把我杀了吧。那样最好，再好没有了，再没有什么比你把我杀了更好的了。

她想：但也许，他什么都不说。就怕他什么都不说……

果然，他什么也没说，转身走进葵林。

时间在沉默中走得飞快，朵朵葵花已转脸向西，伫望夕阳了。

他们什么也没说。女人一动不动站在柴门前，望着男人走进葵林。像当年那个没有虫鸣的深夜一样，他又消失在层层叠叠的葵叶后面。葵林边，几只蜜蜂和蝴蝶，依旧匆匆或翩翩出没而已。

葵林故事(下)[1]

150

WR一步步取得着权力的时候,他不知道,这个世界的隔壁并不止于他所经历过的那样一种存在。这个世界的隔壁,并不都要空间的隔离。不需要空间的隔离,仍有人被丢弃在这个世界之外。那样的"墙壁"不占有空间,比如说只要语言就够了,比如说只要歧视的目光就足以把你隔离在另一个世界里。WR期待着更高的权力以取消人间的隔壁,这时他肯定还来不及想到,有一种"墙壁"摸不着当然也敲不响,那中间灌满的不是沙子也不是几十年的一个时代,而是历经千年而不见衰颓的一种:观念,甚或习惯。WR未必知道,这样的"墙壁"不是权力能打破的,虽然它很可能是权力的作品。这样的"墙壁"所隔开的那边,权力,鞭长莫及。

比如葵花林里的那个女人,就曾在那边,如果她还活着她就只能还在那边。

---

[1] 选自长篇小说《务虚笔记》第十六章第150—155节。

151

Z的叔叔坐了一天一夜火车,天亮时又看见了久违的葵花。火车在越来越辽阔的葵林里奔驰,隆隆声越来越弱小,仿佛被海洋一样的葵林吸收去,烟雾甩动在蓝天里,小得如一缕白色的哈气。

火车在小县城的边缘停住,Z的叔叔完全不认得这儿了,若非四野盛开的葵花,Z的叔叔想:难道就凭一个名称来寻找自己的家乡么?车站是一座挺现代的建筑,城里城外正耸立起一座座高楼,塔吊的长臂随着哨声在空中转动,街上到处是商贩们声嘶力竭的叫卖,小伙子开着摩托风驰电掣,尘土飞扬起来又落在姑娘们花了很多钱和很多时间才烫成的鬈发上,落在花花绿绿的裙子和遮阳棚上,落在路边的馄饨汤里和法式面包上,然后去千千万万的肠胃里走一遭。事实上老家已经没有了。我想,Z的叔叔对城里没有多少兴趣,他只是在城边的一家小饭馆里吃了点儿什么,歇一歇脚,远远地张望一下那座陌生的小城,之后便起身循着葵花的香风走去。

一切都在变,惟这葵花的香风依旧。

葵林依旧,虫鸣依旧。我想,Z的叔叔走在葵林里,他应该还会产生一个想法:"叛徒"依旧。"叛徒"这两个字的含义,自古至今恐怕永远都不会改变,都是不能洗刷的耻辱,都是至死不完的惩罚。人间的一切都可能改变,天翻地覆改朝换代,一切都可能翻案、平反、昭雪,惟叛徒不能,惟人们对叛徒的看法没有丝毫动摇的迹象。

她怎样了呢，葵花林里的那个女人？

Z的叔叔，他千里迢迢并不是来看什么老家的，他是来寻找那个女人——那个曾在他怀里颤抖过的温热的躯体，那个曾在他面前痴迷地诉说过一切梦想的心魂。往日，像这葵林一样连绵不断，一代一代的葵叶一如既往，层层叠叠地长大，守卫着往日，使往日不能消失。她仿佛还在他怀中，还在这葵林的浓荫下、阳光中或月色里，她依旧年轻、柔润、结实、跳荡，细利的牙齿轻轻地咬着他的臂膀，热泪流淌，哭和笑，眼睛里是两个又圆又小的月亮……那就是她。那就是她，但中间隔了几十年光阴。几十年中，她，一直都在这个世界上吗？听老家来人说起过她，她还在，还活着。可她，是怎么活过来的呢？甚至，为什么，她还活着？她靠了什么而没有……去死？Z的叔叔简直不能想象。他能够想象那几十年时光，在她，是由什么排列成的，但不能想象她的心或者她的命，怎么能够挨过那些时光。在他自己被打倒（也被称为"叛徒"）的那些年月，他曾经没有去死，没有从一根很高很高的烟囱上跳下去，那是因为还有人知道他是冤枉的，因为妻子和女儿非常及时地对他说了"我们相信你是清白的"。那根烟囱有十几层楼高，就矗立在他家窗外不远的地方，趁天黑爬上去不会有人发觉，跳下来必死无疑，跳下来，肯定无法抢救，只要爬上去，只要一闭眼，就可以告别这个世界，一闭眼这个噩梦一样的世界就可以消散了。仅仅因为，妻子和女儿的那句话，因为那句话的及时，如今他才能够再到故乡。"我们像过去一样爱你，我们知道你不是'叛徒'，我们相信你是清白的。"这话让他感动涕零，是他一生中听到过的最珍贵的话语。

仅仅因为这个,因为那句话,因为及时,现在这葵林里才有一个踽踽独行的老人和他的影子。可是,她呢?

不不这不能混为一谈,是的,即便在写作之夜这也不容混为一谈。那么好——可她这个人呢?她和你一样的心灵呢?和所有人一样渴望平等,渴望被尊敬,渴望自由、平安、幸福的那颗心呢,她是在怎样活着的呀?

我听人说起过一个叛徒,他活着,他没有被敌人杀掉也没有被自己人铲除,他有幸活了下来,但在此后的时间中,历史只是在他身边奔流,人群只是在他眼前走过,他停留在"叛徒"的位置如同停留在一座孤岛,心中渺无人烟,生命对于他只剩下了一件事:悔罪。这个人,在我的想象中进入北方的葵林,进入一个女人的形象。这个人,可以是一个女人,但不限于一个女人,她可以在北方的葵林里,也可能在这葵林之外的任何地方,与我的写作之夜相隔几十年,甚或几千年,叛徒——古往今来,这是多少人的不灭的名字和不灭的孤岛啊。几十年甚或几千年后,有一个老人终于想起要去看看她。我把希望托付给这个老人,并在写作之夜把这个老人叫作"Z的叔叔",虽然他也并不限于Z的叔叔。

152

从北方老家传来过消息:她的丈夫,那个狱卒,已经死了。死得很简单,饥荒的年代,上树打枣时从树上摔了下来,耽搁了,没能救活,死的时候不足四十岁。

从北方老家传来过消息：她的一儿一女都长大了，都离开了她，各种原因，但各种原因中都包含着一个原因——她是叛徒。她赞成儿女都离开她，希望他们不要再受她的连累，希望他们因而能有他们满意的家——丈夫、妻子和儿女。她希望，受惩罚的只是她自己。独自一人，她守着葵林中的那间黄土小屋，寂静的柴门寂静的院落，年复一年，只有葵林四季的变化标明着时光的流转，她希望在这孤独的惩罚中赎清她的罪孽。

从北方老家传来过消息：对所有的人，她都是赔罪的笑脸，在顽童们面前也是一样。"喂，叛徒！"不管谁喊她，她都站住。"嘿，你是不是叛徒？""你是不是怕死鬼？是不是个自私鬼？是不是个坏蛋？""说呀，你是不是有罪？"不管谁问，不管什么时候什么人问，她都站下来，说"是"，说"我是"，然后在人们的讪笑声中默默走开。她不能去死，她知道她不应该去死，活着承受这不尽的歧视和孤独，才是她赎罪的诚心。

从北方老家传来过消息："文革"中，和几十年所有的运动中，不管是批判什么或者斗争谁，她都站在台上，站在一旁，胸前挂一块"叛徒"的牌子，从始至终低头站着，从始至终并不需要她说一句话，但从始至终需要她站在那儿表明罪孽和耻辱。

从北方老家传来过消息：她一天到晚只是干活儿，很少说话。所有的农活儿她都做得好，像男人一样做得无可挑剔。她养鸡、养猪、纺线、织布……自食其力，所有的家务她都做得好，比所有的女人都做得好。她从没生过病，这是她的造化。

从北方老家传来过消息，说：有一回过年，她忽发奇想，要为自己的家门上也写一副春联，但她提起笔，发现她已经几十年不写字几乎把所有字都忘了。她攥着笔,写不出字,泪如泉涌,几十年中人们第一次听见她哭,听见她的小屋里响起哭声,听见她哭了很久。此后她开始写字,在纸上,纸很贵就在地上,在地上不如在葵花的叶子上。有人见过葵叶上她的字,有人把那些有字的葵叶摘下来拼在一起,拼出了一句话——"**我罪孽深重但从未怀疑当初的信仰**。"

从北方老家传来过消息:就从那一年,从葵花的香风飞扬的日子开始,茂密的葵林里常常能够找到有字的葵叶。那个女人,她疯了,她可能是疯了吧?有字的葵叶逐日增长,等到葵籽收获的季节,在你伸手就能摘到的葵叶中,十之一二便有那个疯女人写下的字。老人们以此吓唬孩子,孩子们便不敢独自到葵林深处去。幽会的情人们把有字的葵叶揪下来,扯碎,自认晦气。那个女人,她老也老了,又要疯了不成?葵叶上的字,写来写去并不超出那十五个。人们把十五个字拼来拼去,似乎也再连不出其他更为通顺的句子。

153

这很像是一个笑话,但这是一种现实:Z的婶婶,或者并不限于Z的婶婶,已经去国外经营私人餐馆了,但葵花林里的那个女人永远是抬不起头来的叛徒。这很像是一个笑话但这是一种现实:一些人放弃了当初的信仰坦然投奔了另一种生活,乐不思归,剩一个往日的叛徒在葵花林里默默坚守当初的信仰,年年月月甚或日日夜夜，都在为当年的怯弱而赎罪。

不是这样吗？

Z的叔叔不语，一步一步，走着葵林间的小路。

然后，也许是Z的叔叔也许是别人，回答：不不，问题不在这儿。问题在于她贪生怕死，问题在于，她的叛变殃及了别人。

别人？谁？她的母亲和她的妹妹？

不。她的同志。

原来这样。但是敌人只给她两种选择，要么殃及她的母亲和妹妹，要么殃及她的同志，她可，应该怎么选择呢？

Z的叔叔没有回答。或者别的什么人，没有回答。

但是回答已经有了，回答已经存在了几十年甚或几千年：殃及了同志她就是叛徒就应该受到惩罚，而殃及了那两个无辜的人——就像你当年那样——她说不定还可以成为英雄还可以享受着光荣。

像我当年那样？

Z的叔叔惊讶地看着四周熟悉的葵林。无边无际的虫鸣使它更加寂静，但每一朵葵花都在寂静中奋力开放，每一只蜂儿都在葵花的香风里尽情飞舞。

对，像你当年那样。你把她领进了那信仰，然后你跑了，让她独自去面对敌人给她的两种选择。

Z的叔叔在葵林里走，走得很慢，影子在坎坷的土地上变化着形状。

你为什么跑？你怕什么？怕被敌人抓去，对吗？

对，但是……

别说什么但是。你只回答,被敌人抓去有什么可怕?

可是……

没有什么可是。你当然知道,那可怕的,都是什么。

不过,我敢说我并不怕死。

现在谁都敢这样说,可当时你怎么死里逃生了呢?而且,你现在也只是挑选了一种最简单的局面,比她曾经想象的还要简单。而且你现在也明白,那不是一个死字就能抵挡的局面。如果敌人只送你一死,那么不管你是坚强还是软弱你就都可能是一个英雄了。而且现在你也常常在想:如果她在几十年前的那个葵林之夜被追捕的敌人开枪打死,你就不是要抛弃她而是要纪念她了。

Z的叔叔在葵林里走着,影子在层叠的葵叶上扭曲、漂移。

不单你知道那局面是怎样的可怕,所有憎恨叛徒的人都知道那是怎样的可怕。所以才有"叛徒"这个最为耻辱的词被创造出来,才有"叛徒"这种永生的惩罚被创造出来。

你听不懂吗?那么,憎恨叛徒的人为什么憎恨叛徒?

对,主要不是因为叛徒背叛了什么信仰。信仰自由嘛。就是说每个人都可以自由地信仰,和自由地放弃任何信仰。

主要是殃及。就是你说的那种——**殃及**!就是说,叛徒,会使得憎恨叛徒的人也走进叛徒曾面临的那种可怕的处境。

疼痛、死亡、屈辱、殃及无辜的亲人、被扯碎的血肉和心魂……人们深知这处境的可怕,就创造出一个更为可怕的惩罚——"叛徒",来警告已经掉进了那可怕处境中的人,警告他不要殃及我们,不要把我们也带进那可怕的处境。"叛徒"这个词就是这样被创造出来的，作为一种警告，作为一种惩罚，作为被殃及时的报复，作为预防被殃及而发出的威胁，作为"英雄"们的一条既能躲避痛苦又能推卸责任的活路，被创造出来了。

不是这样吗？那，你为什么逃跑？我们，为什么谁也不愿意走到她的位置上去，把她从那可怕的处境中救出来呢？

你知道，那处境太可怕了，是呀我们都知道，所以，但愿那个被敌人抓去的人不要说出你也不要说出我，千万不要说出我们，不要殃及我们。那可怕的处境，就让他（她）一个人去承受吧。

我们是这样害怕被殃及，因为我们心里还有一个秘密，那就是：我们也可能经受不住敌人的折磨，我们也可能成为叛徒，遭受永生不完的惩罚。这是那可怕处境中最为可怕的背景。

否则我们就无须这么害怕被殃及，我们就不必这么痛恨被殃及。否则，那就不是什么殃及了。让软弱的人滚开让坚强的人站出来吧，如果我们相信我们肯定经受得住一切酷刑，还有什么**殃及**可言呢，那就是一个光荣的机会了。

是呀是呀，如果敌人的折磨不那么可怕，我们去做英雄就是了，谈什么殃及？如果成不了英雄，后果不是更加可怕，敌人的折磨也就没那么可怕，实在受不住的时候我们投降就是了。但是，真可谓"前怕狼后怕虎"，"叛徒"——这个永生的惩罚被创造出来之后，那处境就更加可怕了，就是完全的绝望了。一个人只要被敌人抓住，他就完了，他就死了，或者，作为人的生命和心魂，就已经结束了。多么滑稽，我们为了预防被殃及而发出的威胁，也威胁着自己，我们竟制造出了人的更为可怕的处境。

这时候,人的惟一指望只可能是:不要被敌人抓住,以及,不要被叛徒殃及。

所以那次,你丢下她一个人,独自逃出了葵林。你知道,如果被敌人抓住,一边是死,另一边还是死,或者一边是无休无止的折磨,另一边是永生永世的惩罚。所以你借助那个少女的单纯和激情,借助她对你的爱,自己跑掉了。

别这么刻薄,别这么刻薄吧。我没有那样想,当时我也来不及那样想。我跑了,跑出葵林,那完全是出于……出于本能。

出于求生的欲望?出于逃避折磨,和,逃避永生惩罚的——**人的本能**?

也许是吧,哦,就算是吧。

那么她呢?

她的求生欲望就应该被忽略,是吗?还有她的母亲和妹妹,她们就应该替你去死,替你去受那折磨?要是她,不忍看着无辜的亲人被杀死、被折磨,她可怎么办呢?总而言之,如果她像你一样,想活着,她就得死;如果她像你一样,不想受折磨,她就得受永生永世的惩罚。是这样吗?

Z的叔叔,或者并不限于Z的叔叔,在葵林里坐下。

很累了,他坐在土埂上。真是很累呀,他扑倒在土地上。向日葵的根须轻扫着他的脸颊,干裂的葵秆依然发散着香气。

他想在那香气中睡一会儿,或者就永远这样睡过去,不要醒,不要醒,只要不再醒这个世界就会消散,就像从那根高高的烟囱上跳下来一样,不过比那要舒服得多了……那根烟囱好高呀,就在他的窗外,不远,每天都能看见它冒着白色或黑色的烟……他曾几次走到那大烟囱下面,在那儿徘徊……有一天,他在那儿碰见两个孩子,男孩儿问:"老爷爷,我敢爬上去,你信吗?"女孩儿说:"你要掉下来摔死的,我告诉妈妈去!"男孩儿问:"老爷爷你敢爬上去吗?"女孩儿却忽然认出了他,喊:"不,他不是老爷爷,他是叛徒(走资派、黑帮、特务……)!"男孩儿问:"叛徒?什么是叛徒?"女孩儿告诉他:"叛徒就是坏蛋!这你都不知道?"男孩儿仰起头来问他:"是吗?"他摸摸两个孩子的头:"是,叛徒是坏蛋,可我不是叛徒。""那为什么我妈妈说你是呢?""你妈妈不知道,你妈妈她,并不了解。""那我去告诉妈妈,您不是。""谢谢你,可她不会相信。""那你自己去告诉她好吗?走哇,我带你去。""不,那也没用。""为什么?""啊,你几岁了,还有你?"男孩儿:"七岁。"女孩儿:"五岁半!"她说,伸出五个指头,然后把所有的指头逐个看遍,却想不出半岁应该怎样表示。"不要上去,"他望望那根烟囱说,"你们还小,不要爬到那上面去,答应我好吗?"……那天,他和那两个孩子,在那根大烟囱下面玩了好一会儿,两个孩子已经把叛徒的事忘了……现在那两个孩子在哪儿?他们肯定已经长大了,那天的事他们可能已经忘了,如同从未发生,但是"叛徒"这个词他们再不会忘了,不管是不是从那天开始记住的,这个词他们也会牢记终生……

他躺在葵林里,把耳朵贴在地上,能听见小昆虫在枯干的葵叶上爬,微合双目,能听见方圆几里之内各种昆虫的欢歌笑语,甚至能听见很远的地方火车正隆隆地驶来又隆隆地远去了,各种声音,多么和平多么安详,多么怡然自得……各种声音慢慢小下去，慢慢虚渺起来漫散开去，细细的但是绵长的声音，就要消失，也许世界……就是这样消失……也许世界的消失……就是这样……如同睡去……沉睡而且没有梦想，一切都沉下去以至消失，或者都漂浮起来以至消散……但他渐渐蒙眬的目光忽然一惊，看见了一张有字的葵叶。

Z的叔叔坐起来。或者，并不限于Z的叔叔。

那个字是：罪。

十五个字中的一个。果真如此。

那字，一笔一画，工整中有几分稚气，被风雨吹打过，随着叶脉裂开成三块。

他看着那个字。很久。

那张叶子，渐渐变红，涂满夕阳的颜色。

"不，这不对！"他站起来，向着暮色沉重的葵林喊，"那是为了事业，对，是为了整个事业不再遭受损失！"

血红色的葵林随风起伏、摇荡。暮鸦成群地飞来，黑色的鸟群飞过葵林上空。

什么事业？惩罚的事业吗？

不，那是任何事业都不可避免的牺牲。

那，为什么你可以避免，她却不可避免？

这样的算法不对，不是我一个，被殃及的可能是成百上千我们的同志。

为什么不能，比如说在你一个那儿，就打住呢？就像你们希望在她一个人那儿打住一样。或者，为什么不能在成千上万我们的同志中的任何一个人那儿打住呢？成千上万的英雄为什么没有一个站到她的那个位置上去，把这个懦夫换下来，让殃及，在一个英雄那儿打住？

如果有人愿意站到她的位置上去，那就谈不上什么殃及。如果没有人愿意这样，一个叛徒的耻辱，不过是众多叛徒的替身，不过是众多"英雄"自保的计谋。

不对不对！她已经被抓去了，就应该在她那儿打住，不能再多损失一个人。

噢，别说了，那只是因为你比她跑得快，或者只是她比你"成熟"得晚。真的，真的别说了。也许我们马上就要称称同志们的体重了，看看谁去能够少损失几斤。就像一场赌博，看看是谁抓到那一手坏牌。

可是，可是不这样又怎么办？一个殃及一个，这样下去可还有个完吗？

这样下去？你是说就怕没有一个人能打得住，是吗？所以大伙就都希望在她那儿打住？

总归是得在一个人那儿打住，这个人，为什么不能是她呢？

噢，是的，这我倒忘了。而且这下，我们的良心就可以轻松些了。

如果在她那儿打住了，我们就更可以轻松了。

如果她被敌人杀死，我们会纪念她，我们会为一个英雄流泪，这时，其实我们的良心还是轻松的。我们会惋惜，我们会说："她这么年轻就死了多么可惜，我们多么希望她还活着，希望她活着也看看胜利，也能享受人生，她还那么年轻，尤其她的心灵那么美好她的精神那么高尚，她不该死，她有权利享受一切幸福美好的生活。"我们会这么说,我们一定会这么说。但,你注意到一个怪圈了么?注意吧:如果她高尚她就必须去死,如果她活着她就不再高尚,如果她死了她就不能享受幸福,如果她没死她就只能受到惩罚——自从她被敌人抓去,这样的命运,在她,就已经注定了。

可这,是敌人的罪行!

不错,我们要消灭的正是这样的罪行,否则我们要干吗呢?可敌人也是在惩罚呀!世世代代这人间从未放弃过惩罚,惩罚引起惩罚,惩罚造就惩罚,惩罚之后还是惩罚,可是人的价值在哪儿呀?一个人,一个年轻的生命,一颗满怀憧憬的心,一双纯真无邪的眼睛,一种倾向正义的愿望,在这惩罚与惩罚之间早已死去……

不对!方法相同,但目的完全可以不一样。

可以吗?恨的方法,可以实现爱的目的吗?

何况,目的,在哪儿呢?如果它不在方法里,它还能在哪儿呢?在终点吗?**我们叫作开始的往往就是结束/而宣告结束也就是着手开始/终点是我们出发的地方。**

Z的叔叔,或者并不限于他,坐在葵林里,坐在月光下:那你说,该怎么办?她该怎么办,我又该怎么办?还有你,我们到底应该怎么办?

葵林又复寂静。

说呀,这回你怎么不说话了?

寂静中埋藏着一个巨大的问题,必定也埋藏着一个艰深的答案。

我不知道。

我只知道,我们应该寻找那个答案。

我只知道——我在 Z 的叔叔耳边轻声说——你是爱她的,这么多年了你一直是爱她的,你一天也没有忘记她。我只知道——我在 Z 的叔叔心里轻声说——你是爱她的所以你还要爱她。

Z 的叔叔,找到了十五张写有不同的字的葵叶。借助月光,他把十五张叶子摆开,拼成一句话:**我罪孽深重但从未怀疑当初的信仰。**

然后月光渐渐昏蒙,葵林开始像海涛一样摇荡,风,掀起了漫天的葵花香。

他依旧坐在葵林里,不动,似乎身心俱寂。

一直到风把十五张叶子吹开,重新吹进葵林深处。

一直到,第一滴雨敲响了不知哪一张葵叶。

一直到 8 月的暴雨震撼了整个葵林,每一张葵叶都像在喊叫。

154

分别几十年后,一个暴雨倾盆的深夜,传说,葵花林里的女人等来了她年轻时的恋人。

诗人 L 周游四方,走进北方的葵林,听见了这个传说,从而传进我的写作之夜。

暴雨中的葵林如山摇海啸,轰鸣不止。但 Z 的叔叔一走近那个柴门虚掩的农家小院儿,年轻时的恋人就听见了他的脚步声。震耳欲聋的暴雨和葵林的轰鸣之中,那女人也能听见是谁来了。Z的叔叔刚在柴门前站下,屋里就亮起了灯光。之后很久,屋里和院外,葵林的喧嚣声中是完全的寂静。

然后,屋门开了。女人并没有迎出门。屋门开处,孤淡的灯光出来,照耀着檐下的雨帘,那意思像是说:"你到底是来了。"

养蜂老人对诗人说:她听见他来了,这不奇怪。

养蜂老人对诗人说:几十年了,她独自听惯了葵林的一切声音,无论是喧嚣还是安详,在她都是一样,在她的耳中和心里都只是寂静。

养蜂老人说:几十年了,从没有人的脚步在深夜走近过她的院前。上万个黄昏、夜晚和黎明,她都听着,有没有不同寻常的声音,有没有人向她走来。几十年了她不知不觉就这样听着,她能分辨出是狐狸还是黄鼬的脚步、是狗还是獾在走,她能听出是蛐蛐儿还是蚂蚱在跳、是蜻蜓还是蝴蝶在飞。

养蜂老人说:如果有不同寻常的声音,便是在梦里她也能分辨。如果有人在深夜向她的小院走来,她早就料到,那不可能是别人,必是仍然牵挂着她的那个人,必是几十年前曾经回来曾经站在葵林边向她眺望,而后只言未留转身离开了故乡的那个人。

诗人周游四方,在8月的葵林里住下。葵花不息的香风中,诗人时常可以望见那座草木掩映的小院,白天有炊烟,夜晚有灯光,时常可以看见那个女人吆喝着牲口出门又吆喝着牲口回家,看见她在院中劈柴、推磨、喂猪喂鸡。很少能看见那个男人,同时,小屋的窗上自那个雨夜之后一直挂着窗帘。

葵林一带,认识Z的叔叔的人,死的死了,活着的也都老

现在这葵林里才有一个踽踽独行的老人和他的影子。可是,她呢?

眼昏花，于是葵花的香风所及之处先是传说：那个女人，熬了这么多年到底是熬不住了，悄悄养下了一个野汉。

虽然人们相互传说时掩饰不住探秘的激动，以及对细节的浓厚兴趣，但人们似乎对这一事件取宽容的态度。可能是因为，这宽容，可以让大家一同受益，让众人黑夜和白日的诸多艳梦摆脱诘难，从一声声如释重负的慨叹中找到心安理得的逃路。这宽容，很可能还包含一种想当然的推断：他们都已经老了，不会再惹出什么肉体上的风流事端。但好奇心不减的一些男人和女人，便在半夜，悄悄地到那小屋的后窗下去听，他们回来时眯眯地笑着说，听见了那两个老人做爱的声音……

真的呀？

不信你们自己去听听，一张老木床嘎吱嘎吱响得就像新婚之夜。

另外的人便也趁月色，蹑手蹑脚到那小屋近旁去听，藏在葵花叶子后面。

可不是吗，整个黄土小屋都在摇晃，那呻吟和叫喊简直就像两头年轻的狼。

他们……互相说什么没有？

女人说，她已经老了，美妙的时光已经一去不返，女人说我已经丑陋不堪。

男人呢，他说什么？

男人说不，说你饱经沧桑的脸更让我渴望，你饱受磨难的身体上，每一条皱纹里，每一丛就要变白的毛发中，都是我的渴望。

女人呢，又怎么说？

女人说，她没想到她还能这样，她原以为她的欲望早已经死尽了。她问男人，你不是可怜我吧？啊？你不是仅仅为了安慰我吧？

男人说你自己看哪，他要女人看他，他说我原以为已经安息了的……又醒来了……我以为早已安息了的就会永远安息了，可他又醒来了……

于是在明朗和阴暗的那些夜里，有更多的人去那小屋周围去听，连一些老人也去听。

是，是真的。听过的人纷纷传说，他们差不多整宿都在做爱，就像夜风掀动葵涛，一浪高过一浪。

那女人喘息着说不，说不不我不配你爱……我是一个有罪的人你应该惩罚我，我罪恶滔天我多么希望你来惩罚我，是你，是你来惩罚我，我不要别人……我不要别人我要你来，你来狠狠地惩罚我吧，打我揍我，侮辱我看不起我吧，我愿意你鄙视我，我喜欢……因为那样，别人就不会来了，他们就不再来了，他们就不再冷冷地看我……那样我就能知道，惩罚我的，一直是你而不是别人，只有你没有别人……那样我的罪孽就尽了，他们就不会来了……

那男人先是一动不动什么声音也没有，很久，他照女人要的做了……那女人，她就畅快地叫喊、哭泣，仿佛呢喃，肆无忌惮地让她的亲人进入她，享受着相依为命般的粗鲁，和享受着一泄无余的倾注……她不停地喃喃诉说……我是叛徒，你知道吗我是可耻的叛徒哇，我是罪人你知道吗？你狠狠地惩罚我吧但是你要我,你不要丢弃我……你还是要我的,是吗?我是个怕死鬼,我是个软弱的人,我要你惩罚我可你还是得要我,你还是要我的是不是?告诉我,你惩罚我但是你要我,你惩罚我是因为你一心想要我……

这葵林的8月传进我的写作之夜,有一件事,刹那间豁然明了:那女人的受虐倾向,原是要把温暖的内容写进寒冷的形式,以便那寒冷随之变质,随之融化。受虐的意图,就像是和平中的一个战争模型,抽身于恐怖之外,一同观看它的可怕,一同庆幸它的虚假。当爱恋模仿着仇恨的时候,敌视就变成一个被揭穿的恶作剧,像噩梦一样在那女人的心愿中消散,残酷的现实如噩梦一样消散,和平的梦想便凝成那一刻的现实了。

那男人,他扑进女人伤痕累累的身体和心中,说:我从来是要你的,几十年了,我心里从来是要你的,我担心的只是你还会不会再要我,你还能不能再爱一个人。

葵林一带,老眼昏花的人们忽然醒悟,随之到处都在传说:那个女人,对,那个叛徒,她当年的恋人回来找她了。

养蜂老人对诗人说:看吧,这下长不了啦。

诗人L问:你说谁?那个男人吗?

养蜂老人说:他待不长了,他又要走啦。

诗人L问:为什么?

养蜂老人沉默良久,说:还能为什么呢?"叛徒"这两个字不是诗,那是几千年都破不了的一句咒语呀,比这片葵林还要深,比所有的葵花加起来还要重,它的岁数比这葵林里所有人的岁数加起来还要大呢……

诗人L走进葵林之夜,走到那黄土小屋的后窗下,站在8月的暴雨里。

诗人听见那女人对男人说:"你可还记得南方?可还记得我们年轻的时候?可还记得天上飞着一只白色的鸟吗?"

诗人听见那男人对女人说:"白色的鸟,飞得很高,飞得很慢,一下一下扇动翅膀,在巨大的蓝天里几乎不见移动。"

"那只白色的鸟,"女人说,"盘旋在雨中,或在雨之上,飞得像时间一样均匀和悠久,那时我对你说什么你还记得吗?"

"你说让我们到风里去到雨里去到葵花茂盛的地方去,让风吹一吹我们的身体,让雨淋一淋我们的欲望,让葵花看见我们做爱,"男人说,"我们等了多少年了呀现在就让我们去吧。"

"可我怕,我怕外面会有,别人。"

"别怕,那儿只有风和雨,只有葵林,只有我和你。"

……

诗人于是看见,两个老人走出小屋,走出柴门,男人和女人走进风雨的环抱,走进浪涌般葵叶的簇拥,走进激动的葵花的注目……他们都已经老了,女人的乳房塌瘪了,男人的脊背弯驼了,皮肤皲裂了松弛了,骨节粗大了僵涩了,风雨吹打得他们甚至喘息不止步履维艰,但他们相互牵一牵手,依然走得痴迷,相互望一望,目光仍旧灼烫……8月的暴雨惊天动地,要两个正在凋谢的身体贴近、依偎,要两个已入暮年的心魂重现疯狂,不要害怕,不要羞涩,不要犹豫,那是苦熬了一生而盼来的团聚……他们虔敬地观看对方的身体,看时光走过的地方雨水流进每一条皱纹……男人和女人扑倒在裸露的葵根旁,亲吻、抚慰,浑身都沾上泥土,忘死地交合……坦荡而平安,那是天赋的欲望,坦荡平安,葵林跟随着颤栗,8月暴雨的喧嚣也掩盖不住他们无字的呼唤与诉说……诗人远远地看着他们,并不觉得有什么不恭,毫无猥亵,诗人感动涕零满怀敬意……

当然,这只是诗人的梦想。

只是诗人 L 的想象和希望。

过了 8 月,果然如养蜂老人所料,Z 的叔叔或者不限于他,再度离开葵林。

L 看见,整整一宿,那黄土小屋的灯没熄。

L 听见,那女人说:"你走吧,离开我,离开我……因为……因为我爱你所以我不能连累你……我爱你,我不能把你也毁了……我爱你但是,我不应该爱你……你走呀,离开我离开我吧……你来过了这就够了,记住我爱你,这就够了……放心吧我不会去死,我爱你所以我不会去死……啊,我不应该爱你,我也,不应该去死……不应该不应该不应该……我从始至终就是这样……"

L 听见那男人低声地说:"可是,每一个人,都可能是你。**每一个幸福平安的人,都可能是你……**"

L 听见那女人回答:"可是,并不需要每一个人都是我……你走吧,离开我,离开这葵林,离开我就是你对我的宽恕……"

L 看见,翌日天不亮,那女人送那男人出了葵林。

诗人无比遗憾。梦想总败于现实,以及,梦想总是要败于现实吗?

诗人 L 收拾行囊,也要离开葵林。他拿出地图,再看那巴掌大的一块地方，仍梦想着在数十亿倍巴掌大的那块地方，与他的恋人不期而遇。

155

与此同时在南方，母亲——Z的母亲或者WR的母亲，或者不限于他们的母亲，走进当年的那座老宅院。荒草满院，虫声唧唧，老屋的飞檐上一轮清白的月亮。

母亲拾阶而上，敲一敲门。

门开了。开门的是一个老头儿，同母亲一样鬓发斑白。

"您找谁？"

"几十年前，我是这座房子的主人。"母亲说，"您认不出我了？"

"噢噢……对不起，您老了。"

"不用对不起。您也是，也老了。"

母亲进到老屋，绕一圈，看它的每一根梁柱。老屋也只是更老了，格局未变。

老头儿跟在后边，愣愣地望着母亲，像是惊诧于一个无比艰深的问题。

"您还记得我托过您的事吗？"母亲问。

"当然。记得。"老头儿混浊的眼珠缓缓转动，目光从母亲的白发移向一片虚空，很久才又开口，"这么说，真的是有几十年丢失了？"

"是呀,几十年,"母亲坐下说,"几十年就好像根本没有过。"

老头儿一声不响,仿佛仍被那个艰深的问题纠缠着。

"这几十年,"母亲问,"可有人到这儿来找过他的妻子和儿子吗?"

"没有。"老头儿说,"不,我不知道。不过这儿有您的一些信。"

老头儿拎过一只麻袋,那里面全是写给母亲的信。母亲认出信封上的字体,那正是她盼望了多年的。

"您为什么早不寄给我?"

"我也是才回来。我回来,看见门下堆满了这些信,看见屋里的地上,到处撒满了这些给您的信。"

"您,到哪儿去了?"母亲问。

"大山里,我只记得是在没有人的大山里,就像昨天。"老头儿闭上眼睛。很可能这时,几十年时光试图回来,但被恐惧阻挡着还是找不到归路。

母亲一封封地看那些信,寄出的年月不一,最早的和最近的相隔了几十年。她看那封最近的,其中的一段话是:

> ……一个非常偶然的缘故,使我曾经没有上那条船。那条船早已沉没了,而我活着,一直活到了给你们写这最后一封信的时候。我活着,惟一的心愿就是还能见到你们。可我不知道你们是否活着。如果你们活着,也许你们终于能够看到这封信,但那时我肯定已不在人间。这样,那个偶然的缘故就等于零了——我曾经还是上了那条船……

母亲收好所有的信，见那老头儿呆坐在书桌前。母亲走近他。

"您在写什么？"

"我要写下昨天。"

书桌上堆满了稿纸。母亲环顾四周：到处都是一摞摞的稿纸，像是山峦叠嶂，几千几万页稿纸上密密麻麻写满了字。母亲走近去细看：却没有一个字是中文，也没有一个字像是这个星球上有过的字。

母亲谢过那老头儿，抱着那些信出来。黎明的青光中，她听见树上或是荒藤遮掩的地方，仍有儿子小时候害怕的那种小东西在叫，"呜哇——呜哇——"一声声叫得天不能亮似的。母亲在那叫声中坐下，芭蕉叶子上的露水滴落下来打湿了她的衣裳，她再把刚才那封信看一遍，心里对她思念的人说：不，你说错了，当我看到了这封信时，那个偶然的缘故才发生，才使你没有上那条船，才使你仍然活着，而在此之前你已葬身海底几十年。母亲把那封信叠起来，按照原来的叠法叠好，揣进怀里，可能就是在这时候她想：我得离婚了。

这个母亲，当然，可能是 Z 的母亲，也可能是 WR 的母亲，但并不限于他们的母亲，她可以是那段历史中的很多母亲。

图书在版编目（CIP）数据

想念地坛 / 史铁生著. —成都：天地出版社，2022.3
ISBN 978-7-5455-6651-2

Ⅰ. ①想… Ⅱ. ①史… Ⅲ. ①中国文学—当代文学—作品综合集　Ⅳ. ①I217.2

中国版本图书馆CIP数据核字（2021）第214741号

XIANGNIAN DITAN
想念地坛

出 品 人	陈小雨　杨　政
作　　者	史铁生
责任编辑	王继娟
封面设计	Moo Design
内文插图	李　垚
责任印制	王学锋

出版发行	天地出版社 （成都市锦江区三色路238号　邮政编码：610023） （北京市方庄芳群园3区3号　邮政编码：100078）
网　　址	http://www.tiandiph.com
电子邮箱	tianditg@163.com
经　　销	新华文轩出版传媒股份有限公司
印　　刷	北京博海升彩色印刷有限公司
版　　次	2022年3月第1版
印　　次	2025年6月第9次印刷
开　　本	880mm×1230mm　1/32
印　　张	10.25
字　　数	221千字
定　　价	58.00元
书　　号	ISBN 978-7-5455-6651-2

版权所有◆违者必究

咨询电话：(028) 86361282（总编室）
购书热线：(010) 67693207（营销中心）

如有印装错误，请与本社联系调换